钱钧华 著

上海人民出版社

【男人国】

川藏边境原始部落漫记

The Kingdom of Man

A Travel to the Primitive in Sichuan-Tibet Border

马尼干戈
错阿
雀儿山垭口
生康
德格
岗拖
白垭
格学桥
阿察
白玉
绒盖
章都
麻绒
昌根寺
盖玉
(男人国)
山岩

尹三同绘

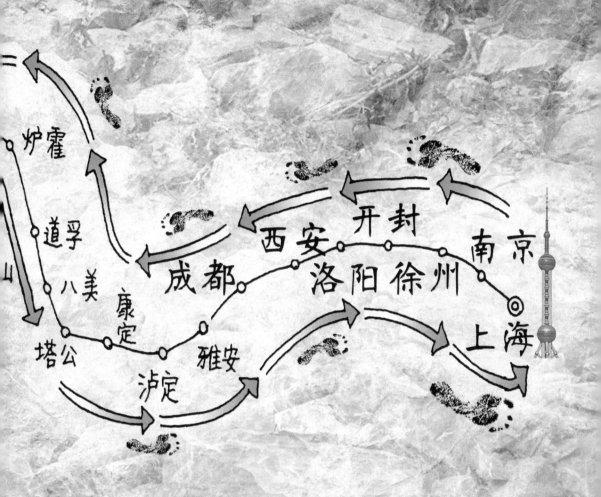

炉霍
道孚
八美　康定
塔公
泸定　雅安
成都
西安　开封
洛阳　徐州
南京
上海

川藏边境男人国手绘线路图

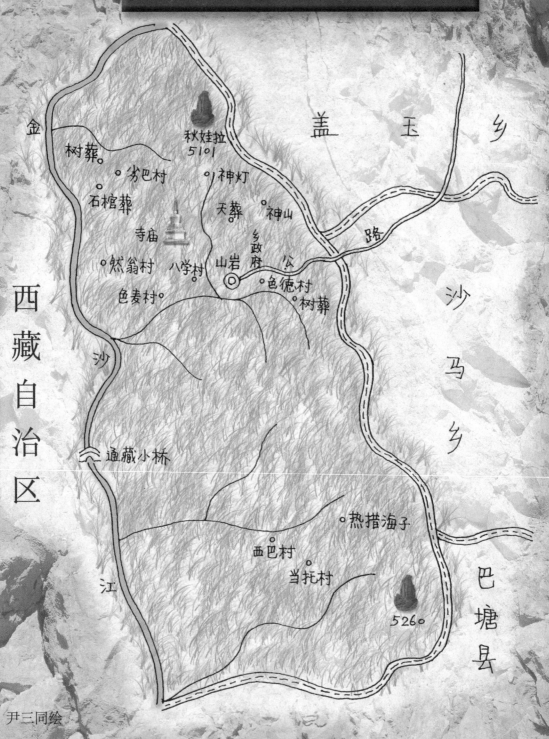

山岩乡手绘布局图

盖　玉　乡

金

树葬。

秋娃拉
5101

。劣巴村

。神灯

石棺葬

天葬　。神山

寺庙

。然翁村　八学村　山岩

乡政府

西藏自治区

。色麦村　　　◎　色德村

。树葬

沙马乡

沙

公

路

江

通藏小桥

。热措海子

西巴村。

当托村。

巴塘县

5260

尹三同绘

白玉县手绘文化地图

尹三同绘

NanrenGuo

目 录

目 录

The Kingdom of Man

A Travel to the Primitive Tribe in Sichuan-Tibet Border

Contents

序
摄猎豹子最后的舞蹈

邓伟志

初见钱钧华是在1980年，上海的大学校园，当时我给他们讲授《家庭社会学》课程。印象中他是位极有想法的人，看上去有些书卷气，略带一些与年龄不太相称的生涩，即使和人说着话，也会觉得他的大半神思游离很远，深深沉溺于私人化领地。

从他离开学校算起，其间也有20余年。两年前，在一次他们班的同学聚会上，他带来了他新出版的两本书，一本是散文游记——《女人国——中国母系村落利家嘴》，另一本是带有学术味的书——《利家嘴》。

用他的话说，书写母系社会的女人们是他多年的梦想。当他发现四川西部有一个名叫利家嘴的原始村落，是目前我国保存完好，最为纯正的原始母系村落之后，雄心勃发，竟然蝉蜕裂变一般，搁下上海的一切，像"十八岁出门去远行"热血男儿一样，打起行囊，辗转几千里，翻越12座大山，一头扎进人迹罕至的原始森林，借助马帮的引领，抵达令他"一日做梦，十年不醒"的女人国度，把深藏原始古国的女儿们一一摄入镜头，收入书中主人公，赶在母系文化消失之前，使这鲜活标本成为永恒且无以替代的篇章。

前不久他又一次让我吃惊，他给我带来了他最近刚写成的一摞稿件及刻录在光盘上的400余张照片。这次他去了川藏边境的一个原始部落——山岩男人国。

钱钧华在书的开头这么说："我并不是事后诸葛亮，的确早在2002年奔赴女人国的时候，就在心里琢磨是否有一个男人国和女人国匹配对应。我们的古典文化是相当讲究阴阳平衡的，好比有天就有地，有太阳就有月亮，基于这一点，我估摸关于男人国的猜想有可能是存在的。"揣着一个大大的问号，钱钧华再次义无反顾地扑向未知的前方。然而令我称奇的是，在离女人国垂直距离五百公里的四川白玉县山岩乡，果真就存在着一个与女人国共顶一片蓝天的男人国！

发掘难得一见的父系社会珍稀文化，最令我称叹的是他本次考察所面临的凶险。如果说之前的考察挑战的仅仅是他的事业心和责任感，而后者挑战的是毅力、生命，抑或生命极限。父系文化土壤本身就是滋生凶险与荒蛮的温床，那里的男人们好似一头头毫无定性的豹子，即使多数情况都处在平静与理性当中，但因为豹子的秉性存焉，它们随时都可能从酣睡中惊醒，绽露雄性猛兽的本质。毫不夸张地说，考察过程中，一步闪失，就可能把作者推向万劫不复的死亡境地。我想，这反过来又构成《男人国》一大看点。

一个能为钟情的事业轻待生命的人，我想这个人是无所不能、无往而不胜的。这是我从钱钧华厚重的书里所领悟到的。

必须说一说《男人国》的文本价值。首先这是一本人类社会学和文学璧合的著作，这种结合起码让我眼睛一亮，原来，看似枯燥的理论是可以和魅力文学一块烹制的，二者精妙杂糅在一起，理论不再遥不可及、空乏难懂，文学不再空洞无物，上不挨天下不着地，并能各显价值,各自精彩。其次是本书的文风,通篇笔调是散文式的,读起来清逸、曼妙,刚柔相济,句句凝滞着严谨的论证和新颖的观点,每个单元都有一个古拙的原生态事件,事件经过文学式的艺术锤炼、升华,契合成一种新的文本,读起来犹如陨石敲击天籁,逼人掩卷沉思,总感到心里有一种化不开的东西,欲罢不能,欲说还休。还有就是本书的标题制作。全书共有65个小标题,无一例外都是新闻式标量制作,只要瞄一眼小标题,就会被牵引,被诱惑,怂恿着你必须读下去。比如:《枪眼,镶嵌在断壁残垣上》、《血族复仇》、《白娜"休"夫》、《"库里亚大会"》、《佛龛白玉》、《枕着藏刀睡觉》、《柱子上悬挂着父亲的血衣》、《舅舅与外甥的血缘阻隔》、《女人,你的名字叫"礼物"》、《牦牛注视婴儿出生》、《2700年退想》等等。

通篇都不乏精妙的语言概述。如在《权利让女人走开》一文中这样写道:"女性,从呱呱坠地,犹如在一个黑色的生命隧道艰涩穿行,她们的黑夜生生不息,毫无政治权利,更接近匿名。千万女性共有一张面具,一种姿态:因负重而弯曲着脊梁,因无任何权利而失去个性的面孔。"

在《兄弟共妻》一文中,钱钧华这样写道:"走访山岩许多天,我发现有一些词汇在这里用不着。诸如:'恋爱'、'感情'、'惟一'之类。这里的青年男女不像女人国的青年男女,因为萌生爱恋,产生感情,彼此拥有,步入婚姻,徜徉爱人的心海,夜夜都是花期。""山岩女子的婚姻都是由戈巴首领和元老团决定,名义上是嫁给某戈巴家一个男子,其实一旦嫁过去,就成了两兄弟、三兄弟或四兄弟的妻子。感情的港湾成了被数人停泊的公海。可是请晚些抱怨,这是原始父系部落的婚俗使然。"

在《夭折的生命归去来兮》一文中,钱钧华这样写道:"走访了山岩的三个村,看了五个树葬,统一的地形地貌和山水结构给了我充分的想象,我得以领悟树葬本身高妙的暗喻而理解它的远邃。我把它当作当地人崇拜子宫的最佳见证。树葬的智慧和高明就体现在他们转化并消解了痛苦和绝望。他们不把失去的小生命看作终止、完结,而是借用大地的子宫,借用佛的力量,呼唤并庇护夭折的生命浸润山水,让佛去点化、濡染、呼唤那些走失的生命归去来兮!"

难能可贵的是,与人类学匹配的是一套纯文学的出挑语言,读起来寓理论哲理于艺术愉悦中,让人在不知不觉中接受作者的理论,了解陌生的父系文化,巧妙轻松地带着读者"走进山岩看父系"。

钱钧华神速摄猎男人国的珍稀文化,赶在它消失之前把豹子最后的舞蹈和濒临消失的"夕阳文化"和盘呈现世人,在客观上起到了保留和挖掘中国传统文化的作用。

据我所知,钱钧华一直在《劳动报》社做记者,有不少新闻作品获奖,在他的同龄人中算得上成功人士,所幸的是,安逸的都市生活没能淹没他对理想的憧憬,既有的成就没能羁绊他前行的步履,使之幸免于自我阻断、荣誉的陷阱和学术毁损,于是,成果接二连三问世就成了再自然不过的事情。

在此,我想对"敏于行而讷于言"的钱钧华送上两声祝愿:凭着他的才思情智,凭着他根植心中的"青春精神",祝愿他有更多更劲道的著作问世;祝愿钱钧华操持他的一贯态度,拓展更新更高的领域,多给我们惊喜。

(邓伟志,全国政协常委,中国社会学会副会长,中国妇女研究会副会长。现为上海大学社会学系教授、博导。著有《中国家庭的演变》、《家庭社会学》等。)

1 走进男人国

川藏边境至今仍存在着以父系血缘为纽带组成的原始部落群，存在着诸多人类父系氏族公社遗迹，当地人称之谓"戈巴"或"帕错"。我为自己即将步入一个迄今未曾触摸的世界而兴奋。

1、男人国的召唤
——川藏边境原始氏族遗迹

山岩与利家嘴同属四川，它们之间直线距离只有500多公里。在这500多公里的生命带，跨越了上万年的人类历史上的母系社会与父系社会同时存在着，在人类学上这太神奇了。

我并不是事后诸葛亮，的确早在2002年奔赴女人国的时候，就在心里琢磨是否有一个男人国和女人国匹配对应。我们的古典文化是相当讲究阴阳平衡的，好比有天就有地，有太阳就有月亮，基于这一点，我估摸关于男人国的猜想有可能是存在的。

人类已知的史前遗迹证实，在母系社会以后，人类紧接着就步入了早期的男权社会。它存在的年代距离我们约有一万年。它是一种与母系社会迥然不同的社会载体，它是粗犷的野性的。恩格斯说："最初的阶级压迫是同男性对女性的奴役同时发生的。"现代社会中的所有暴力行为几乎在父系氏族里都可以找到它的最初因子，研究父系氏族比研究母系氏族对追溯我们的现代行为更为有价值。令人遗憾的是，它只留存于史料堆，现代社会几无遗迹。

它会不会像利家嘴女人国一样，在某处藏匿着，只是我们还不知晓？

直至两年前，利家嘴女人国才通过专著、图片、网络、影视等方式向世人展露出人类早期女性社会身姿，从而引发人类学家的关注。由于地理阻隔及与现代文明巨大的环境差异，除少数学者外，一般人至今也难以进入。她目前仍然是世界上保存最完好的母系氏族。

中国是世界上文化最多元化的地区。从逻辑上推测，既然当今中国还存在比较完整的母系氏族遗迹，那么，在她的周围可能会有晚于她的父系氏族遗迹。

我确信，在中国境内极有可能存在人类早期的父系氏族遗迹。

从利家嘴女人国回来后，我开始了对中国父系氏族遗迹的寻觅。

一次，在上海书城二楼一处不起眼的地方，我偶然发现了一本《山岩戈巴》的小册子，内中所描述的不正是远古时期的雄性国度吗？作者范河川，藏族，是从父系部落走出来的第一位大学生。读过此书，高兴之余也有困惑，书里没说清发生的时间，上上世纪？上世纪？本世纪？现在他们还存在吗？

急于知道雄性王国的现状，于是打电话联系到河川先生，首先询问书中所述现在是否存在？他给了我肯定答复：川藏边境部分地区至今仍存在着以父系血缘为纽带组成的原始部落群，存在着诸多人类父系氏族公社遗迹，当地人称之为"戈巴"或"帕错"。闻听此言，我感到莫名的兴奋，我为自己之前的推测不是臆想而是事实感到兴奋。

我喜欢平稳的生活中掺杂一些冒险，急切切地把寻觅父系氏族文化遗址正式列入人生日程。

必要的理论准备总是要的。上网搜寻男人国，那个国度的轮廓更加清晰：川藏边境山岩地区，位于四川甘孜藏族自治州白玉县南部，拥有金沙江上游最大的一片原始森林，江对面是西藏，江这边是四川。湍急的金沙江水与横断山脉的崇山峻岭将这一带长久地与外界隔开，成为一方秘境。她至今仍保存着的原始父系部落遗址，她像一枚散发着幽幽寒光的钻石锁定我的目光。我看到一条以父系血缘为纽带的河流波澜壮阔地向我涌来。我的心随着她的节奏激烈的律动。

山岩男人国与利家嘴女人国同属四川，它们之间直线距离只有500多公里。在这500多公里的生命带，跨越了上万年的人类历史上的母系社会与父系社会同时存在着，在人类学上这太神奇了。

渐渐地，遥远的雄性王国变得不再朦胧，以其独特的雄性魅力铺满、充盈我的心岸，真切可感地牵制了我的迷走神经中枢。那是一个陌生、新奇、令我心驰神往的地方，我猜想着那里的人和事，本能地相信不会和女人国、西海固一样，一定有非常多的生命传奇飞溅而至，令我猝不及防，给我惊喜。

心情急切导致我一改先前做法。

先后去过女人国和宁夏西海固，正式考察前我有一个老习惯，先跑一趟，实地考察一番，做些必要的前期准备。而这次破了自己的规矩，因为奔赴的前方是男人国，自己也是男人，加上心情迫切，揣着勃发的雄性，带着几分痴迷和激情，

不去考量此去会包裹着多少凶险就匆匆上路。

我知道，前方可能布满荆棘。路途险恶且不说，单就父系部落的生活特性和由来已久的宿怨就堪称危机四伏。跟女人国之行相比，此行是一次刚性的考察，感觉、视觉和情绪都有了彻头彻尾的改变。相信随着我的履足，读者可以尽详其情。

男人国考察终于成行。

出发的这一天是 2005 年 9 月 9 日，星期五，秋阳高照，用西海固回民的说法，主麻日，好日子，是全世界穆斯林聚礼礼拜的日子，我感到沐浴真光，底气十足，信心百倍。

乘 1352 次上海至成都的火车。15：10 火车启动。

坐落在远方的川藏边境父系部落，因我无知而无畏，冲着你的纯正和唯一，一股脑儿靠近深不可测的你。火车呼啸奔腾，刺破道道霞光，钻出层层重雾。我一遍遍对自己说：近了，越来越近。

梦中的父系部落，无论离我有多远，我都会义无反顾地钻进你的内囊。

这是我又一次新的人生圆梦之旅，我为自己即将步入一个迄今未曾触摸的世界而兴奋。

金沙江

2、走进情歌城——康定

相传希特勒平生最欣赏两个人种，一个是雅利安人，一个就是康巴人，认为他们是世界上最优秀的人种，夸奖他们天生勇敢，箭法准还不怕死，曾派专人到康巴地区寻找纯正的康巴汉子"配种"。

做梦也没想过，我的双脚，会在某年某月的某一天伫立"康定溜溜的城"。

多半是《康定情歌》把这块多情的土壤唱得富有黏滞性，它能攥住我疲惫的双脚，洗濯我寻幽探古的双眸，点燃我心海的万丈激情。遗憾的是，我生性不够浪漫，在我的心目中，浪漫之城只属于浪漫之人，有趣的是，浪漫也能瞬间传染，稍稍凝视娇小妩媚的康定，一股异样情愫在飞快滋生，或许，此次考察是要重新考量锻造我？那么我得感谢尚未谋面的父系氏族部落，因为你，才使我得以走进中国唯一的情歌城，因为它是进藏的必经之路，堪称门户和腹地。

9月12日凌晨六点到达成都，即刻转乘开往康定的长途汽车，历经七个多小时，于下午三点到达唱着原汁原味《康定情歌》的小城。

太阳很明丽，风却阵阵寒，有异样的眼光投来，仔细一看，原来我的穿着引起人们好奇。我一袭盛夏打扮，而这里已是深秋，人们无一例外地穿着羊毛衫或呢绒外套，多半是汉藏合璧的穿法。一件羊毛衫，下面配一条藏族长裙。全身汉服，胸前挂着天珠和珊瑚玉佩。没想到康巴地区是这样的新颖别致，高原气候是这样的梦幻多变。

在长城宾馆安顿。上书店找点资料，无意中发现一本名叫《掀起康巴之帘》的散文集。随便翻了几页，觉得文笔不错，便留意了作者姓名：格绒追美。我猜测，多半是位藏族作家。果然，收银台上的服务员告诉我，此书作者就是一位藏族作家。偶尔会来本店光顾。我要了他的手机号码联系，算是机缘巧合，他正好刚从外地回来，准备关机时接到我的电话，不然就和他失之交臂了。

晚上，在入住的宾馆见到了格绒追美，一个剽悍的藏族汉子，绛红色的皮肤，像一块质地尚好的咖啡色绸缎，目光灼热，通身滋浮着豪爽、仗义的气息。从他口中知道，今年是他本命年，三十六岁，除了繁忙的日常事务，喜欢捣鼓美文，犹如他的名字，追美，唯美是追。于是，许多个"不知道"和"谜团"从他浑厚的男中音丝丝缕缕扯出。

格绒追美（左）与作者在察看川藏地图

康定城里的寺庙

于是，我知道了康巴地区的种种故事——独特的地理位置和人文景观使之成为历代通藏之地和多民族融合之地，著名的茶马古道从她身上经过。在整个康区，民族文化丰富多彩，形成了以藏文化为主，包括西方文化、伊斯兰文化、汉文化等多种文化载体的康巴文化。多元文化交汇的特点，集中体现在康定。康定小小的弹丸之地，竟有安觉寺、南无寺、金刚寺、清真寺、观音阁、天主堂等七座寺、堂。翻过折多山之后，更是摄影家的天堂。

格绒追美建议我多感受一下康巴文化，到几家寺庙转转，并且，一定要去德格的印经院看看，因为那里还是格萨尔王的故乡和出生地。

当话锋转到康巴汉子，格绒追美现出一脸豪气。他说剽悍、高大、威猛还只能算是他们的外表，最可贵的还是他们的性格特征。相传希特勒平生最欣赏两个人种，一个是雅利安人，一个就是康巴人，认为他们是世界上最优秀的人种，夸奖他们天生勇敢，箭法准还不怕死，曾派专人到康巴地区寻找纯正的康巴汉子"配种"。有一首名叫《康巴汉子》的歌可略见一斑：

"额头写满祖先的故事，

眼里是圣洁的太阳，

胸膛是野性的草原。

人随女人恨我自由飞翔，

血管里响着马蹄的声……"

（歌词根据格绒追美当时吟唱时的记录）

我感觉对康定的认知，终于超越了《康定情歌》本身。一首普通的情歌之所以广为传唱，不光因为它音韵优美，歌词柔润，还因为透过歌声让人们窥见了康巴人的爱情观：纯洁、平朴的爱情，自然碰撞的火花，追逐的是最本质的东西，诠释出康巴文化的合生共荣。

康定给了我许多感性的藏传佛教知识。藏传佛教在佛界自成一派，极具独特性，既吸纳了本土原始宗教苯教的优点，又吸收了其他民族宗教的精髓。关于活佛转世的说法，是藏传佛教的特点。气度恢宏的藏传佛教，不排斥其他民族，不杀生，在寺庙周围，能看到成群的藏马鸡、盘羊和活蹦乱跳的鱼、多种珍稀动物，这让我感觉很新奇。藏传佛教对不好的意见态度也很中性，能宽容，能换位思考。

本族婚姻自由，可以娶任何民族的女孩儿为妻，足见其兼容性。

冲着佛教的这份兼容，我得去南无寺感受一番。顺着折多河和雅拉河交汇的护城河溯源而上，渡文成公主桥，没去细想当年这位公主远嫁时的心情，顺山拾

南无寺

活佛多珠

级而上，十多分钟就到了南无寺。在富丽堂皇的庙宇见到了活佛多珠。他是一位66岁的当家，掌管着寺里整个事务。他能说普通话和藏语，一派佛相，尤其耳朵引起我莫大兴趣，硕然支楞着的耳翼，厚且质感地悬垂着，与其说是自然生成的，不如说是诚心修来。我眼里，多珠这样的活佛已非凡俗之人，普通人长不了这样的耳朵。

活佛自我介绍，五岁半出家，父母送他进寺庙，是家里唯一的男孩，父母亲因为宠爱而让他出家。藏族是全民信教的。问及他每天要做的事情，活佛说，每天早上六点多就起床做功，主要是修法、念经。佛法和祖师的经要诵读。七点吃饭，之后便忙于日常事务，如寺庙的修建、管理、接电话、群众来访。他会尽力为群众办事。坐下的二十分钟，身边的两部电话一直呈现极度繁忙状，不好意思久坐，起身告辞。

康定成为中国唯一的情歌城，也是前定，单从地貌态势就能看出端倪。比方从护城河顺流而下，过将军桥，汹涌澎湃一泻千里的河水，就像北宋词人苏东坡描写的那样："惊涛拍岸，卷起千堆雪。"丰沛的水流、压人的气势，丝丝如扣地孕育着康巴汉子。但凡事讲阴阳对称，仅有男子没有女子的世界是残缺的，更算不上完美，于是我发现了造物主的万能，它能平衡、能补缺，能给人以完美。听着河水冲刷康巴石，发出震耳欲聋的声音，我看到河水的颜色发生变化：两股完全不同颜色的河源在此交融，一条浑黄，一条藏青，于是幡然醒悟，它们是一双情侣，无疑是康定情歌的又一个版本。康定情歌是用嗓子，借助词和曲演唱的，而大自然的情歌则是用撞击而成的合弦，凭借肢体语言原唱加翻唱的。但不管怎么说，康定人以及康定人的母亲河都无一例外地演绎着这方山水人情的独特风韵。

倘若说康定情歌是由人吟唱的，那么，大自然的这个版本便是由水和石合唱的，它更抽象，更深情，我的心随之掀起巨浪滔天。望着一雄一雌两条河，感受阳刚和阴柔，再次体味力拔千钧和柔情纤秀，为这样一曲爱之绝唱慨叹不已。也许若干年后我会忘记《康定情歌》，会忘记康定小城，但我永远不可能忘记这样一条别致而多情的康定河，它的色彩，声音，波面以及阳光下那你中有我、我中有你仪态万方的优雅姿态都将嵌烙于我的记忆深处，直到永远。

康定给了我太多的文化准备，让我在步入川藏边境父系部落时多了一份心灵感悟。

3、来到格萨尔故乡

两位北京记者自驾车来到德格阿须草原，也是为寻找英雄踪迹而来，其中有一位随意说，格萨尔不过是神话传说中的一个人物，现实生活中没有这个人。哪知话音刚落，鹅蛋大的冰雹瞬间砸下来，两位记者捂着脑袋钻进车子。

13日凌晨6时许，天还未亮，就踏上了去德格的长途旅程。

长途劳顿，不知什么时候已昏昏入睡。

醒来时车仍颠颠簸簸地在山峦上行驶，只见身旁的藏民在悄悄地传递着藏话，接着齐刷刷地拿出一叠叠巴掌大小的红黄色的印刷品，大声吆喝着投向窗外，接

格萨尔王铜像

着便是死一般寂静，像怕打扰司机驾驶。

终于我悟出点什么，伸出脑袋往下看，万丈深渊；仰头往上看，云层近在咫尺；望正前方看，满是裸露着尖石的山峰，危耸入云。整个车身像是贴在没有下档支撑的天道上行走，滑入山崖只是一瞬间的事，只有神仙才胆敢在这里驾车。

全车人也骤然紧张起来，空气顿时凝固了。

此刻，我的心像是悬浮在半空中，心跳加速，双手紧紧抓住前排座椅，做好了身体随时下滑的准备。这种状况维持了有十多分钟。过后，司机踩了刹车，长嘘一口气，回头对旅客说：好了，过了雀儿山垭口了，休息一会儿吧。

我取出《四川省交通图》，寻找所处的位置。在马尼干戈和柯洛洞之间找到了"雀儿山垭口"这几个字，海拔5050米，不过在"雀儿山垭口"上方清楚地看到，这截公路是用黑色的打叉符号标示的，而它前后的公路都是红色的连线，就是说，这里是无路的。

合上地图下车，一堆碎石头上插着一块木头牌子，上面写着：雀儿山危险通道，请慢行。

终于轮到我叹息，回望走过来的这段无路之路，后怕之情油然而生。好在是

炉霍

后怕，如果事先知道有这么个雀儿山垭口，我恐怕会担心一路的，好在稀里糊涂地过来了。

侥幸过后，山顶的重雾已经散尽，汽车重新向前行驶，嗡嗡地盘旋在山巅。渐渐地，头顶突然吹来雪域的风，那是冰川的气息，五彩的经幡搅和牧场的炊烟，还有格桑花的芳香扑面而来，我知道，这地方不一般。无意间抬头，瓦蓝的天空浮云飘拂，渐渐组成骑士跃马图，此时，我的心胸重重一颤：莫非这就是格萨尔的故乡？没等发问，几位藏族同胞取出成沓的手掌见方的纸片，口中大呼"拉甲罗"，朝着群山撒出，顿时，满涧浸润晶亮的雨点。旁边的人告诉我，我们已经进入格萨尔的故乡——德格。

经过两天跋涉，终在第二天下午4时到了德格城。

德格意为"善地"，来源于藏传佛教中的"四部十美"。全县辖26个乡镇，面积1.2万平方公里，人口6.47万，其中藏族占百分之九十六。县城虽不大，但充满了厚重的民族文化底蕴。在一条颇具繁华气息的商业街上，错落有致地分布着各色旅馆，不用说，绒麦昂扎宾馆是其中最有气派的一座宾馆。

经常在外的人都会遭遇，每到一座城市，首先迎接你的不是你想见的人而是拉你住旅馆或宾馆的人。但我从康定一路走来，全没这种现象。没人介绍，入住濒临江边的德格绒麦昂扎宾馆，心情尤为舒畅。

接近傍晚，已和中午的热辣气候相去远矣，上了几步楼便感到气短、缺氧，硬抗着不吃药，指望借助英雄的力量达到适应。

我在格萨尔的故乡如饥似渴地拍照，自由地徜徉在诞生英雄的天堂，贪婪地找寻英雄足迹，悉心品读造就格萨尔的奇山异水，奇风异景。

并非我故弄玄虚，只要在德格周遭转上几圈，就不会对格萨尔出生在这里感到奇怪。文化和地域的超尘，达到了无法用凡人语言系统和理念来解释的境地。

雪山已不是朦胧的轮廓，它无情地把凡间和仙境隔开。镜头这边是人，镜头那边只能是神。在这里，人和神是可以对话的，不用嘴，不用语言，只用灵魂或感应。有趣的是，我自己也不能像往常一样和自己交流，总有一个不安分的声音倏忽跳荡出来，让我看看那儿，想想这儿，生怕提示得不够细。

我老是觉得格萨尔为大地所生，还想象他是蓝天和雪山联袂生出的儿子。他横空出世，降生凡尘，稍微端详那玉骨冰肌的雪山，就知道英雄风骨就是借助它的昭示而来。无论赤裸的岩石朝向哪里，全都像折射了太阳的光辉，晃得人睁不开眼。我理解，神话的源头——诞生英雄的地方是不许多看的。终于，我顿悟一个道理：英雄和雪山、海子、草原、骏马、白云缔结着割不断的生命链，它飞越万里，灵巧地捆绑住英雄，让他在这方土地上锻造、繁衍。

雕刻玛
尼石的工匠
（炉霍）

是的，也许会有人说，格萨尔只是神话传说中的一个人物，若干代的传颂和文学艺术加工，把他凝聚成神话故事里的英雄。我敢这么想，却不敢这么说。

在德格，我听到这样一个故事：两位北京记者自驾车来到德格阿须草原，也是为寻找英雄踪迹而来，其中有一位随意说，格萨尔不过是神话传说中的一个人物，现实生活中没有这个人。哪知话音刚落，鹅蛋大的冰雹瞬间砸下来，两位记者捂着脑袋钻进车子。一位说：看看，英雄显灵了吧。一秒钟前还是晴空万里，一秒钟后就掉下冰雹。谁能用唯物主义观点解释清楚这种现象我就服他气。按当地人说法，那位记者扰动了英雄的神灵，他必须

康巴女子
（马尼干戈）

给他一点颜色看，以证实他的存在是不争的。

我不敢说出那位记者朋友同样的话，尽管我可能有着和他同样的想法。我知道格萨尔是藏民族信奉的英雄，与全世界都知晓的斯巴达克和成吉思汗齐名，经过若干代的补充完善，他已经成为一位充满传奇色彩的人物，是藏民心目中一尊永远抹不去的英雄雕塑。

我从一些翔实可靠的历史资料中获悉格萨尔的生平：生于1038年，卒于1119年，出生在德格阿须草原的吉苏雅格康多，自幼家贫，与母亲相依为命，长期在打滚乡热火通、然尼等牧场当放牛娃，16岁赛马称王，与其兄察等建立武装力量，率众降妖伏魔，统一了一百五十多个部落，建立了强大的"岭葱"国，使百姓安居乐业。格萨尔之所以深受百姓拥戴，还缘于他的人本思想：解放穷苦人，不准烧杀抢掠，不准捕杀猎物，不准砍树。

牧区居民点

是的，我深为没能赶上英雄时代，无法领略英雄风采而感到遗憾，但履足孕育英雄的土地，任由神思飞越，似乎不妨碍和他做最真切的会晤和交谈。我想告诉他，我敬佩他。

无法考证德格印经院与汤家经堂和格萨尔有多大关系，只能凭感官捕捉孕育英雄的点滴。比如一丝高原的风吹来，一朵祥云飘拂，一匹烈马引颈嘶鸣，每片经幡的昭扬，我都能想到，这是英雄的动静，这是动静中的英雄。一定是英雄格萨尔在向世人昭示着什么。

我宁愿格萨尔是普通的父母所生，这样最能证明英雄出生地就是一个绝好的地方。眼前的一面残墙，让人联想到圆明园焚烧后留下的坚不可摧的柱子，格萨尔曾经抚摸过它吗？那只黑帐篷，是和格萨尔当年的帐篷一样吗？还有这片水草丰美的牧场，是格萨尔放牧的地方吗？依稀想象出当年的格萨尔的成长画面：让马牛羊们悠然吃草，自己在一旁拉弓射箭，端稳猎枪。他挑出一匹野性十足的马，一挥马鞭，吆喝一声，马和他化成一道白色闪电，箭一般穿越丛林，抵达自己设定的地方。因为英雄也是父母所生，口渴了，就掬一捧雪山圣水；饿了，摘几枚人参果，虽然食不果腹，但吸纳的是天地间的灵气和精华。要是我没说错，英雄该是用海子的水洗濯眼睛和面庞的吧，还喜欢与雄鹰、虎豹为伴，睿智和勇猛就是从充满神秘性的动物身上吸取的。英雄尤其爱美，还体恤穷苦人，他会为呵护一朵格桑花，为一方乡民免遭生灵涂炭，敢于不顾性命，去征战，去收复，去捍卫。如果我看到的大草原几百年来依然千娇百媚，因是格萨尔的英灵守候在此。

圣德吉祥的地域，方能造就卓尔不群的伟人。

德格，到处是与日月齐明的英雄气象，我因是晚生后辈无法目睹英雄风采，抱憾之余，莫名忧伤，只能慨叹："风萧萧兮，易水寒，壮士一去兮，不复还。"我知道，英雄不在处处在。英雄乌有处处有。摇曳的雪莲、吉祥的云朵、和煦的微风，全是英雄的示意，并不现出真身的格萨尔，肯定知道我此行的目的，会在冥冥中护佑我平安如愿。

4、奇人阿尼

15天前的一个夜晚，他梦见格萨尔骑了一匹红马对他说：你过几天去一趟多扎寺吧！说完就消失了。没过几天，青海来了一位活佛，名叫嘎玛久麦，41岁，邀请阿尼一起到多扎寺说唱，阿尼联想到梦中的神授，欣然前往。

佛说：前世的一千次回眸才能修来今世的一次擦肩而过。那么，民间艺人格萨尔说唱家阿尼能直接在梦中得到格萨尔的神授，那该积淀了多少代的渊源和生命精髓啊。

在德格县旅游局同志安排下，我在德格绒麦昂扎宾馆等待阿尼的到来。

阿尼

推窗瞭望，听着达曲河的吟唱，看着云雾飘渺、时雨时晴的香格里拉盛景，想象着阿尼模样，演唱的曲调和歌词，我和他能沟通多少，他得到神赐的个案能不能让人真信。

担心归担心，有一点我却是深信不疑，那就是：这块土地能够生长英雄，也能生长奇迹，这里有产生奇闻轶事的土壤，好比美洲的土壤才能长出魔幻现实主义一个道理。

想到这儿，有人敲门，一位壮年汉子，藏族打扮，自我介绍，名叫阿尼。

初见阿尼的第一反应就是他不像个藏族人，虽说脸庞也是绛红色，也透着两团高原红，但分明是朝朝暮暮常洗脸才有的气象。的确，阿尼有一张接近回民阿訇的脸，很安静，很干净。安静干净的还有阿尼的眼睛，褐色瞳仁又大又清澈，让人想到那是高原湖泊的水洗涤出来的，或者说是和格萨尔神交太久酿就的。阿尼穿着

工匠在雕刻经文（德格巴宫）

一件淡黄色的藏袍，精致考究，镶着闪亮的边，脖子上挂着一串天珠项链，长长的头发用橡皮筋绾在脑后，束成一条马尾巴，我想，都市好多艺术家也都留这样的发型，莫非是在西藏弄到的"舶来品"？能否说藏民族的某些文化比现代都市更先锋、更前卫？

　　我和阿尼握手时发现，他的手心微凉，可能有些紧张，可这是一位面对成千上万观众演唱格萨尔的艺术家呀，没道理紧张哩。我给他泡了一杯绿茶，在他跟前坐定，为了不使访谈气氛僵滞，随意地向他讨教知识。我问他沿途都有藏民拿着成沓的红红黄黄纸片朝山坡投撒，那些不是人民币也并非冥币的东西是什么、做什么用的。阿尼清了清嗓子，笑了笑说：那叫风马旗，敬神山的，祈求神山保佑平安。风马旗的正中央印着一个英武的骑马男子就是格萨尔王。阿尼清澈的眼眸溢满神采，由风马旗直接过渡到格萨尔，这个话茬儿正好是要找他聊的。

　　于是知道了阿尼的身世，以及神给了他怎样的亲昵，特赐他步入今天的辉煌境地。

　　1949年阿尼生于德格，15岁时开始说唱《格萨尔》，神赐加苦练，现今成为藏区杰出的格萨尔说唱家。阿尼的家乡是格洛洞乡色巴村，离这儿32公里，现在一家三代居于德格县城里。此前的阿尼和家人都是地地道道的牧民。家庭主要是靠牧业收入。六十年代到七十年代初，经济拮据，家里有十个人，七个兄弟，一个妹妹，加上父母，那时家境十分贫困。

德格印经院一角

　　从小放牛的阿尼，一天学也没上过，能走上专业说唱家的道路，说来颇为神奇。舅舅在他很小的时候就悄悄告诉他，舅舅在梦中得到格萨尔王的神谕，说阿尼会成为格萨尔说唱的传人。于是教阿尼学藏文30个字母，做他的启蒙老师，而舅舅本人就是一位民间艺人格萨尔说唱家。1961年，舅舅去世，阿尼就自学舅舅留下的厚厚三本《英雄格萨尔》，开始时看不懂，他就一个字一个字地拼、认，最后竟被他啃下来了。

　　正如舅舅所料，阿尼从15岁开始做梦的。那一天，阿尼在山上放牛，大约中午11点钟的样子，感到疲劳了，就躺在岩石边睡着了，很快进入梦乡，骑着骏马的格萨尔入得梦里。他至今仍清晰地记得：梦中的格萨尔骑着白马，头上戴着绿石头，浑身皆白，身高约有一米七二，长得像松赞干布，脸庞像莲花生大师。民间传说，格萨尔就是莲花生大师的化身。"他对我说：给你一个任务，第一保护身体，第二保护嗓子，第三，我的事迹一定要永远唱颂下去，你要把你的说唱技艺传授给你的儿子。"阿尼说到这儿有些激动，声音微微颤抖，他笃诚地看着我，一字一句地说着。他认为这就是神赐，是格萨尔在冥冥中对他的指引。

受到神赐以后，阿尼更勤奋了，严格按格萨尔王的意思，每天早上五点起床锻炼，洗净手脸，点香，倒水，磕二十五个头（全身匍匐在地的那种），晚上也磕二十五个头。每天在印经院转110圈，转一圈二分钟，需三个多小时转毕。从15岁到现在，无论是喝茶还是吃饭，之前一定要念：献给格萨尔王。

获得格萨尔神赐之后，阿尼兴高采烈地跑去告诉父亲，但那时候阿尼的父亲被划成"四类"分子，家里人不能乱说乱动，孩子们不许读书，只能放牧。父亲听了阿尼讲述的梦境，立即捂紧了阿尼的嘴巴，害怕极了，悄声对阿尼说：千万不要告诉别人，不然我们都要被抓去，千万别给家里惹事。

毕竟阿尼年少，终究还是把父亲的叮嘱抛在脑后。那一年，阿尼十七八岁，同龄伙伴在一起干活，保留节目就是各自都讲自己的故事，不会讲故事的就表演跳锅庄舞或唱歌。阿尼也不示弱，就把梦见格萨尔的故事讲出来了。讲出来之后，其他人一边说着不相信，一边向外传扬。很快，村干部、乡干部和县干部都来制止，不准他再讲。1978年的一天，四川广播电台的王康荣听说此事，专门来找阿尼问询梦中之事。当时阿尼已经能把梦中情景用说唱的形式为大伙表演，弄得牧民们都没心思干活，严重影响了生产。村干部们对阿尼十分恼火。

直到1979年，国家政策好了起来，无论哪家有结婚等重大庆典都会请阿尼去说唱格萨尔的故事。阿尼终于成为公众人物了，先后四次到西藏、青海和北京，还到过印度和尼泊尔等地说唱。据说格萨尔曾有80名大将的官邸在印度和尼泊

工人们在印刷经文

尔，阿尼回来之后又有了新内容丰富他的说唱。

今年已经57岁的阿尼仍然做梦，平均每个月仍能梦见格萨尔两至三次，他在梦里有时骑红马，有时牵白马，他会授意阿尼骑着他的马到某地去说唱。第二天果真有人请阿尼到那个地方去说唱。

阿尼向我讲述了他最近的一次梦境：15天前的一个夜晚，他梦见格萨尔骑了一匹红马对他说：你过几天去一趟多扎寺（德格附近的一座寺庙）吧！说完就消失了。第二天阿尼对儿子和孙女说了梦境。儿子对他说，你就去一趟多扎寺吧。阿尼细细一想，他的确还没去过多扎寺。没过几天，青海来了一位活佛，名叫嘎玛久麦，41岁，邀请阿尼一起到多扎寺说唱，阿尼联想到梦中的神授，欣然前往，去了三天，说唱了三天。

阿尼说他现在做梦和年轻时候做梦不同了。年轻时候做了梦，第二天醒来每个字都记得。现在做的梦，第二天醒来很容易忘记。不过还好，现在他会半夜起来，把梦境当即写下来，好在第二天说唱。

目前排入藏区说唱格萨尔故事最多之列的阿尼，现在能说唱50多部《英雄格萨尔王》。据阿尼说，一部《英雄格萨尔王》有200多个唱腔，而一个唱腔，大多需要唱十来分钟，少则也要唱四五分钟。四川广播电台找他做节目，最多的一个唱腔他唱了14分钟。这样掐算，每一部《英雄格萨尔王》他都需要唱上好几天，而且故事内容都不重复。这需要超常的记忆力！

这么多的故事难道都是从梦里得来的？我问阿尼。阿尼说，不全是。他说了一个比例：30%是从书中看来的、模拟的；70%是从梦里得来的，也就是格萨尔的神赐。梦里得来的内容起码有20%和书里故事情节相吻合。还有很少一部分是他生病时恍惚中得来的。我理解，生病恍惚中得来的部分也能看作神赐的又一种形式。

据资料介绍，阿尼的说唱，嗓音甜美，语言生动，形象鲜明，声情并茂，是一位深受群众欢迎和喜爱的说唱家。我问他是这样吗，阿尼点头称是，并说要为

喷着墨香的经文

琳琅满目的经图

我这个远道而来的客人演唱一段格萨尔，借此表达他对我的祝福。阿尼放开嗓子用藏语演唱起来，的确是音色优美，富于变幻，声情并茂，悠扬婉转，既像多曲河的溪流，沁人心脾，又像松涛阵阵浸人骨髓。语言不通不是障碍，从阿尼声音传递的抒情成分，我似乎已经听懂了许多。

获得神赐的阿尼是成功的。从1979年起，四川广播电台先后请他录制了《霍岭大战》（上、下）、《赛马称王》等说唱磁带。1984年他参加了在西藏拉萨召开的全国格萨尔演唱会，获得优异成绩；在1990年庆祝西藏昌都解放40周年活动中，获得说唱表演优秀奖；2000年7月在甘孜州首届格萨尔说唱演出活动中，取得优异成绩。2004年7月参加青海格萨尔千年纪念大会，演唱格萨尔片断。中央电视台、四川台和甘孜州台先后为他录制过节目，制作过磁带和光盘。

阿尼的成功奇而不奇，超乎常理，合乎情理。

神授，神不会对每个人都授予奇特的启示。只有特殊的地域，灵秀的人物，神看好他是不凡之人，能担此重任，才肯赐予神授，使他才情超人。

德格出英雄，出佛经，还出出类拔萃的说唱艺人，除了一方水土颇具灵性，还可以归结于佛文化的濡染、浸润。我只能这么推断，阿尼和格萨尔，除了前世有着很深的渊源，凝聚着血脉与灵魂的玄机，多半还因为阿尼虔诚，阿尼聪慧，阿尼能穿越生命隧道与神灵交汇。藏民族把格萨尔当神灵供奉，数以万计的藏民百姓都在唱颂英雄美名，最终得到英灵神授的却寥寥无几。

德格巴宫经库

5、参观德格印经院

德格巴宫现存有印版320000块，其内容有藏传佛教各派的经典，还有大量藏族文化科技方面的典籍，此类印版约有10万块，涉及历史、科技、传记、藏医、历算、语言文字等丰富内容，被称为"璀璨的文化明珠"。

到了德格，德格印经院是一处必去的地方。

访阿尼后，阿尼主动提出陪我去德格印经院参观。

从绒麦昂扎宾馆至德格印经院徒步一

刻钟即到。映入眼帘的是一座碉楼似的高大建筑，一层为石头砌就，厚厚高高的墙体甚为坚固；二层应是木头搭就，气势磅礴。周围是穿着藏袍、手举嘛尼灯的藏族同胞和几位外来参观者。看得出，德格印经院外围还在翻修中，四周的石头堆得足有两层楼那么高。面对这幢早就吸引我的德格巴宫，我被它的壮观肃穆和神奇所吸引。

仰望欧普山沟口的佛门圣地，更加确信自己走在由佛指点的圆圈内，完成某时某地某人某物相遇的前定。倘若不是些许神秘的契机，即使再怎么向往之，也毕竟相距太远，只能隔山隔水相望。就这次赴川藏边境考察父系部落来看，如果按先前拟定的线路走，也会与她失之交臂，但前定和佛缘是无法解释和破译的东西，只要有，就逃不过。是格绒追美详细介绍德格巴宫的，建议我走一条新线路，在德格多呆些时间，那里是藏传佛经的汇集地，收藏的经版可追溯到上千年前，丰富的收藏完全可以用浩瀚来形容。全院占地面积3000平方米，其中占建筑面积1637平方米，整个建筑坐北朝南，红墙平顶，古朴庄严，具有浓郁的康巴藏式古建筑特色。

最早的德格印经院仅仅是用于收集储藏藏文《大藏经·甘珠尔》书的地方。后被逐渐称为"德格巴宫"，意思是印经版的房子。德格巴宫现存有印版320000块，其内容有藏传佛教各派的经典，还有大量藏族文化科技方面的典籍，此类印版约有10万块，涉及历史、科技、传记、藏医、历算、语言文字等丰富内容，被称为"璀璨的文化明珠"。

德格巴宫外貌

因历代德格土司在宗教上推行本波、宁玛、格鲁、萨迦、嘎举五大教派并举的政策，所以德格经院藏有藏传佛教各教派的著名经典，包括不少珍本、孤本。如在印度早已失传的《印度佛教源流》，还有藏文、梵文、马都尔文的《般若八千颂》、《四部医典》等稀世珍本，还有少见的珍贵的唐卡、坛成及风马的画版4000多块。

在德格印经院入口处，只见阿尼与门卫用藏语叽咕了一阵子。我从他们的对话中猜出了几分，阿尼在向门卫解释说我是上海来的记者，想到里面参观拍照，而门卫坚持说德格印经院有规定，外来参观者一律不得拍照。于是阿尼径直把我带到院办公室，向院主管说明情况，我也主动掏出证件请他过目。主管终于同意我在印经院内随意拍照参观。

这样，我以记者的身份，走进这座向往已久的德格巴宫。

德格巴宫的藏文名称，译成汉语是"善地印经院"，全称应为"雪域文化宝库善地吉祥多门大法库"。它始建于1729年，是由德格第四十二代土司，六世法王却吉·巴登泽仁（1687-1738）创建的。

室内无灯，光线比外面暗淡许多，正是这种光线的瞬间切换使我更加感受到德格印经院的幽秘。高大的木头经柜鳞次栉比，一直排列得快要挨着屋顶。阿尼随意拉出一方抽屉示意我看，全是木版雕刻的藏传佛经。遗憾的是，我不懂藏文，一个字也看不懂，除了拍照，还是拍照。阿尼说楼上还多得是，上去接着拍吧。

扶着木头梯子上到二楼，四周仍然满是经屉，中间有几十平米的空地，十几个工人正在进行手工印经。全是像小搓衣板大小的木板，上面满满地雕刻着黄豆大小的字，在木版上面蒙一层薄膜似的白纸，再用涂了浓重油墨的刷子从头到尾一推，一张经文就印刷出来了。共有一红一黑两种油墨，印刷出来的经文，按颜色区分，分别放在两处。工人们个个笑容满面，很快乐的样子，全都大汗淋漓，一套手工流水线操作得非常熟练，知道的是在印刷佛经，不知道的还以为他们做的是艺术活，好玩而有趣。现代社会的印刷技术已经很发达了，这种原始的手工印刷技术要么失传，要么弃之不用，眼前的场景让我感悟到原始的也是前卫的，原始的也是永恒的。

阿尼招呼我到别处看看，不光这一处地方好看。

从东头回廊绕过去，进了一个小房子，光线更加暗淡。阿尼告诉我，这里是专门印刷佛教典符的地方，应有尽有，最好是买些回去珍藏。也许是佛像显灵，也许眼睛逐渐适应了屋里的光线，我四下观看，简直就是佛教典符的天地。仅释迦牟尼像就有上千张，含笑冥思，救苦救难，普渡众生。

格萨尔的像也有好几百种，骑马的，不骑马的，作战的，庆祝胜利的，令我目不暇接，眼花缭乱。

白玉寺一角

白玉寺朝拜者

再看看众佛像，更是多得数不胜数，除了千手观音、滴水观音和如来我知道一点，其他全都叫不上名。

我真想买一部分拿回家珍藏，可有两个顾虑，一是进山拿着太沉，二是这些像都非常经典，究竟该收藏哪些，我已经没了主张。

想了好一会儿，我决定收藏一张释迦牟尼像，云端之上的佛祖金光闪闪，怎么看佛的慧眼都是看着我的。我感到佛光已经暖热了我的心，身上也镶嵌了圣光。

阿尼见我郑重地把佛像放在包里，悄悄对我说，买不了就抓紧拍照。

我像一介饥民，体验了什么叫做如饥似渴、狼吞虎咽。渐渐地，我已感到饱胀，可眼睛仍然饥饿，心里仍然饥饿，肚子存放不下，就拚命往脑子里存，心眼儿里存。

阿尼见我呆在典符室没有要走的意思，对我说，下面还有一道工序，而且是很重要的一道工序：雕刻经文。

下楼，走出印经院，来到一个小院，一楼，五六位工人每人面前捧着块木板在上面用小刀刻字，雕刻圆满的摆放在一起，未经雕刻的白板堆放在一起，半成品被他们捧在手里。见我拍照，他们纷纷停住手中活儿，冲镜头看。我说你们尽管雕刻好了，我喜欢看你们工作的样子。看着他们一笔一划精心工作的样子，我突然悟道，藏经圣殿之所以浩瀚，都是由这里的每一滴水汇集而成的。不可小视涓涓细流似的人心，归入佛海方能呈现浩瀚。

白玉寺尼姑

德格印经院似乎与我即将考察的川藏边境父系部落关系并不那么直接，但部落人也是信仰佛教的，而且他们之间的距离只有100多公里，部落人无疑会受德格印经院宗教文化的影响，在自己独有的父系文化中烙上佛文化的痕迹。此行感受、参观，于我是必要的文化和心理准备，进父系部落考察似乎有了更多的底气。据说，山岩父系部落组织结构十分严密，内部实行民主制，制度的严密性超过我们的想象，这是否与德格印经院的佛文化有某种联系呢？

作者与尼姑合影

　　和阿尼在圣殿握别，我对阿尼表示感谢，特别感谢他陪我进行了两个多小时的佛文化熏陶。

　　参观德格印经院于我来说，相当于进了一个速成班。不能小视德格印经院得来的东西。感谢德格印经院带给我的思考，带给我一系列的佛文化熏陶。

6、佛龛白玉

　　白玉远远不止是白玉人凝炼的五句话：格萨尔征战时的兵器生产基地；白狼古国的神奇梦幻境地；中国最后的原始父系部落；绚丽奇特的自然生态王国；康区红教最大的朝拜圣地。白玉已被全盘佛化成一座充满佛光的城市。

西藏路标

　　从格萨尔的故乡出发，随颠簸的小吉普沿色曲河踽踽而行，大约四十多分钟左右，到了色曲河和金沙江交汇处。司机边耍方向盘边说：这里就是川藏的交界处，过那个木头小桥就是西藏了。我请司机停车，要把对岸山坡上红色的"西藏"字样拍下来。川藏一江之隔，连接处却是一座五十米不到的小木桥，江水呈一黄一青两种颜色，据司机说，到了冬天，河水便不分彼此，全是青色的了。这就是民族大融合的盛景，再次由自然界做了最有人情味的诠释。

　　路况很差，风景很美，一路拍照，一路赏景。德格和白玉相距不过百余公里，车子却足足跑了5个小时，直到下午4时才到白玉县城。

　　在白玉宾馆入住。联系到河川先生，晚上他为我接风洗尘。满桌的新朋友很热情，有酒、有歌、有金沙江的鲜鱼，我被感染得忘记了自己到底是哪族人。

　　从我第一次在地图上看到川藏边境的小城白玉，就一下子想到上海的市花白玉兰，想象着她一定与上海的市花一样美艳。

踏上白玉这方洁白如玉的境地，感到自己的想象入乎情理。从古至今的白玉，似一弯缎带，飘飘渺渺笼罩了一个远方来人，也似远古投掷来的一枚天珠，在我心底激起阵阵涟漪。天珠是慧眼，帮我识白玉，于是我知道了它的过去时和现在时。

白玉曾是东汉白狼国夷地。隋为附国所属婢药部落，曾慕义内附。唐隶吐蕃。宋属岭国。元初归附中央王朝，置"亦思马儿甘军民万户府"于沙马，属朵甘行都指挥使司。明崇祯十二年（1639）后渐为德格土司所辖。清末改土归流于宣统元年（1909）置麻陇设治局，辖白玉一部分，宣统二年（1910）十一月设武城县，三岩委员，辖白玉区盖玉区部分，同年改置白玉州。民国二年（1913）改称白玉县，隶属川边特别行政区。民国七年（1918）被藏军占领后划属西藏，历时14年。民国二十一年（1932）归属西康。1955年10月并入四川省。《清实录》记巴塘、德格两条传统入藏道路之间为"山暗巴地方系通藏大道"，简称"山岩"、"山艾"、"山暗"。它是连接甘孜州南北的"桥梁"，又是格萨尔的"文化走廊"，具重要的战略地理位置。

梦幻白玉。白玉远远不止是白玉人凝练的五句话：格萨尔征战时的兵器生产基地；白狼古国的神奇梦幻境地；中国最后的原始父系部落；绚丽奇特的自然生态王国；康区红教最大的朝拜圣地。

也许不该责怪史料和当地人谈论白玉的语气太理性，理性的一切会让人产生理智而不是感情。我只能这么说，我对白玉的所有梦幻都是能悟不能诉的，完全是欲说还休的。

江这边是四川，江那边是西藏。

白玉是温润纤柔的，当我攀至白玉寺的半山腰，仰视整个山坡那满是庙宇似的别墅群，一边慨叹其辉煌壮观，一边就有盛大宗教的气韵扑面而来，顿觉千手观音的千万双手的抚爱和点拨，立时像被一个无私的女人拥抱了，一种纯粹的母性的拥抱。我享受着爱抚、环绕、渗透，我有再次诞生的感觉，愉悦却无半点情欲。

进了白玉寺便不敢再说佛是虚无的，我要说佛是真切可感的，于是也理解了那么多的妙龄少女因何而痴迷地来到这里当尼姑，来到佛的鼻子底下，甘愿放弃红尘的诱惑，让现世彻头彻尾地皈依。

抚摸巨筒里的佛经，感觉出生之后第一次沐浴，呵，是温泉的水在洗涤我，世界上最温柔的手臂箍紧我，一只无形的舌头在舔噬啃咬我的灵魂。终于，我被洗濯一新。

白玉可谓盛大的佛教殿堂。从数字上看，全城人口3500余人，而寺庙信徒就有2000多人，其中尼姑200余人，信徒人数多于俗人。白玉已被全盘佛化成一座充满佛光的城市。有千百年佛文化的深重濡染，白玉人的心灵、行为举止及生活细纹都已显出与凡俗之人的诸多差异。其他城市很难有一种像白玉这样充满佛教的经典气息和画面。

街上五步就可见喇嘛和尼姑。喇嘛光光的脑袋上顶着受戒点，穿着袈裟，或默默行走，或为施主念一声阿弥陀佛，人在化缘，神情却超然物外。更有一些妙龄尼姑，挂着佛珠，慈眉善目地撑起一道属于自己的风景。他们全是佛教的专业人士，念经、修功、化缘是他们的主业。

隔岸观景，是审美的最佳距离。

喇嘛和尼姑们的化缘倘若在其他城市还会被许多人误解，以为是打着佛教的招牌巧要钱财，在白玉，他们谁也不会遭误解，总能得到积极的回应。一个傍晚我正在一家餐馆吃饭，进来一个喇嘛，冲邻桌的年轻人念了声"阿弥陀佛"，几个年轻人都从身上掏出钱来，一二元不等，没人不给。

穿戴整洁雅致的佛徒们的化缘可谓白玉的一道风景线。

感叹白玉已摆脱凡俗之气，入得眼里的白玉人，是最最不需要防范的，因为有宗教，是被佛直接管辖的，因而比任何一个地方的人更安分、更亲和、更包容、更热情。他们比谁都懂得节制、隐忍，积善行德，超度来生。不会无端索取，更不会与外来人过不去。

被佛俯瞰着的白玉仿佛进入了佛境，这让生活在现代都市里的我艳羡不已。

精神疲惫，躺在床上却无睡意，满脑子都是白玉风情，都市浮尘流云悄没声息地淡化了，高楼远去，黄浦江淡出，冷漠和计较隐匿，只剩下童话般卓尔不群的雪山，朴拙的牦牛，闲云般悠然的骏马，迎风摇曳的雪莲、格桑花，匍匐在草原胸膛的黑帐篷……

我一次次地在思忖，生长在佛境里的父系部落会是什么样子的？她一定是撒入人间的自然之子，与现代文明隔绝，又与现代文明抗衡。

想象中的原始父系部落文明再次潜入梦境：佛的颜色更浓烈；没沾过尘埃的山水；初航远行的蒲公英，幽蓝的海子；绛红色的戈巴的脸，还有扑朔迷离的雾气在翻滚。

男人国在向我呼唤。

7、凶险的诱惑

他像经典回放那样，把自己上次骑马到劣巴村的情景回忆了一遍：进劣巴村和西巴村必须骑马，山坡异常陡峭，悬崖峭壁下面是金沙江，另一边是原始森林。翻山的时候，人几乎只能趴在马背上，山道狭窄得仅够搁下一只马蹄。据当地百姓说，当年解放军解放山岩时有一名战士连人带马一起掉进了金沙江，至今想起来都让人毛骨悚然，十分害怕！

感性交织理性，深切感受到白玉的美艳，但因这里没有"戈巴"，没有原始的父系部落，没心情在此久留，想抓紧时间进入川藏边境山岩地区。

天公似乎有意为难我，旅游局局长黄兴来电，进入山岩的必经狭道被滚下的山石破坏，正组织人力紧急抢修，到底何时通车，只能边等边看。我像一头困在笼里的狮子，没一点办法，只能无奈地等待。

当时在上海我与范河川先生联系考察川藏边境父系部落之事时，范先生曾再三劝阻我暂时不要来，说进山岩的石路最近遭遇重大泥石流，外人无法进山。因我当时心情迫切，没加理会。现在看来他说的是真的。我只得面临尴尬：人虽至"父"口，却无法进"父"门。

中午，河川先生、黄局长和何鹏芳主任一起陪我用餐，打发等待的时间。

不知谁出了个主意，说不如找一个山岩的当地人到县上来，我就住在宾馆按部就班地打听些事情，拿回上海整理整理，凑合着写点东西。我不怀疑他的一番好意，但我无法苟同。千里迢迢来到此地，为的就是找到纯正、原始的父系部落，和"戈巴"们零距离接触，获得鲜活真实的第一手材料。找一个人来，几经转手弄点不痛不痒的东西肯定不行。

席间，黄局长讲了一件他遭遇到的真事。也就在一年前，他随几位同仁到山岩附近的山林去游玩，大伙儿分成两部分，各占一个山头说笑唱闹。不一会儿，他觉得对面山上静下来了，有人冲他指指点点。他感到背后有东西在急促地呼吸，回头一看：不得了，一头壮硕的野猪正圆睁了眼睛瞪他。他怔了一下，立即反应过来：逃命吧！他一跑不打紧，深深刺激了野猪，你跑我追，谁跑得过谁还不一定哩。求生的本能刺激黄局

玛尼堆

长发疯般猛跑，在整个山巅转圈子，大约四十多分钟后，就在黄局长感到筋疲力尽，再也跑不动的时候，前面出现一片茂密的原始森林，黄局长急中生智，闪身钻进林子，终于逃过野猪一劫。据他们说，倘若近距离遇见野猪，即使身上带着猎枪和刀，也起不了作用，一旦伤及野猪，反而会撩起它的野性。我想，倘若我碰到这等事，肯定不会有黄局长那么幸运。

曾带领不少学者多次进入川藏边境实地考察的何主任，说到进山岩时仍然谈虎色变，一开口便道山岩道路危险，去过一次，后怕一生。路途险要且不说，好歹能坐在车子里，但到了乡上，再下村里采访，那就更困难了。归根到底一句话：进山岩等于拿命冒险。他像经典回放那样，把自己上次骑马到劣巴村的情景回忆了一遍。进劣巴村和西巴村必须骑马，山坡异常陡峭，悬崖峭壁下面是金沙江，另一边是原始森林。翻山的时候，人几乎只能趴在马背上，山道狭窄得仅够搁下一只马蹄。从那以后，所有恶梦都是关于骑马进劣巴村的。据当地百姓说，当年解放军解放山岩时有一名战士连人带马一起掉进了金沙江，至今想起来都让人毛骨悚然，十分害怕！

听了这些说法，要是说不害怕是假的，但就此打道回府也不合我的冒险性格。听他们热心快肠地罗列问题，我则在心里支招儿对付，怎么才能既能进山圆满采访，又不至于被凶险吞噬。

夹一筷子牦牛肉，似乎牦牛肉能壮胆，咽下去之后，我谦虚地请教在座的白玉专家：有没有其他进山岩的办法？

办法只有一个，骑马进去。专家们纷纷回应道。

在川藏边境骑马对于当地人如小菜一碟，于我这个一生从未骑过马的马盲可谓是件大危之事。险源在不谙马性。要是上到山崖，马累了，渴了，来脾气了，尥起了蹶子，那可不是闹着玩的，人命关天，马命也关天啊！

山岩肯定是要进去的，山石挡道就只能骑着马进去。此时的马似乎成了我能否进山岩的关口。我忽然来了情趣，想与马增进友谊，进山岩前先与马相处几日，多喂些草料，多做些沟通，熟稔后，它会乖乖听我话，爬起山来就安全了。

在座的朋友听了我的话后，都抿嘴笑了起来。众口齐道：这是不可能办到的。原因是进山岩的马，只能是山岩的马，其他的马不行，而山岩来的马没有草料，一般第二天必须回去。再说，马就是马，马是牲畜，通人性但不等于就是人，进山岩骑马不能万保无失。

服务员端了一钵饭上来，何主任借题发挥：山岩不光地理环境恶劣，生活也非常艰苦，乡政府的同志都经历过断粮考验，在百姓家"蹭"过饭吃。况且，每年十月中旬后山里就要下雪，雪有好几尺厚，根本别想出来，一直要到第二年四月雪才开始溶化。山岩这么早就封山了，这又是我事先未曾料到的。

从山岩出来的范先生说，即便顺利进山，跳蚤、臭虫、虱子肆虐，还有蛇，凶险四伏，防不胜防啊。他说起了一件往事。一次他小心翼翼地陪一个学者进山岩劣巴村考察，不料这位学者当天就被虱子叮咬得全身瘙痒，结果没呆两天就逃离了劣巴村。我清楚，山岩除了这恶劣的自然环境外，还可能面临父系部落因世代宿怨引起的械斗，如果正巧赶上，谁也不敢担保他生命无虞。

面对山岩如此生存状态，胆怯裹挟着畏惧同样在我心头乱蹿。

山岩男人国，可能是目前世界上保存最完好的父系部落，是人类社会的活化石，其在人类学上的价值无可估量。在现代文明冲击下，它与世界上的其他古老文明一样正趋于萎缩，已是全世界不可多得的稀有文化，弥足珍贵。

这让我想起人类学家摩尔根在《古代社会》里的一句名言：印第安人诸部落的文化生活，在美国文明的影响之下已日渐衰颓，他们的技术与语言在消逝，他们的制度在解体。在今日极易搜集的事实，再过几年之后将无从发现了。

每每念及此言心里就会产生一种冲动，一种想为男人国写作的冲动，一种生命力的冲动。个体生命对整体文化的推进都是一种生命的提升，即使心头畏惧也没有理由拒绝。

对于置身其中的陌生感，极大地激发出挑战自我的冲动。

我竭力为自己的想法辩护，为自己的冲动辩护。

凶险的诱惑反而带来诱惑的冲动。

傍晚，黄局长打来电话，语气兴奋地告诉我，经他们尽力抢险，去山岩路上的泥石流已基本排清，明天汽车可以进山岩了。同时告知，明早八时，由县里派北京越野车专程送我进山岩。

一度看似遥遥无期的希望，突然形势好转。

行进过程中的不遂不顺倒也成了一种点缀，回头再看，也是一种风景。

这意外的通达让我彻夜兴奋难眠。

8、路遇械斗

丹真说你不知道他们的脾气，一旦发生械斗，双方都会不要命地拼，谁都不会示弱，因为风俗习惯决定了他们一定要与对方拼个鱼死网破，不然，被打败的一方会世世代代被人瞧不起，还会受到其他人的欺侮。我终于明白了为什么双方都打出了血还要争斗不止。

倘若说从上海出发到现在有值得纪念的特殊日子，那么进山岩的这一天该算一个。

我会永远记住这一天：2005 年 9 月 17 日。

这一天我不仅遭遇到顽石的狙击，生平第一次见到双层彩虹，走进保存完好的原始父系村落，还路遇一场"戈巴"械斗，让我领教了"戈巴"们的脾气。

按时间顺序，我最先路遇的该是"戈巴"械斗。

这得从我钻进北京越野车说起。

白玉县政府对我这次考察极为重视，专门从公安部门抽调了一部性能良好的北京越野车送我进山。早上八点不到，司机就在我下榻的宾馆下面等候。他是位腼腆的藏族小伙子，没有上楼叫我，更不想用喇叭打扰我，足足等了我四十多分钟。钻进车里的刹那间，心情激动，我对自己说：这就要进入时间隧道，去直接触摸远古父系部落的遗迹呢！

司机名叫丹真，中等个头，二十八九岁，能说汉语。他面部轮廓清晰，肤色黝黑，是一位标准的康巴汉子。他告诉我，白玉到山岩虽只有百余公里，可今天也是他第一次进山岩。从他的眼神中我读出，山岩在他心里仍然是一块凶险之地。

丹真是位老资格的司机，在白玉县政府开车已有十年历史。他向我表示：下午两点前一定把我平安送到山岩。听了这话，我心中着实宽慰不少。

丹真开的是张飞车，车速很快，可能把开车当成跳锅庄舞了。在他身上我读到了藏族小伙子的激情。

我们很快进入了川藏边境金沙江河畔。过度的颠簸使我眼中的金沙江晃荡不已。河面不宽，水量也小，两边全是裸露的鹅卵石，有的地段被刨成了沙坑，有的地段堆积着小山似的石头和沙子。我想，这是外界的现代建筑需要河床的副产品。再往前开，果然应验我的猜测，大卡车、拖拉机横亘河边，把车轮探到了浅滩，像直嘴的鹭鸶咬紧一尾尾鱼似的。

一路专心开车、安心哼歌的丹真，并不对河面感兴趣，顶多瞄上一眼就又盯着前行的路。我正在心里赞叹他的守定，哪知"嘣"地一声，来了个急刹车，我往前猛一栽。丹真指给我看，河滩上有两拨人像是在吵架。

丹真忧心忡忡地说："我看到我的叔叔在里面，还有亲戚，他们肯定会打架，我得下去劝劝。"说完，丹真一拉手闸，噌地一下出了车门。

我只得呆在车里，闲得无事，随即摇下车窗玻璃，把目光撂过去。我看到敏捷的丹真像猴子下树一般蹿到了一个高个子老者身

山岩路标

边,双手叉腰,和一个高个子老头耳语,像是劝架,大概这个高个子老者就是他的叔叔。

以高个子老者为一派的八九个人和另外一派的八九个人在争吵,配着捣眼窝的手势,男女都有,声音混杂,说的是纯正的藏语,当然,不管纯正不纯正我都一句也听不懂,只能凭感觉观察,觉得事态严重。

对他们来说,争斗不是一种展示,而是一种执著和力量的投入。

丹真站在一边不知该帮谁,我看了半天,见他一会儿劝劝这个,一会儿劝劝那个。我希望吵架双方能戛然而止,各干其事,挖石头、铲石头、卖石头都可以。但双方人员并没因为丹真的到来而停止吵闹,而且争吵似乎在升级。有一个壮年男子的手指头几乎捣着了丹真叔叔的眼眶,而丹真叔叔毫不客气地扇了对方一巴掌,这一下不打紧,双方终于动起手来,铁钎、铁铲和石头全都成了械斗的武器。

此刻,河滩上已打得难解难分,叽里咕噜言辞激烈,顿时河面像煮沸的水,两拨人像在锅里翻腾的饺子。有个男人被打趴到地上,额头上淌着血。一个妇女尖厉地叫着,扔下石头,朝坡上跑来,我明白,她是要到村里喊救兵。械斗无疑还会升级。我的眼睛在纷乱的人群中寻找丹真,还好,他没打别人,别人也没打他,他还在竭力拉架。

一场械斗渐渐平静下来,他们都因第一个回合耗费了元气在抓紧休整。

没过多久,双方又缓过劲来,开始新一轮的争吵。

像是受伤一方在找另一方讨还公道,双方又举起了铁家伙,又是一番石头加铁锤的械斗。丹真叔叔这一方有人被砸伤,卧在河滩上喘息,对方也有人受伤。双方一边在械斗,一边还说着理直气壮的话,没有任何人服输。

我十分担心再这样下去丹真会加入某一方,可能会被扔过来的石头砸伤,那么山岩之行就泡汤了。好在,推推搡搡几个回合,人群又静了下来。我趁机喊丹真上路。丹真一步三回头地上了车,心里惦记他的叔叔。

丹真坐进来却并不发动车子,眼睛盯着河滩看,恋恋不舍、忧心忡忡的样子。他说他很担心叔叔,年纪这么大了,被人打了可不得了,劝又劝不开。我说他们不会打了,两边都有了伤者,该收场了。丹真说你不知道他们的脾气,一旦发生械斗,双方都会不要命地拚,谁都不会示弱,因为风俗习惯决定了他们一定要与对方拚个鱼死网破,不然,被打败的一方会世世代代被人瞧不起,还会受到其他人的欺侮。我终于明白了为什么双方都打出了血还要争斗不止。

我忽然想起一个问题,起因是什么,到底谁是谁非。丹真说,照说是叔叔这方有理,为开采这片河滩的石头,叔叔给有关部门交过费了,开采是合法的,而对方可能不知道这一点,也挤进来开采,道理讲不通只能打架了。接着丹真又小声地嘀咕道,河里的石头也不是叔叔家的,叔叔交了费也无权买下,对方也有开采的资格。事情到了这一步,得想办法解决,再拚要出大事的,况且,让丹真带

着这种心情开车十有八九也会出事。

凭我的感觉，此刻械斗双方很难自行解决。我对丹真说，我们能否请乡政府出面制止。丹真一听觉得是个好主意，马上来了精神，一踩油门，车子"嗖"地一下蹿出好远。

车在凹凸不平的小道上行驶了约有五公里，乡政府到了。正要把车子往一个小院靠，丹真眼尖，指着一个壮年汉子说：喏，他就是乡长。下车后，我和丹真用最快的语速抢着把河滩的一幕讲完。乡长听完，对我们说谢谢，答应马上带人去制止。

我和丹真目睹乡长折身跑回乡政府喊人去了。我们悬着的一颗心终于放下。坐在车上，我想起了在白玉了解到的关于山岩戈巴械斗的"挑战习俗"：两个戈巴（部落）若有仇，甲方戈巴会拿一把斧子在乙方戈巴的一户人家大门口砍一斧，算是挑战；乙方戈巴去对方回砍一斧，就算应战。一场械斗就此拉开了幕。不斗个你死我活，决不会罢休。有时一场械斗会持续多年。比如过去山岩就有两个戈巴，从1939年起一直打了8年，死20多人，毁屋50多间，许多戈巴倾家荡产，流落他乡。至今宿仇还未了结。

北京越野车正加快地朝山岩方向行驶。

本来一场械斗到这儿就算讲完了，但有一点我还想说一下，丹真最终没在两点以前把我送到山岩，这不仅因为路遇械斗，还在山岩地界遭到顽石狙击。到达山岩乡政府比原定时间晚了两个小时。当然，平安到达已属幸事，比起械斗，顽石毕竟有惊无险。路遇械斗让我明白那场"劝归鸿门宴"上，几位朋友列举的凶险并不是危言耸听，这场械斗的当事人双方都是紧靠城镇的、接受了现代文明熏陶的藏民，为了一点沙石就打得见血，那么可想而知，有着千百年宿怨的山岩戈巴一旦械斗起来肯定会捣腾得天翻地覆。想到此，头顶秋阳的我不由得打了个寒颤。

2 初识男人国

　　我们最早的男始祖是西藏六大王，其中一个大王叫京扎哇达，当时京扎哇达住在西藏。京扎哇达发达后，就积极扩大地盘。择了一个黄道吉日，安排一个孙子到山岩称王，这位孙子的名字就叫松吉夏。

9、"阿凡提"乡长

　　想起来有趣，截至现在，我人生中的三次重大访问都是有关少数民族的，第一次的女人国是蒙古族；第二次是信仰伊斯兰教的宁夏西海固的回族；这一次是藏族。事先并没策划好都是冲着少数民族去的，也就是巧合。民族的才是世界的，这句话很伟大，民族文化，异彩纷呈。

　　当裸露的岩石越来越多，当把人颠簸得筋骨像散了架，当太阳突然隐匿飘出缕缕雨丝，错落有致的碉堡似房屋映入眼帘时，司机说话了：前面就是山岩乡政府。我一看表，时针正指向17时。

　　雨中的山岩仿佛以泪洗面，男人国的男人也会伤感？也许是男人国的女人们在迎风落泪？我仔细打量这个颇为神秘的地方，这个在世界上硕果仅存的古老的雄性王国，心情万般激动。

　　乡政府也和这里的所有民居一样，堡楼似的，我甚感新鲜。分管计划生育工作的白马降称和乡上唯一的医生泽晓接待了我，给我安排了住处。他们告诉我，乡长今天专程从县上回来接待我，现在还在路上，可能要晚些到。同时又说，书记在外面开会，最近回不来。想到头一天还在为进山岩焦急万分，而此时此刻已经住进具有当地民族特色的堡楼房，欣慰之情无以言表。

　　打开窗户，发现雨虽然还在滴滴答答地下，可太阳却已伫立于西边山头，一

2005年9月17日
在山岩拍摄到的双层
彩虹。这一景象被当
地人视为吉祥。

弯七色彩虹甩出一个抛物线从东面山上横亘西面山上。我一看表，时间正好是18时。彩虹也许并不希罕，但眼前的彩虹多少和我曾经见到过的彩虹有些不同。到底哪点不同，一时半会儿想不清楚，比城里的更长？更绚丽？都是，又都不是。端详片刻我便发现，彩虹要比任何一方的彩虹都胖。是胖吗？也不像。这时的彩虹像是有意帮我找答案，它有了莫名的变幻，我终于看清，原来此时的彩虹是双层的，两道赤橙黄绿青蓝紫的彩色链条并列，把整个山岩当顶罩住。

后来离开山岩时，我才知道这一道神奇彩虹给我带来了莫大的幸运。

我喜欢这道奇景，不容多想，捧着相机就开始狂拍，窗口拍不完整干脆跑到山间田埂上拍。拍完之后我才发现山岩的男男女女正用异样目光打量着我，时不时还耳语几句。我当然不知道他们说些什么，但从表情上看没有恶意。我向他们打招呼，他们也满含笑意向我回礼。

双层彩虹渐渐融入暮色，被苍穹唤回了家。在城里这当口该是吃晚饭的时候了。奔波了一天的我，此刻腹中也有些叽里咕噜，却不见他们做饭。白马坐在我旁边，十分窘迫地说：我们已有几天没菜吃了，今天乡长可能会捎一些来，要是饿了先拿盒方便面对付一下。我说不用，再等等。我看过了他们的厨房，糌粑、酥油、玉米面都有，就是没有一根菜，看来这里的清苦不是装出来的。

一直等到七点多，白马说已经见到乡长开的车子在山顶上了，但要到乡上，起码还得四十分钟，从高山上盘旋下来，还要绕好几十道弯才能回来。我为天黑还行驶在山路上的乡长担忧。

我饥肠辘辘，准备泡面，忽然楼上的人都朝下面跑，往外一瞧，来了一辆吉普车，黑压压的一帮人在忙碌地搬东西。楼板发出响声，在昏黄的灯光下身影飘摇。几个小伙子大包小箱地拎着搬着，很快，把厨房堆成一个贮藏室。我感觉走在前面的那个长得黑黑胖胖的小伙子很有气势，像是乡长。向人一打听，原来站在我身后的那个瘦小伙子才是乡长。

我主动上前与乡长打招呼，彼此介绍了一番。多吉巴登乡长长得瘦小，目测身高不过一米六，体重不过百斤，褐色眼仁，一脸喜相，像个高中生。他自称是藏族人，可我怎么看都像新疆人，脸廓、线条乃至神态整个就是一个"阿凡提"。后来与他熟了，当面呼他"阿凡提"乡长，他也欣然接受。

泽晓医生和副乡长珠扎在张罗着做饭，刚才还冷火冷灶，顿时炊烟浮泛，漫出菜香。此时的我已对饥饿麻木，急切地希望和"阿凡提"沟通，恨不得现在就开始访谈。只见"阿凡提"一连喝了好几杯啤酒，大概他一天没喝过水，把啤酒当水喝了，可头脑却异常清晰。我坐在他旁边，把我此次的访问计划简要地向他讲述了一遍，同时给了他一份我来前拟定的《川藏边境父系部落考察纲要》，希望

黄昏时的山岩

能得到乡政府全力帮助。"阿凡提"说：在县上，领导已经叮嘱过，要为我这个上海来的记者访问开绿灯，让我放心好了。

"阿凡提"真是好样的，几瓶啤酒入肚，马上为我此次访问事宜召集紧急会议，只见八九个清一色的小伙子，包括三名乡上教师，盘腿席地而坐。

我虽列席，却像一件摆设，一句话也听不懂，只能观察他们的神情。"阿凡提"说着流利的藏语，多半是在安排工作，除了"记者"、"访问"、"戈巴"之类的少数单词我能听懂，其他一概不懂。藏语听上去很像日语，发言、节奏及断句都特别像。"阿凡提"正是在为我的访问安排工作。我看几位乡干部听得很认真，时不时点头表明听懂了，而此时的我成了异域游人，孤立无援被隔在外围，不能融入。

想起来有趣，截至现在，我人生中的三次重大访问都是有关少数民族的，第一次的女人国是蒙古族；第二次是信仰伊斯兰教的宁夏西海固的回族；这一次是藏族。事先并没策划好都是冲着少数民族去的，也就是巧合。民族的才是世界的，这句话很伟大，民族文化，异彩纷呈。

从今天起也许就失去往日的起居规律了。这里的晚饭是正宗的夜宵，一直到晚上十点多，才端起了饭碗。边吃饭边打哈欠，不知道吃饭和睡觉哪个更迫在眉

睫。大概是吃饭把瞌睡撵走了，饭后竟毫无睡意，我和"阿凡提"又闲聊起来。许是职业习惯，在闲聊中也不忘寻根问底，闲闲聊聊中采集了"阿凡提"不少有价值的东西。"阿凡提"成了我在山岩乡采访的第一人。

不敢小瞧"阿凡提"，年仅27岁，政绩和阅历都已经不浅了：1979年2月出生在白玉县辽西乡，离山岩仅190多公里；1996年10月在康定四川省藏文学院读书，主学藏文，此前只读过初二；2000年7月藏文学院毕业（四年制），分配至白玉县安孜乡政府，从事文书工作；2001年11月任安孜乡副乡长；2003年4月任白玉县纳塔乡代乡长；2005年4月至今任山岩乡乡长。

"阿凡提"有可能习惯了汇报工作，仿佛我是他的上级，提纲挈领地向我介绍起山岩乡概况：山岩乡位于白玉县城西南138公里外，东邻沙马乡，南接巴塘县，西隔金沙江与西藏贡觉县相望，北以欧业拉与盖玉乡为界，全乡面积446平方公里；乡驻地八学村，海拔3600米；全乡耕地1065亩，森林8.6万公顷，草场29.5万亩，为半农半牧乡；全乡1684人，其中男性820人，女性864人，家庭346户，辖7个村。我一一记下了这些颇具民族特色的村名：色德、八学、色麦、劣巴、然翁、西巴、当拖。

我很想知道，作为乡长的"阿凡提"是怎样在这一雄性王国里工作的？"阿凡提"习惯性地把褐色眼珠往上瞟了几下，马上总结出几样事：一是退耕还林；二是社会治安综合治理；三是维修山岩公路；四是移民搬迁；五是农村"低保工作"。据其他乡干部讲，"阿凡提"一上任就直接下基层调研，仅用了15天时间就把七个村挨个走访了一遍。可见他的工作之细致。

"阿凡提"的敬业精神令人赞叹，从今年4月份调到山岩乡，至今没回过一次家。二十六七的人了，根本没时间谈恋爱。在我的追问下，他悄悄告诉我，他理想中的爱人是贤慧的藏族女孩，能帮他照顾家。现在家里只有母亲和一个姐姐，都没有工作。

谈到这儿，我突然发现"阿凡提"眼皮直打架，觉得自己的确有些强人所难。

送走"阿凡提"，推开窗户，想欣赏夜色中的"戈巴"民居，哪知一切房屋全被掩蔽，只有黑魆魆的山的剪影，抬头观看，几抹闲云在深蓝的天幕下淡扫烟云，几粒繁星仿佛刚刚沐浴过，清新而洁净。转到另外一个窗口才找到月亮，似娇羞

万状的藏族少女，它是雪莲的颜色，洁白、清朗、出尘。睡觉前，我想到一个与
"戈巴"无关的话题：都市里的艺术家文学家怎么不肯来这儿，关起门来苦思冥想
一辈子，不如大自然展露的一个画面。

10、佛光之下我们同享生命

在这个自然的宇宙里，任何生命都应得到生长的权利，当我们以爱护的心态
看着它们生长的同时，其实我们自己的人性也在生长。正如法国人施韦泽说的：
只有我的生命意志敬畏任何其他生命意志才是伦理的。

记得上大学的时候看过一部电影，片名和绝大部分内容都忘了，但有一个细
节一直记得很清楚。一位活佛在盛夏里披着袈裟，蚊子叮着他裸露的膀子噬血玩
儿，这时出现活佛面部的一个特写，眉头紧皱，脸上肌肉抽搐，我恨死了那些蚊
子，在心里喊：拍呀，拍死它呀！活佛念着阿弥陀佛，根本没有去碰那些蚊子。
这个细节让我纳闷儿了许久，我对佛教的隐忍和不杀生早有耳闻，但"愚钝"到
这等程度肯定是不可理喻的。然而，在山岩访问遇到的几件小事，使我终究理解
了电影里那位活佛。

又要说到司机丹真，进山岩途中我们曾在一个山腰休息，他用牙齿咬开一瓶
啤酒解渴，喝完后他把空瓶敲碎，然后把有瓶颈的部分插在山石的缝隙里。我对
此大惑不解，一只空瓶扔下悬崖不就行了吗，敲碎不说，还把瓶颈口朝外插入石
缝，够繁琐的。丹真说，我们不杀生，如果我把瓶子随便扔到山崖就会杀很多生。
他见我不懂，细细解释：瓶子扔下去以后，许多虫子闻见味道，感到稀奇，会挤
着钻进瓶子，等挤得多了，你踩我我踩你想出也出不来了，你想想那样是不是会
死掉许多虫子？要知
道，虫子也是命哩。闻言
我感叹万分，他们对生
命的珍视远远在我们之
上。

人生的道路，走过
的不仅仅是足迹，还应
有心境。

白马和乡长带我去
村头看树葬，沿路都是
茂盛的刺巴，它们在阳

光下闪着凌厉的光芒，颇有几分得宠的傲然，好像把人挂一下、绊一下、划一下都是天经地义的。很快，我的头、脸、手、衣服上都有了划痕，我对白马他们说：唉，这么多的刺巴把路都堵了，怎么不砍一些，留出路来呢？他们面视一笑，调侃道：砍掉？它们不痛吗？我说它们是刺又不是人。他们说：不是人，但也是生命嘛。和丹真的理论如出一辙。我终于明白这里的刺巴为什么茂盛得有几分张狂，原来，人都给它们撑腰，纵容得不行。生命，抑或生灵在这里都受到优待，无条件的优待，它们有恃无恐地盛开着生命。刺巴不会收敛它的锋芒，小野兔、盘羊或藏马鸡不会见人就躲得远远的。

后来，我慢慢发现当地人都有很深的生灵崇拜情结，天上飞翔的秃鹰，森林里的虎豹，统统视作充满灵性的东西，宁伤自己也不伤它们。还有树木和细花野草，都不会无端踩折它们。

于是留意起身边的生灵，理解了许多令我感动的场面。一位七旬老汉，把本来就已经佝偻的背弯得很低，昏花的老眼直勾勾盯死羊肠小道，悉心走路，生怕不小心踩着地上的蚂蚁。一位美丽的藏族女孩儿，举一只坠落的小鸟，冲它耳语：去吧，飞到山顶玩去！口气像哄小妹妹，接着轻轻吹一口气，一个生命初航、远行。一位小伙儿看起来长得粗壮，面对生灵就把内心的纤柔袒露无遗：掬一捧甜丝丝的溪水下咽，溢出满心感恩，绝对不忍心把一口痰吐进溪水。

"让我和草木为友，土壤相亲，我便已觉得心满意足。"在自己的生命中体验到其他生命的当地人的作为与林语堂的愿望不谋而合。

生活给人的馈赠，往往采取启示的方式。

我忽然想起了人间仙境香格里拉的源头。香格里拉不单单是自然界的造化而成的，也是人类自己造化而成的。我终于相信了途中一位康巴汉子对我说过的一句话：这里到处都是香格里拉。

在这个自然的宇宙里，任何生命都应得到生长的权利，当我们以爱护的心态看着它们生长的同时，其实我们自己的人性也在生长。正如法国人施韦泽说的：只有我的生命意志敬畏任何其他生命意志才是伦理的。

万类生灵在天地间共舞；向善的人性至美至纯。

动容亦撼然。

山岩人是可以也是有能力征服自然的，但他们不希望征服，而选择了最佳的处世态度：和谐、共存和共享。在他们眼中，任何物种皆有生命，他们始终追求索取和给予的平衡。有着对生灵的崇拜情结，他们对万物生灵的态度就是一种泛神论，他们眼中的一切都是有灵性的，大到一座山一条河，小到一株草一条虫，它们的生命也是造物主所赐，和人一样拥有享受生命、颐养天年的权利，人固然是世间灵长类动物，比它们可能高级一点点，但人没有权利为自己生长便利而扼杀其他生灵，人和其他所有生灵的关系是平等的，只能是共享，不能排斥和扼杀其他生命。

现代人许多貌似文明的举动，其实很少含有文明的内涵。

晚上，抚摸手背上几处划痕，摘下衣服上几枚尖利的枣刺，在灯光下边欣赏边自言自语：就算你划伤我也不会折断你，只要愿意，再多划几下也没事，你也有生命，我可以呼吸你也能喘气。

想着那些平时根本不会放在眼里的烂漫生命，恬淡入眠，梦里佛光闪烁，好不怡然。

作为现代人，我们已经丢失了这种自然状态。

人与自然的关系应该得到重新审视。

裸露的石根

11、裸露的生命力

比如在山岩，的确有这等事体：一个男子如被一群女子围住，她们可以把男人衣服脱个精光，并且随意地抚弄其生殖器，这可以在任何场所发生，其他男子一般不会劝阻，认为是很平常的事。

我在白玉县文化部门提供给我的一份资料上看到一帧图片，一群年轻貌美的女子在山洼瀑布底下赤裸沐浴，阳光下她们显得那样自然大方。无论取景构图还是情景中人，都以其返朴归真的古拙特别抓人。初看时，我以为是作者偷拍的，

浴女
（何鹏芳供稿）

再看我就看出蹊跷，女子们从长发中探出头脸，并没有遮掩身体的下意识动作，一张张无所顾忌的娇媚如盛妍牡丹的脸完全不避讳迎面扫来的镜头，我推断，这样的照片绝不是偷拍，图片中的人物乐意展示自己的青春体态，美不胜收。

每个男子对这帧图片都会不由自主地多看几眼。

我不会对一帧照片太细究。来到山岩，面对分布山坳的直指苍穹的雕塑般的男女生殖器，察看后发现，错落有致的它们一半是鬼斧神工的雕琢，一半是人工所为，原来，这里的生殖崇拜已洋洋洒洒走过千百年了。

阳刚且直指苍穹的它们，通透幽深带足了灵气的它们，在山环水绕天地簇拥之中，昂扬执著，为生命放怀高歌，它们阴阳合璧，为张扬生命和延续生命，为世世代代的戈巴助燃香火。

对男人和女人的身体是作为生命被当地人世代崇拜的。

漫步于绮丽多姿的山地，每当看见裸露在地表上呈不规则状排列着的许多酷似男人阴茎和女人阴户的土雕塑，总会冲击着我的视觉，颠簸着我的浮想。

那裸露的石根，蕴涵着人类旺盛的生命力，是生命的另一种存在形式。

一刹那间，在我脑海掠过许多画面，现代都市成人保健——性用品商店，也排满了这些零部件，但稍微想一下就知道，完全是两码事。生殖崇拜是因渲染生命活力、呼唤孕育生命而起，性用品商店罗列的充满肉感也许更逼真的东西只与性欲有关联。

这片土地上千百年来演绎着的习俗使得男女生殖器得以在阳光下凸绽，男人如钟乳石倒挂，女人如玫瑰盛开。

倘若不是为了御寒，山岩男男女女可能会觉得衣服是多余的东西，裸露身体是一件张扬生命活力的自然之举，绝对不会有我们现代人那么多的想法。

基于这种理念，当地男人的体魄，特别是生殖器不再归结为羞处，见不得天日。女人也一样，乳房和下身统统不是羞于见人的东西。耕种或放牧闲暇时，男人和女人会来到这些演绎他们身体的活化石群中走走看看摸摸，像是能从中找到生命的原始冲动，也像是从中找到能使自己更加亢奋的气场。

我远远打量一位男子，在酷似子宫的土雕前注视，神情满是崇敬和瞻仰，也许想看清孕育生命的最初温床，也许是已经娶过两房妻子都没生出男孩的缘故，是祈求，是打探还是找寻再生的力量？多半是兼而有之吧。

据说过去山岩人盛夏的穿着十分简单，简单得堪称原始，男女上身赤裸司空见惯，遇到春耕秋收的特殊季节，有的男子全身一丝不挂，只用一根红线缠住生殖器约束自己不得放肆，和女人们一块劳作，大家对此视而不见，毫不介意。女人也一样，为给孩子喂奶方便，众目睽睽之下赤裸上身，没人看也没人笑，是一种自然而平常的事情。当然，如果追溯得更久远，他（她）们下身仅围一张皮，扎些树叶或带子遮羞，赤脚行走，都是见怪不怪的。

山岩人眼中拔地而起的柱状物质，理所当然地看作男人最引以自豪的传种接代的东西；石头与石头间的缝隙也不例外地被看作孕育生命的最初温柔之乡；凹凸起伏的半球体山峦自然也奉为喂养生命的乳房。这些人体器官最容易和"色情"、"淫秽"、"羞于见人"搭界，但山岩人眼中的它们都是不用背的。他们会展开一些以生殖器为主题的游戏。我觉得，剔除了色情和下贱成分的游戏特别有文化。

比如在山岩，的确有这等事体：一个男子如被一群女子围住，她们可以把男人衣服脱个精光，并且随意地抚弄其生殖器，这可以在任何场所发生，其他男子一般不会劝阻，认为是很平常的事。

在田地中劳作的妇女，也有没结婚的少女，很多时候都露出自己的乳房，不介意别人看到。洗澡或喂奶时则更不用说。实际上这是很明显的生殖崇拜情结在生活中的自然流露。

这些在我们看来匪夷所思的事，在由当地人撰写的有关山岩的书籍里都有确切的记载。

我围着这群酷似男人阴茎和女人阴户的土雕，忙上忙下地拍照，生怕错过一尊。受山岩人的影响，面对这些平时遮盖太紧的东西，不太坦然的我也放开许多，我像这里的不在乎抚摸男人生殖器的女人一样，变换了多种角度拍照，好在我已经有了儿子，不然，借着这些土雕的灵性，要是还想生孩子，多半还能再生一个儿子。当地一位老者告诉我：有了这些东西，村里男男女女时常会来转转，它们耸立在此，的确是有些神力的。她们或他们来这儿相当于到寺庙求菩萨保佑生儿子。

据当地人介绍，山岩八学村东南山有一座"赐子神山"，山上有一个水晶洞，还有一个外观十分壮观的石柱。山洞是子宫，石柱是阳物，在洞和石柱之间来回转悠一番，可以看到一男一女一对送子神像。神像下面可以玩类似抓阄的游戏——挖小石头。挖到红色的生男孩，白色的生女孩。一些没能生育的女人经常会到"赐子神山"来，亲吻男石像，如果挖不到石头，会令她们万分沮丧，那等于生育无望。山岩还有和阴茎十分相像的石头，大小和纹理、情状很相像，女人们愿意在上面坐一坐，她们把这种石头当成神山的阳物，有能力帮她们怀孕。

我没能在盛夏来山岩，错过了他们裸露身体的最佳季节，但我也侧面感受到他们对生殖器的特殊情感。比方说，采访的一些女子，胸形全是不受束缚的样子，不像城市女性戴胸罩，隐去并改变天然的形状和轮廓，不再呈奔放流泻的自然状态。而男人则更喜欢裸露，采访几位勇士，都有裸露的习惯。也许在他们看来，只有裸露的身体方能体现出他们的生命力。

真想在采访期间亲眼目击一场女人狙击男人的游戏，但是没能如愿。可能是山岩已经受到文明的洗礼，也可能避讳外人不想把自己的经典剧目拿出来表演。以张扬生命力和雄性魅力为主题的游戏绝不是时下边远乡村，男人和女人打情骂俏时贱兮兮的游戏。

也许，经过山岩的原始生殖崇拜之后，我会很快忘记其中的细节，充盈大脑的是山岩昂扬的阴茎和与之匹配的阴户。厚爱生命的女人们如果愿意她们热衷的游戏，且让那些被称作阴茎的物件在她们手中石破天惊吧，我仿佛又听见康定的情侣河在欢快呢喃。山岩的女人不容易，但愿那些有着无限灵性的土雕如她们所愿，保佑她们全都生男孩儿。

12、部落长多吉翁堆一脸霸气

恕我直言，他身上显露出的蛮横、习钻及凶悍的"品行"正是他过去所在的父系部落所需要的。正因为他身上具有这种"品行"，他才能带领自己的"戈巴"，在众多"戈巴"群中脱颖而出，成为当地的一个强势"戈巴"。可以这样说，他所在的父系部落造就了他，他也造就了他的父系部落。

我首先想说，我不喜欢甚至讨厌多吉翁堆这样一个山岩父系部落长，但反过来讲，我何尝不应该对他充满感激。遇到这样一个人，我喜不喜欢一点也不重要，重要的是，没有这个角儿，相当于一幢屋子缺根横梁，也相当于一部电脑缺少硬件。

细想，部落长也没有开罪我的地方，不喜欢多半是发自对父系文化野蛮性的恐惧。

在附近村落访问几天，虽说采访了不少人，所获材料也不少，但这里的父系部落普遍有对本部落的事情严守秘密的道德规范，对一些涉及部落内部的敏感事件，"戈巴"们大都不愿提及，这曾经使我一度非常焦虑。我把自己的焦虑告诉了乡长，请他为我物色一个既了解山岩男人国情况，又敢于大胆说出来的人。乡长也因到山岩任职只半年时间，情况不熟，答应找有关人员打听一下，尽量满足我的要求。

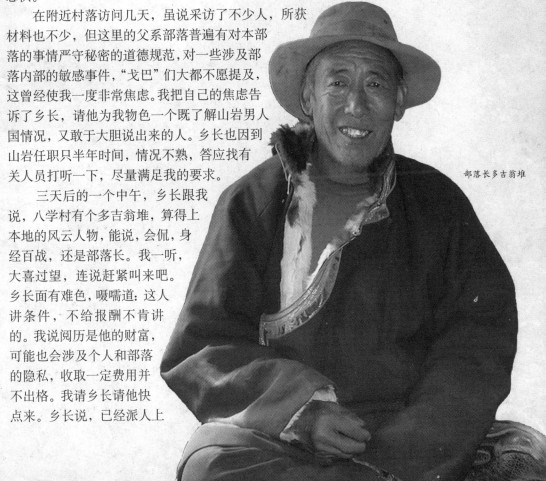

部落长多吉翁堆

三天后的一个中午，乡长跟我说，八学村有个多吉翁堆，算得上本地的风云人物，能说，会侃，身经百战，还是部落长。我一听，大喜过望，连说赶紧叫来吧。乡长面有难色，嗫嚅道：这人讲条件，不给报酬不肯讲的。我说阅历是他的财富，可能也会涉及个人和部落的隐私，收取一定费用并不出格。我请乡长请他快点来。乡长说，已经派人上他家联系，稍晚一些会来乡政府见我们。

午饭后我就开始等待这个名叫多吉翁堆的人，边等边拟提纲，只要他肯来，就绝不漏掉一个问题。然而，时针过了二点，又过了三点，快到四点了，仍然没见他踪影。正准备到乡长办公室询问，听见木楼梯发出咯嘣声，有人踏着很沉的脚步上楼来了，以至于把整幢楼也震得有些摇晃。不用介绍我已猜到他就是部落长多吉翁堆。

他一头钻进乡长办公室，半个小时后，我才听到有沉沉的脚步声朝我这边挪移，是多吉翁堆和乡长来了。后面的部落长步履铿锵，声如洪钟，一连串的话从他嘴里吐出，简直就是由远及近的闷雷，颇有些先声夺人。

可能是多吉翁堆曾帮乡政府搞定一些纠纷的缘故，其他办事员对他也很恭敬，给他递了烟，拎了一壶酥油茶，老爷子多吉翁堆似乎并不领情，只顾叽里咕噜和乡长说话，语速很快，模样很犟。我想，既然是好不容易找来的人物，应该抓紧时间访问才是啊。我几次想打断话茬儿都没成功，他还在急切地说啊说，天知道在嘀咕什么。我劝自己别着急，既然人都来了，也不怕他走。当我的耐心磨起老茧，多吉翁堆这个不讨人喜欢的部落长终于停下来，我想这该可以提问了。哪知乡长开口道：他说他今天有事，不能谈，明天吧，明天一大早他就来。他希望给他一些钱。我请乡长说个数，乡长按外面的行情说了个数，我说可以，钱的事好商量。

问题没问，钱也没收，多吉翁堆走了。随着整幢楼的摇晃停止，我对多吉翁堆生出了期望：那就明天吧。

明天，也就是第二天，转眼就到，一大早我就在房间等候。上午没来，中午没来，又到了下午二点了，他还是没来。我问乡长这里的人怎么不守时，昨天约好的也会变？乡长说，他就相当于一方地域的土首领，你还指望他能守我们的时？我请求乡长派人到他家里喊。转眼又到了三点半，办事员撩开窗帘进来，冲后指了指说：来了。

又是老一套，多吉翁堆进门后只顾与乡长叽里咕噜地说话，打着很有力度的手势，褐色眼珠转得非常欢实，一派旁若无人的态势。好在今天他没与乡长长谈，很快收住话，由乡长翻译给我听。多吉翁堆的意思是，昨天他有点生气，因为没敲定钱的事，所以他不愿意再来。我赶紧说，那就商量一下要多少钱合适。乡长转达我的意思。多吉翁堆说：具体多少我也不愿说，但有一个前提就是，你够意思，我肯定也够意思，你给到某个份上，我就谈到某个份上，反正我会对得起你。我觉得简直就是和一个江湖好汉在对话。

为了尽快敲开他的嘴，我出了一个不菲的价位，并马上兑现，把一沓钱递给乡长，由乡长转递给多吉翁堆。他从乡长手里接过钱后，用手指捂了几下，放在面前的写字桌上，脸上显出一丝微笑。看得出，他很满意。边上的人给他斟满一碗酥油茶，他端起来一饮而尽，用手背揩揩嘴巴，冲乡长说了一长串的话，乡长对我翻译说：他说，现在可以开始问了。你问什么，他会答什么，他会把"戈巴"内的一些机密全部对你讲，保证你满意。

我对多吉翁堆整整访问了三天。至于我向多吉翁堆问了多少问题，他有没有跟我捣糨糊，访问的东西算不算够分量，我不想在此细说，只想把多吉翁堆这个山岩父系部落的土首领给我的印象描述清楚。

老实说，多吉翁堆很符合我曾经对男人国子民的想象，也就是说我想象中的男人国子民就是他这样的，他太典型了，可以说囊括了所有男人国子民的最出彩的特征。

我的问题多半有些刁，64岁的他会朝我翻翻眼珠，抚摸他的酥油茶碗，嗯叽几声，其实他是有借着一些下意识动作延长思考时间的意思。此时我便有些得意，觉得自己终究还是有强过他的地方。

问到一些他认为幼稚的问题，他会用略带沙哑的声带滑出长串哈哈哈，老实说，我对他的笑声仍然不敢恭维，可以说令我不寒而栗。

随着他的讲述渐渐进入谈判、复仇和杀人板块，我觉得他挺直的腰板更硬朗，猜测他至今仍有一米八以上。他那绛红色皮肤像被火烤得滚烫的铁板，我能感受到热浪汹涌。不难推测，坐在这里说话一定程度上压抑了他的种种野性，但他借助一双蒲扇般的大手挥洒他内心想要爆发的内容。

说到某某"戈巴"终于为自己的爷爷复仇成功，多吉翁堆通身的凶煞便从眼神里荡涤出来，两颗金牙伴随手势，闪着逼人的寒光，手背上的汗毛卷曲、微黄，那是桀骜不驯、脱缰野马才有的。我隐隐觉得，此人年轻时肯定是个凶悍的勇士，为了自己部落的生存，对对手一定不会心慈手软，否则他就当不了部落长，当不了土霸主。

我想引用他自己的一段原话，也许能给这张素描增添一点成色："我是山岩夏锅戈巴的首领，我当了25年的首领。我是英勇善战的，我是最优秀的戈巴，称得上智勇双全，是所有戈巴一致推荐我当首领的。当时，全体戈巴开会，由元老团推荐，由戈巴大会通过，每个戈巴举手表决通过的。"

恕我直言，他身上显露出的蛮横、刁钻及凶悍的"品行"正是他过去所在的 色德村
父系部落所需要的。正因为他身上具有这种"品行"，他才能带领自己的"戈巴"，在众多"戈巴"群中脱颖而出，成为当地的一个强势"戈巴"。可以这样说，他所在的父系部落造就了他，他也造就了他的父系部落。

望着他一脸的骄纵恣意，我开始走神，听说他先后娶的两个

妻子都已故去，令我疑窦丛生，咋就那么巧呢，嫁给他的女人偏偏都过早谢世？眼前的男子到底对她们伤害有多深？他究竟扮演了何种霸王角色，我很难揣测。按汉族迷信的说法，多吉翁堆这样的人命里克妻，像陈忠实的长篇小说《白鹿原》里的白家驹，几乎是讨一个老婆死一个老婆，多么强健的女人也抵挡不了男人命里的一个"克"字。当然，这些纯属于闲扯无根无据的。但有一点是肯定的，父系文化是强势文化，男人是社会的主体，而女人是卑微的，依附型的，那里的土壤、气候都十分不利于女人生长。

送走多吉翁堆，我依然想象着他年轻时的模样，带领"戈巴"勇士，四处征战、复仇、谈判、索赔……一个个"戈巴"的头脑人物的人生轨迹大抵不过如此吧。

13、"我们来自松吉夏！"

多吉翁堆反客为主，自己给自己倒了一碗酥油茶，咕咚咕咚喝了几口说：松吉夏是从西藏贡觉县的绒马锅来的，离现在大约有一千多年呢，经历了四五十代了，那时候连布达拉宫还没建造。

多吉翁堆骄气十足，说到他的祖先时，更是满脸自得。"我们整个戈巴都来自松吉夏！""松吉夏"是他们"戈巴"最荣耀的祖先。这让我想起西海固老鸦人的语气："我们这儿没别的姓，我们是李氏大村！"

看来，无论谁只要说起祖上和来源，都把腰板撑得直直的，生怕让人小瞧了。乡政府提醒过不要单独离开住处，可能是为安全起见。但这句警示语对我不管用，我照样瞅准机会躲过他们的视线，独自跋涉山壑拍照或站立于山峰眺望金沙江，我急于想探寻山岩人的根。

考察前粗粗看过一些史料，关于山岩男系最早祖先的来源有各种版本，比较得到认可的，一是上世纪末由《中国青年报》等单位组织的徒步长江考察队的调查，他们断定山岩人来自西藏阿里，是象雄、古格王朝的后裔。不少当地人也承认自己来自西藏阿里地区狮泉镇。据说有家谱记载；二是羌人后裔；三是土著人。

对上述说法我仍然不满足。作为一个探究者，我仍然盼望有"新来源说"。果然，访问多吉翁堆，这个课题有了突破，我仿佛看到一股绵密、鲜活的泉流融入三条支流汇集成的一条大河。

访问多吉翁堆的第一天，我就直截了当向他提问："你们的祖先是谁？从哪儿来？"并对翻译说，让他把这一问题叙述得透彻些。

"我们来自松吉夏。"

当翻译把我的话翻译给他后，他一点也不含糊地回答道。此刻，我发现他脸上露出了一股骄傲。

　　事实证明，多吉翁堆有资格骄傲，他把一件遥远的事说得如此清晰和合乎逻辑，令我不得不信服。

　　多吉翁堆眨着他那双褐色眼珠，语气平稳，开始侃侃谈来：

　　我们最早的男始祖是西藏六大王，其中一个大王叫京扎哇达，当时哇达住在西藏。哇达和他的另外五兄弟比，是一个最憨厚而无心计的人。一次哇达在外游玩时，他的大王兄弟背着他分钱财、分土地、分寺庙。哇达听说自己的兄弟们在分东西，赶紧回家，可此时一个女子拦住了他，告诉他有一条狗在撵一头鹿，让他管管。哇达犹豫不决，到底是先回去参加分东西呢，还是去解决狗追鹿的事呢？憨厚善良的哇达决定先去解决狗和鹿的事。结果，也不知道狗追鹿的事解决得怎么样，反正等他回家，人家五兄弟该分的全分完了，哇达不光没分到一寸土地、一只香灶、一根寺庙的柱子，连家门也进不了了。

　　可怜的京扎哇达只能流浪了。哇达生气，沮丧，忧郁，常常回忆和五兄弟在一起的时光，那时住在西藏的大贡日（还有一个对贡日），兄弟们情同手足，朝夕相处，其乐融融，转眼人一长大，心眼儿就大，弄得亲兄弟也不相认了。

　　充满失落感的京扎哇达住进一个山洞，日日夜夜闭关修性，排泄心中郁闷。哇达闭关修性的那座山叫达日贡玛，山的形状很像骆驼。过了一段时日，哇达觉得闭关修性得可以了，就走出山洞，想成家立业。于是，在达日贡玛山脚下找了个美貌姑娘成亲了。京扎哇达娶的是格吉白的女儿，格吉白是藏族的一位大王，他把女婿京扎哇达当成自己的亲信和心腹。说来有趣，可能是京扎哇达把降妖除魔当成使命，所以他的修性得到了天神护佑。他的家族以星火燎原的势头急剧增长，很快繁衍到四十万户。

　　京扎哇达厚道，人丁兴旺之后他没忘记曾经弃他于不顾的五个兄弟。京扎哇达说：我们是兄弟，我现在过得好了，也不会忘记你们，从今天起，我用箭给你们纳税吧。五兄弟自然很高兴。

　　京扎哇达发达后，就积极扩大地盘。择了一个黄道吉日，安排一个孙子到山岩称王，这位孙子的名字就叫松吉夏。

　　多吉翁堆说到这儿，笃定地看着我说：听明白了吗，我们就是松吉夏的子孙，也是京扎哇达的子孙。我当然不明白，他忘了还得由翻译翻译给我听我才能明白。

　　多吉翁堆反客为主，自己给自己倒了一碗酥油茶，咕咚咕咚喝了几口说：松吉夏是从西藏贡觉县的绒马锅来的，离现在大约有一千多年呢，经历了四五十代了，那时候连布达拉宫还没建造。贡觉县有他们祖先的房屋，当年有外来军队到绒马锅的时候，松吉夏的子孙把松吉夏的头颅当护身符顶着跑到了山上。后来，松吉夏的子孙还与当地高僧喇嘛聚在一起，商量着修寺庙。你相信不相信，现在贡觉县的绒马锅还有他们祖先的遗迹！

　　我合上笔记本，说：相信，当然相信，你们是松吉夏的后裔。

　　听见赞许，多吉翁堆也非常高兴，露出金牙哈哈地笑着，有些手舞足蹈，孩童一般。他说：周边"戈巴"，消亡的消亡，搬迁的搬迁，结盟的结盟，有的勉强存在，也活得灰头土脸，而我的"戈巴"兴旺火爆着哩。我的元老团、勇士团都是齐刷刷的精兵强将，要将有将，要帅有帅，要卒有卒，亡命天涯，远近闻名，令外敌闻风丧胆，谁也不敢招惹我们。我的"戈巴"，一千多年来，雄踞一方，现在仍有四百多人，男人占了一大半。只要说一声八学村的夏锅戈巴，仇家也只能干瞪眼。因为我们是松吉夏的子孙，我们血管里流淌着西藏六大王京扎哇达的血液。

　　听乡干部说，过去曾有一些记者进山，也采访过多吉翁堆，他们往往摆上一桌酒席，边喝酒边叙事，多吉翁堆嗜酒，又是一个傲慢之人，往往待多吉翁堆喝毕、吃罢，曲终人散，也没有套出他祖先的名字，而他这次竟生动详尽地给我讲述了他们祖上的来源，我想，多半是上苍念我跋山涉水、千里迢迢，馈赠、特赐一份厚爱吧。

14、羌人后裔

　　据当地人说，在山岩岁巴村发现有羌人的墓葬。这种墓葬非常独特，世上罕见。尸体周围采用石材包裹，里面有陶器、酒盅等陪葬品。当地人称其为石棺葬。石棺葬与藏族的所有葬法不同，在藏族史上从没有石棺葬的记载。它应属羌人的墓葬无疑。

　　假如给吉普赛人一方宝地，让他们从此不再流浪，让他们栖息安居，几百年后问他们，你们从哪儿来，谁让你们到了这个地方，你们的祖上是哪部分的。我想，他们多半无法回答。因为他们本来就没有故乡，没有国家，没有根，似一个游动的部落，拖着卖艺的家什满世界飘。问祖不啻揭短。山岩有一部分住民，明明知道自己的血管里流淌着羌人的血液，是不打折扣的羌人，但他们却宁愿自称藏人。

　　这种现象令我十分不解。吉普赛人没有国家，没有故乡，没有文化，没有雄踞一域的本领，没有可供炫耀的祖上，一句话，没有曾经的辉煌，他们不愿意谈"祖"是再正常不过的，而羌人的这拨后裔避讳自己是羌人就让我大惑不解了。

　　走访中我执著于这样一个问题：你们是从哪里来的。对方不明白，眨巴眼睛看着我，似在琢磨意思，又像在想词儿，一般回答就是两种，一是说祖上来自西藏阿里；二是说来自西藏贡觉。没有人说自己是羌人的后裔或他们的祖先曾经是羌人。看得出，当地人都希望别人承认他们是藏人。

　　来前我查阅过有关史料，有一部分山岩人应是羌人后裔。

纵观历史，羌民族是中华民族中一个最古老的民族。

中国最早的羌人可追溯到商武时期，商朝甲骨文就有"羌"字，"羌"字从"人"从"羊"。我无法考证《说文解字》中对"羌"的注解，真的就是"西方牧羊人也"？

游牧民族羌人很早就与他族征战。商朝高宗武丁时期，曾以武力征伐西羌，迫使羌人西迁。秦多次对羌人用兵，吞并十二个部落，走投无路的羌人只能杀开一条血路，被迫向南迁徙。羌人沿青藏高原横断山脉的岷江、大渡河、金沙江等河谷南下，来到今日的康巴地区。

到了汉朝，羌人在白玉一带有很频繁的活动。《白玉县志》记载：东汉时期，白玉（含今日的山岩地界），当时为白狼国属地。从公元74年至公元100年，白狼国曾先后三次归附汉王朝，而白狼国就是羌族的一支，历史上又叫"白狼羌"。公元663年至公元877年吐蕃王朝在白玉一带势力非常强大，而吐蕃王朝也是羌族的一支。

据当地人说，在山岩劣巴村发现有羌人的墓葬。这种墓葬非常独特，世上罕见。尸体周围采用石材包裹，里面有陶器、酒盅等陪葬品。当地人称其为石棺葬。石棺葬与藏族的所有葬法不同，在藏族史上从没有石棺葬的记载。它应属羌人的墓葬无疑。

在距离乡政府不到500米的地方，醒目地矗立着一堵残墙，仅存的残墙也显得高大，颇有气势，我每天下村均需从此经过，总会浮想联翩。一位元老团成员告诉我，这堵墙颇有些年头，在此已有一千多年了。据他的祖上讲，一千多年前，从沙马乡来了两兄弟，一个兄弟定居色德村，另一个过金沙江到西藏贡觉沙东乡去了。在色德村的兄弟为了思念他那江对岸的兄弟专门垒砌了这堵墙。每当他思念兄弟时，他就站在这面高高的墙上翘首星空，痴心地呼唤兄弟的名字。而当时的沙马乡正是古羌人聚居地。

羌族自古以来有垒石建碉楼的习惯，直到现代，羌族人依然建盖这种垒石的碉楼。现今分布于山岩地区的民居城堡与羌族人的碉楼十分相似。房屋多建筑于山脊的梁上，墙体厚度都在一米以上，石块垒砌，黏土泥巴接缝，墙壁笔直光滑，高达十余丈，外人攀登不上，火烧不起，四壁筑有枪眼，便于防御外来侵略和械斗所需。山岩地区的这种建筑是羌族引进还是藏族创造至今无法确证。但可以肯定它应与羌族有关。

历史上的羌族在山岩地区长期活动过，几度兴旺几度衰败。他们是一个充满悲剧色彩的流浪民族，似一幅饱蘸血泪和驱逐杀戮的艰涩画卷。他们的后裔极有可能通过婚姻、迁徙、避难等继续散居此地。这里是一处适宜于他们生存的土地。

羌人在历史上到底迁徙多少次不重要，重要的是，一个在屈辱、扭曲的畸形环境中得以幸存的族人及其后裔会形成自己特殊的心理机制、思维方式和行为方式，他们会实施自己的反叛和复仇。

我没有研究过羌人老祖宗的长相、肤色、体型这些外在特征，但我知道历史上羌人是一个崇尚勇武的民族。现在山岩人的思维方式和"行动纲领"，在我看来，不少方面似乎都不动声色地还原了祖先的脾气。

因地理和时间关系，我没能亲临劣巴村目睹羌人独有的石棺葬，也没能亲自看一看棺内出土的陶瓷器皿，但有一点我不怀疑，羌人后裔为了生存，一度野蛮残暴，这是他们立足、生息的资本。

强势部落和弱势部落在历史上常常被转化，而转化后的心理是异常复杂的。

我无法想象羌人后裔——山岩人在观赏一件石棺葬出土的瓷器时作何感想，也许他们嘴上仍然不肯承认自己就是羌人后裔，但目睹祖先留下的文化遗物时的神情可能又是充满骄傲的。

富豪向赤贫者展示家当和细软大概就是这光景。

不肯承认自己是羌人后裔的山岩人，也许会在心里说：是的，外敌，我们的祖上强不过你们，但祖上的后人可不弱于你们，几百年过去，我们子子孙孙居住此地，算得上占山为王，成为雄霸一方的山岩人。我们再也不能像我们的祖先那样，被动迁徙。

羌人祖宗如果在天有灵该瞑目黄泉了，历史被羌人后裔改写，他们向世人讨还血债，反叛的力量把受辱的一页撕得粉碎，抛向天际。

历史就是历史，比历史更厉害的是无法替代的血缘，抹不去，扔不掉，剪不断，理还乱。山岩人自有山岩人的个性，承不承认是羌人后裔只能且由他去。

3 男人国政治

驻足高坡，望着蜿蜒的金沙江，想着山岩的古往今来，观赏交替枯荣的野花细草，细品飘浮在山涧的虎虎生气。我知道，这便是男人国从古弥漫至今的气息。虽然光阴有着天然的剔除和剥蚀的能力，但它能够剔除剥蚀的仅仅是外壳，唯独内在精髓像这些顽固的气息一样，永远无法拂去。男人国那定了型的分权制，天成的血缘凝聚力以及强悍的自卫兼抵御能力，蛮横加血腥的构建能力，一切的一切并没随时光一起流逝，全都原汁原味地顽强恪守至今。

15、实行古代民主制

　　川藏边境山岩地区特殊的人文地貌，为我们打开了一扇现代历史窥视之窗。我侥幸深入其腹底，触探其珍稀的古文化成色，惊叹其至今仍然留存着人类历史上父系氏族公社的遗迹，储藏着原汁原味的古代民主制。走近它，仿佛进到了一个历史上的"英雄时代"。

　　在人类历史上，氏族制度的解体期或从野蛮到文明的过渡期称为"军事民主制时期"或"英雄时代"。恩格斯在《家庭、私有制和国家的起源》一文中也承认："一切文化民族都在这一时期经历了自己的英雄时代。"这一时代正处于国家政权建立前夕，群雄乱舞，血缘拼杀，血缘组织正在向地域组织过渡，内部实行广泛的民主，典型的组织机构是人民大会、议事会和军事首长制。这是人类历史上国家形态建立以前在人群中实施的最完整和系统的民主制。

　　中国的"英雄时代"约在四千年前。从我国古代传说中可以看出，那时候我们的祖先正处在父系氏族公社时期，从黄河流域到长江流域，居住着许多氏族和部落，出现了一批中华民族的始祖英雄，炎帝（神农氏）、烈山氏（稷神）、蚩尤、太昊（伏羲氏）、皋陶、伯益、祝融、帝俊、尧、舜、禹等。

　　古代民主制与现代民主制是两种在形态上相似而实质上不同的民主制。古代民主制是一种血缘民主制，带有浓厚的军事色彩，而现代民主制是一种国家民主制，更多地烙上社会印记。

近现代的社会民主制只不过延续了三百多年，而古代民主制潇潇洒洒地存在了数千年。现在我们只能从古文献资料和传说中寻找它的遗迹。

这是一段值得我们现代人回味的历史。

川藏边境山岩地区特殊的人文地貌，为我们打开了一扇现代历史窥视之窗。我侥幸深入其腹底，触探其珍稀的古文化成色，惊叹其至今仍然留存着人类历史上父系氏族公社的遗迹，储藏着原汁原味的古代民主制。走近它，仿佛进到了一个历史上的"英雄时代"。

据我所知，戈巴是山岩男人国父系部落内部一种组织单位，它是以父系血缘为纽带而组成的一种极其私秘性的男性氏族组织，只能由男子参加，女人被排除在外，内部有极为严密的组织层次和行事规范，若有犯规，便受严惩。部落与戈巴之间既有联系也有区别。每个部落都有自己的戈巴及戈巴的名称，以示与其他部落与其他戈巴的区别。戈巴与戈巴之间互相独立，彼此之间虽往来密切，但没有隶属关系。它既是一种组织，也是一种个人身份。凡是在某一戈巴出生的男子（须系父系），天然地就获得了戈巴的个人身份，并参与戈巴内的一切活动。

这不是"库里亚大会"

历史无法再现，再现的一定是历史。

以父系血缘为纽带组成的家族式的血缘组织构筑了川藏边境原始父系部落民主制的主要根基，部落与部落之间长年械斗，使人数众多的血缘家族内的民主制带有军事性质，形成了一种原始古朴且有自己特色的人民大会制、议事会制和首领制。堪与古希腊、古罗马"军事民主制"媲美。

比如山岩男人国至今仍然保持着一年两度的民主大会，14岁以上的男子均可出席民主大会并有投票权，部落内的一切大小事项由民主大会讨论决定，如有分歧，少数服从多数；部落首领直接由民主大会选举产生，元老团负责监督，勇士团保驾，不能世袭；元老团权力很大，在大会上如意见不统一则以他们说的为标准，甚至有的坚持己见，出现"多数服从少数"的局面。元老团由曾任过首领的年长者和部分战功卓著的老人组成；勇士团内部分成几等，部落内的重要事项或与外部落之间的械斗由勇士团执行，并对违法者进行处罚。

"麻雀虽小，五脏俱全"。小小的川藏边境山岩父系部落竟会有如此系统有序的"分权制"。这种"分权制"内部层次清晰，职责明确，民主特色浓郁，且具有进攻性强、效率高的特征。实际上，戈巴已经具备了立法、行政、司法、监督等职能，这在藏史上是没有的，即使在中华民族历史上也没有如此详尽的史料记载，

这令人类学家、社会学家及史学家惊叹。

在公元前十一世纪至公元前九世纪的"荷马时代"以及公元前八世纪至公元前七世纪的"罗马时代",当时各部落集团实施的军事民主分权体制与山岩至今延续的父系部落分权体制多么相似。

史载,荷马时代还没有产生国家,各部落管理实行军事民主分权体制,设有三种机构:军事首领、议事会和民众会。军事首领也称"马赛勒斯",是公举出来的部落领袖,平时管理祭祀和裁决争讼,战时则统率军队;议事会由各氏族长老组成,有广泛的权力,重大问题首先由议事会讨论;民众会由全体成年男子亦即全体战士组成,对重大问题如作战、媾和、迁徙和推举领袖等,通过举手或呼声的方式进行表决,它在原则上拥有最高权力。

当时罗马实行"军事民主制"机构就设有人民大会,或称库里亚大会,由全体氏族成年男子参加,库里亚大会有权通过或否决一切法律,选举高级公职人员,决定战争和审判重大案件;元老院即长老议事会,由三百个氏族长组成,相当于库里亚大会的预决机构,有权预先讨论各项新法律,然后交付库里亚大会通过。

川藏边境男人国的分权制,和古希腊、古罗马的古代军事民主制实有太多的相似之处,它们应该同属一个历史文化层面,同属一个国家雏形。它们存在的共   八学村

同价值特征是，对内实行氏族或血缘内的民主，而这种民主也只是一种手段，借以集中所有人的智慧和力量，以利于对外实行侵略扩张，保卫自己氏族或部落的生存和发展，而这一点才是它的真正目的。

我驻足高坡，望着蜿蜒的金沙江，想着山岩的古往今来，观赏交替枯荣的野花细草，细品飘浮在山涧的虎虎生气。我知道，这便是男人国从古弥漫至今的气息。虽然光阴有着天然的剔除和剥蚀的能力，但它能够剔除剥蚀的仅仅是外壳，唯独内在精髓像这些顽固的气息一样，永远无法拂去。山岩父系部落那定了型的分权制，天成的血缘凝聚力以及强悍的自卫兼抵御能力，蛮横加血腥的构建能力，一切的一切并没随时光一起流逝，全都原汁原味地顽强恪守至今。

面对这些留存不变的东西，我常常惊叹，为何山岩充足的血缘民主和残忍的血族械斗会如此"完满"地结合起来？我终于找到了答案，应该说是古代民主制这种严密的组织结构彰显出的威力，使他们达到生存自身的目的。这就怨不得山岩戈巴崇尚人性之"恶"，而抵制人性之"善"。他们在寻求生存途径中发现，法宝和杀手锏就是残酷斗争，只有凝聚所有戈巴人的才智，发挥其勇猛，才能求得一方平安，聊以维生。

不愿屏蔽山岩人浸着血迹的历史，他们的祖上来此之前有着多次被驱逐的经历，被强大的部落追杀，四处逃窜，最后蜗居到这方穷山恶水藏身栖息。被追怕了杀怕了撵怕了的他们，没有安全感，提心吊胆，岌岌可危，无一天不担心站不稳脚跟，无一天不担心再遭驱逐、欺凌和杀戮。

为保住脚下这块生存之地，他们只能在众部落称雄时代，对内抱牢民主制策略，对外实行侵略扩张，把凶残和荒蛮融到自己的生存方式里。看似险恶的目的其实既简单又天真，仅仅是不被淘汰，保住地盘和地盘上苟延残喘的自己。山岩的情况与中国历代改朝换代前的情况大致一样，先要厮杀一番，较量过后，胜者为王败者为寇。

在回溯历史的时刻总能感觉到山岩的胸膛有一颗跳动剧烈的心，用它滚烫强健的搏动诉说搅拌着血泪的故事。我不再奢望历史是从我研究它的时候开始，老老实实地攀援它那介于清晰与模糊之间的经络线路，溯本求源，取出藏匿内瓤里的经典章节。

山岩至今仍然保持着的与古希腊、古罗马非常相近的古代民主制，堪称世界上迄今最为完备的父系文化活化石，当过往的印痕被岁月的烟尘掩埋，唯有活化石不会腐朽，更不会速朽，而鲜活依旧。

到底为什么山岩戈巴沿袭的制度千百年不变，只能是一个谜。山岩人何以用惊人的执著，固守沿袭了古代民主制。人类文化长河有比历史更长久的东西。人的活法很多，但永远没有比遭遇险恶、千年寂寞的活法更耐人琢磨。

山巅四周一片静寂，的确再看不到刀光血影，也听不到杀声震天，但这个曾经横刀立马、酣战沙场的血腥过的民族仍在，并且一时半会儿还没有消亡的意思，并凭着自己的一套活法走到今天乃至明天实在是一个谜。怆然发问：山岩克敌制胜的法宝就是古代民主制吗？那又是什么样的黏合剂把历史散落的遗珠串缀在一起的？

什么样的回答都无法使我满意。山岩戈巴的存在不是用某一套理论就能解释清楚的。能够设谜的民族是具有幽默感的民族，也是大气、超脱的民族，既然是谜，且让它带着神秘的光环存在下去，中国国土这么广大，历史这么厚重，一个谜想必还是盛得下的。

我想说的是，锈蚀的是钢铁，苍老的是年轮，不变的是法则。

16、"库里亚大会"

早在上海做赴川准备时，我就知晓山岩"库里亚大会"，只是不知它一般在何日召开。这种大会极具父系氏族特色，由全体男子参加，女子被完全排除在外，大会直接选举首领，讨论并决定整个部落内的一切大事。当地人称之为"戈巴大会"。

公元前753年至公元前510年，罗马处于"王政时代"，分布于各地的三百余个血缘氏族实行大联合，每10个氏族组成一个胞族，称为库里亚；每10个库里亚组成一个部落，称特里布斯。每逢重大事件召开库里亚大会。库里亚大会是历史上著名的血缘民主大会，也是胞族大会，全体氏族成年男子均参加，人人权利平等。库里亚大会可以制定或否决一切法律，选举一切高级公职人员，决定战争和审判重大案件。"在民众中对于所有重要的问题，创造出一种公意。"由此建立了以个人血缘为基础的古代社会民主制度，演绎出精彩纷呈的古罗马历史画面。

小小的男士也要参加"库里亚大会"

在二千七百年后，中国川藏边境山岩地区还保留着相似于古罗马"王政时代"的"库里亚大会"，再现了当年血缘民主大会的历史。

早在上海做赴川准备时，我就知晓山岩"库里亚大会"，只是不知它一般在何日召开。这种大会极具父系氏族特色，由全体男子参加，女子被完全排除在外，大会直接选举首领，讨论并决定整个部落内的一切大事。

当地人称之为"戈巴大会"。

进川后，却最终与山岩"库里亚大会"失之交臂，我感到遗憾至极。

并非小题大做，山岩"戈巴"一年二度的"库里亚大会"，是父系文化中的经典章节，早就令我心仪。

访问首领们，知道他们各部落的第一次"库里亚大会"早已在五六月份已热热闹闹地开过了。五六月正是川藏边境地区的雨季，进山不易，此时的我正在上海做进川准备。而第二次"库里亚大会"还不知何时召开，据他们说在十月份以后。这又是我无法参加的。从十月下旬起，山岩地区开始封山，积雪一米多厚，外面的人进不去，里面的人出不来。我必须在封山前出山。

我常想，山岩"库里亚大会"为何不放在秋高气爽的九月里呢？倘若放在九月里，我就能赶上山岩"库里亚大会"，能亲身感受这种原始古朴的"英雄时代"大会，即使我没受邀参加，哪怕站在圈外远远观看，或在一旁踮起脚尖感受些气氛，拍几张照片，也不会留下那么多遗憾。

翻译看到我遗憾的样子，开导我说，没什么好遗憾的，现在的"戈巴大会"也没多少含金量，不过是"戈巴"们聚在一起碰碰头，聊些老生常谈的事，生产生活啦，家长里短啦，不像过去，有战事，有纠纷，能听到"谈判"和"械斗"这类带着火药味的事情。

我被开导得稍感心平气和，但内心还是对错过盛会耿耿于怀，于是找了一些当地人了解他们的"库里亚大会"，试图走入大会的内瓤看个究竟。

走访之后知道，山岩"库里亚大会"远不像翻译说的那么简单，它是带有浓烈的军事民主制性质的大会，在绝对保密的情况下召开，由全体"戈巴".成员参加，14岁以上的有投票权，14岁以下的"儿童戈巴"可以发表"雏见"但无投票权，大会决定部落内所有重大事项，如选举首领，与其他部落结盟和谈判，赔偿金的商定，制定部落法规，勇士团座次排定，生产生活安排等，碰到械斗等特殊情况可随时召开。既然名曰"戈巴大会"，就是说会上见不到一个女子，全由老中青少清一色的男子参加。

我得感谢降拥书记给我的一个光盘，光盘再现了山岩"库里亚大会"的场景。优美画面和真实的场景，加上字正腔圆的解说词，已从感性上帮我克隆并复活了一个山岩"库里亚大会"，这个令所有男子惬意、感到荣耀和骄傲的一次盛会。

当画面定格老老少少男性的企盼目光，当镜头掠过各位男性脸上的笑意，鸟类齐鸣、牛哞马嘶，喜庆吉兆拉开一个远景。

太阳的初辉跃过山顶，把灿烂的碎金洒上崇山峻岭，男子步履轻快地走出自己的民居城堡，笑盈盈地和隔壁邻舍打招呼，相约神山开大会。

走在前面的中年男子，体型剽悍，一袭咖啡色藏袍，一件外套的价值不会低于一头牦牛身价。还有那些珠链、项坠，都是藏饰经典，戴上它增气派、显身份。

一位走在前面的，怎么看都像西部牛仔的人就是"戈巴"首领。

跟在首领后面的耄耋老者就是足智多谋的元老们。他们中间，老眼昏花、背脊佝偻、牙齿不全的大有人在，但人逢喜事，全都眯缝着眼睛翘望神山。

步履矫健的要数勇士团，相比首领和元老，他们是生气勃勃最具活力的一个团队，像初生的太阳，又是"戈巴"的希望。

然后大家围坐在一个山坡上，首领、元老、勇士轮流发言，慷慨陈词，可他们一个个在陈述些什么，我一句也没听清，也许在讲述家谱，也许在议论首领的功过，也许在畅叙"戈巴"的未来。场面很是肃静有序。最后是举手表决议程。

光盘画面没有展示出是哪一年的"戈巴大会"，又是哪一个部落的"戈巴大会"。我只把光盘当作一个给我感性认识的渠道，细节和人物的真实我只能再次回归现实，听山岩人倾情陈述。

夏锅戈巴首领向我细述了本部落"库里亚大会"中的一个转神山的插曲。

在开"戈巴大会"这一天，部落里所有的男子从四面八方汇聚神山，论资排辈在葱郁的神地上席地而坐，先请喇嘛念经，接着开始转神山活动。

首领高喊："转神山"，全体男子集体起立，举着刀虔诚地绕着神山转。转山时每个戈巴都神情庄严举着自己的刀喊出洪亮的誓言。誓言振聋发聩，林子里的鸟纷纷惊飞，其他动物也都吓得满山逃窜。转圈后，再次回到原地。

"过去我们用的都是真枪，现在没有枪了，只能用刀替代。" 夏锅戈巴首领讲到这儿，脸上显出一丝惋惜。

接下来首领描述了"勇士打石"篇章。

勇士团

当太阳刚升出半尺高的时候，首领要考量一下今年戈巴的运气，指着一个小伙子说：出列。小伙子当然明白意思，握枪的手早就出汗了。等待这一声命令已经整整一年了。下蹲、瞄准，面对顺山滚下的飞石，一扣扳机，正好打在石头上，博得众人欢呼，首领点头称赞。新的神枪手立即成了众星捧月的上等勇士，首领让他坐到自己身边，夸奖他是条好汉！今年戈巴运气大好！命他单独再发誓一次。

"勇士打石"是产生新上等勇士的一个考试节目，也是提升或降低勇士排位的演习。新的上等勇士产生，带动所有勇士的排位调整，激活了戈巴热情和才情，使戈巴注入新的活力。

我不知首领讲述的是过去还是现在的"库里亚大会"，不过山岩"库里亚大会"内容异彩纷呈，这一点应是无疑的。

山岩"库里亚大会"已经成了山岩人心中一座丰碑，每一位男子讲起它都眉飞色舞。色德村的一位勇士深情地说，大会除了转神山、摸枪发誓、打飞石外，接下来就是"议大事"。所议之事，关乎每个"戈巴"利益。今年所议三件事，其中一件就是一个外"戈巴"青年和他们"戈巴"的一个青年打了一架，对方戈巴不接受赔偿，而要再找机会打人，讨论一下到底怎么办。讨论中出现两种意见，最后举手表决，确定了一种解决方案。至于是怎样的一种解决方案，他没有透露。

我问他今年六月份的男子大会还讨论了哪些事。他说：讨论了搞好我们自己的福利事业，尤其是勇士团的人，要充分利用仅有几辆拖拉机，到山外跑运输，增加戈巴收入，要比其他戈巴过得好。我们举手表决，结果是全票通过。我们还讨论了必须搞好戈巴的内部团结，就是戈巴与戈巴之间要搞好团结，家庭与家庭之间要搞好团结，如果哪家不按规矩办，输理的一方要赔给有理的一方200元钱。这些将要实施的条例，与会男子都要举手表决，我们全票通过了这些条例。

每个戈巴的男子都在这个相对自由、对所有人一视同仁的公共平台上展示自己，也因这种民主大会的鼓动而突绽生机。

一位元老告诉我，他们的"库里亚大会"，真正体现了"团结、紧张、严肃、活泼"，除了常规程序，还把大部分时间用来狂欢，毕竟是清一色的男性聚在一起，吃喝玩乐起来显得无所顾忌。男子大会的正题一结束，立即进入狂欢时分。戈巴们手拉着手肩挨着肩，围着篝火，豁亮着嗓子唱起歌，跳起欢快的锅庄舞。分享美味和青稞酒也必不可少，酒过三巡，平时的好伙伴当着众人的面摔上一跤，既是比武又是寻开心。

借助多个戈巴提供的细节，拾起若干记忆的碎片，吸纳光盘多组画，总算帮我勾勒出一幅完整的中国式"库里亚大会"。

我的脑海渐渐被许多感性交织理性的东西刻镂下无法磨灭的印记。

17、首领选举产生

"不竞不营，无荣无辱。"这是道家著作《抱朴子·诘鲍》描述的原始社会的理想状态。不少后人曾怀疑这种理想化的原始社会是否存在过。山岩父系部落首领的产生过程证实了这一理想状态的存在。

山岩男人国实行的是军事民主制，首领须经民主选举产生。

俗称，揣有金刚钻，能揽瓷器活。揣有金刚钻的人，在山岩必定不会成为蒙灰钻石，迟早都会成为部落牵头人。一切都在公平竞争中产生。

可敲开山岩首领大门的"金刚钻"，是人类最原始的"金刚钻"，而不是现代人的"金刚钻"。

现代社会的国家或部门，一个人跃居高位，总归少不得一些硬件，诸如文凭、学位、人际关系、经济实力、社会背景等等。在山岩，这些硬件似乎都派不上用场。首领产生，首先要看他有没有好口才，好口才体现在背家谱，讲述本戈巴征战史，能戏谑会调侃；政绩（或者说战绩）也是必不可少的，枪法好不好，械斗是不是冲在最前面，为家族复仇出手快不快狠不狠，对本戈巴贡献是不是最大等等。

培果戈巴首领次仁

山岩男人国每个首领都是凭着这些看似稀松，实则非常过硬的条款，在彼此认为公平的条件下，在"库里亚大会"上经公开竞争，最后由全体戈巴成员举手表决产生。

高原仲秋的风，有几分凉意，想着戈巴的新首领已走马上任，多半已适应并胜任了自己的岗位；旧首领经过民主评议，改进工作，更加从容应对大小事情。间隙里的空当其实是我需要了解的，却因没赶上他们的"库里亚大会"而看不到选举首领。是的，错过一场天葬、一场外事谈判，甚至一场械斗我都不怎么感到遗憾，毕竟那些场景对一个从陌生文化背景中走来的人过于酷烈了些，而首领的选举就不同了，过程比我们现在所有的民主选举更加民主和更具广泛性。

错过"库里亚大会"使我错了那个过程，好在通过讲述者的描述，圆满还原了一个选举首领的场面。

男人国首领的选举通常在一个颇为正规的场合进行。一年两度由所有男性参加的部落大会是最高权力机构。那天，所有戈巴穿戴一新，轻松惬意地汇聚神山，气氛和悦而不喧嚣，人人都平心静气。转山完毕，全体男性盘腿围坐，听元老团对上年首领表现予以总结，再由首领自己做述职报告，再请大家评议：干得好，继续干；干得不好，换！勇士团里不乏优秀人才，他们逐一按前面标示的几条框框对照，勇敢而又合乎条件的男子会在众人面前调侃戏谑，战绩加业绩放在一块儿，比出高下，最后由全体戈巴成员举手表决，为谁举的手多谁就自然成为首领。首领产生于影响而不是产生于权力，产生于受人钦慕的人格特征而不是产生于职位。

这让我想起中国古代的禅让制。

在尧、舜时期，实行帝位禅让制。部落联盟的首领自己选定一个接班人，这个接班人不是自己的子孙，而是在道德品质、治理才能方面出色的人，然后把帝位禅让于他。尧把帝位禅让于舜，舜把帝位禅让于禹。据说，舜年老时，曾想把帝位禅让于善卷、石户之农、北人无择等人，但他们都以不想承担这份辛苦而拒绝了。

"不竞不营，无荣无辱。"这是道家著作《抱朴子·诘鲍》描述的原始社会的理想状态。不少后人曾怀疑这种理想化的原始社会是否存在过。山岩父系部落首领的产生过程证实了这一理想状态的存在。

山岩男人国尚处于父系氏族公社的中期阶段，私有制不发达，内部没有形成利益集团，人人皆兄弟，其首领是血缘内所有成员的首领，代表的是全体成员的利益。首领的位子不是原罪的交椅，只有义务而没有特权，拥有的只是对本部落的荣誉感和责任感。故首领的产生过程异常平静，通常不发生激烈的争斗，也无需争斗，为了本部落的生存和发展，他们总是把自己部落里最优秀的成员推上首领座次。这种"不竞不营，无荣无辱"的首领产生过程，只有在血缘氏族社会里才会出现。这是一种真正意义上的公正选举，成为文明进化过程中的一个界标。

在父系血缘范围内，山岩男子通过一系列选择，在政治结构中找到自己的位置，而很多选择都是暂时的或可以更改的。但这种选择所产生的权限实际上是很小的，并且必须是为了部落利益，而不是个人利益，这一点与现代社会明显不同。弄清这些后，我对山岩父系部落首领产生过程表示敬意。

山岩"戈巴"里面，民主选举的"很有两下子的"首领，阿康白马算一个，多吉翁堆算一个，色德村村长车珠也算一个。白马在本部落才智超群，很有威信，戈巴内部的矛盾纠纷他能调解得令双方满意，外事纠纷也处理得有礼有节，不留后患，是一个不可多得的牵头人。多吉翁堆也是被民主选举的首领，再过三年，他就赶上武则天的执政年限了。智勇双全的首领更像一只威风凛凛的雄虎，有能力看护自己的虎群。

在接触了多位首领后，感受颇深的是，他们个个拥有非凡的口才，头脑敏捷，做事果断，都是人之骄子，决不是通过世袭或凭资历爬上高位的那种慵散之人，即使按现代社会标准衡量也是精英人物，在与世隔绝不通文明的崇山峻岭里竟会出现如此优秀的人才实在令人惊叹。惟有真正的民主选举才不会埋没人才，那些最优秀的人物才能够脱颖而出。

公平竞选首领可谓山岩父系部落得以生存的"福祉"。一方"戈巴"有了这样的掌门人，每个成员才不会受"伤害"，财产不会受"损失"，部落不会被"吞并"。

据说，新首领产生后，会举行一个极简单的通报仪式，被指定的新人会接受祖上传下来的象征权力的物品，可能是一本家谱、一支手枪、一支飞镖抑或一尊神像等。

在山岩男人国里并不是所有首领都是经民主选举产生的，也有例外。在访问中发现，有少数首领是通过默认的方式产生的，即不通过选举形式，而由本部落戈巴成员在日常事务中以公认或默认的方式确立其首领地位，它既顾及了老首领的面子，又不乏树立新首领的威望。这种首领产生的方式在历史上非常罕见。

内依戈巴的波桑，就是这样成为首领的。58岁的波桑，从1999年当上首领，至今已经六年了，他没有通过戈巴大会选举和表决通过，属于自然而然走上首领位置的。波桑在戈巴内一致被公认为是年富力强、办事公正的人。他特别善于谈判，特别能应对突发事件。前任戈巴首领年纪大了，许多戈巴遇事找他，他无能力办理，大家愿意去找波桑，大

色麦村村长。他是格锅戈巴的实际首领。

元老团成员

到外事纠纷，小到婚丧嫁娶，波桑全都办得让大家满意。久而久之，波桑也就自然而然被大家拥戴为新首领。

这种不通过选举产生首领的方式说明，山岩父系部落还处于父系社会的早期和中期阶段，私有制观念还不明显，部落内部还没有出现利益集团，人与人之间关系简单。不管怎样说，我对这种首领由选举产生的做法持赞许态度。它能淡化人与人之间的矛盾，削弱内部竞争机制，激发人性向善，抵制人性之恶。

无论怎么看，雄踞一方的山岩都似一艘沿着生命掌纹回旋的旱船，祖祖辈辈的掌舵人就从瓦砾锋刃搭起的平台崛起。

18、元老团议事

元老团议事，过去和现在大不相同。过去因为种种原因，械斗、仇杀的事件很多，那时候元老团议事，主要就是征战、迎战、讨论命案、策划谈判、敲定赔偿条款。现在的议事内容已经大大改变。

旷世坚毅的山岩，以其旷世的孤独雄霸一隅，由四点确定的一个平面，支撑着一个硝烟充斥的纷纭之地。

进入川藏边境山岩之地，仿佛置身于远古时期。这里掌舵者是首领，护卫者是勇士，权力核心是"库里亚大会"，而出计献策的智囊团非部落元老团们莫属。假如把他比作一杆枪，那么擦枪、扛枪和装子弹的是首领和勇士团，而确定射击目标的是元老团。

元老团的地位显而易见。在川藏边境

男人国里，元老团成员相当于西方国家的议员，在整个权力机构里是呼风唤雨的重量级人物。

初入此地，我常纳闷，一个小小的部落，竟会有"库里亚大会"、首领、元老团和勇士团等复杂的组织机构？这些组织机构从何而来,起何作用？深入里层发现,这等复杂的组织机构不是拿来作秀或被观瞻的,而是用来对付其他男系部落,是维护当地父系部落生存所必需的保障,且源远流长。

山岩不可避免的仇杀,留在断壁残垣上的枪眼,背着乡政府的私下谈判,都昭示着部落之间很难消除宿怨,任何一丝风吹草动可能就是一场大规模械斗的开始。争斗残酷,生存环境恶劣,怎么办？为了在纷纭突变中站稳脚跟,谋求发展,借用所有父系血缘人的智慧是关键之关键。

从元老团所承担的职能中,可以证明元老团无人可夺的地位。一位资深的元老团成员把元老团工作归纳为四大职能：一是发展戈巴经济,务必使本戈巴经济保持在其他戈巴之上。他们谋划做生意、挖虫草、种田安排等。他们知道没有强大的经济作后盾,在与其他戈巴争斗中很难取胜；二是设计谈判,谈判只能成功,不能失败。在谈判前,元老团制定整个谈判计划,如谈判地点、赔偿多少等,一旦超过这个金额就不予赔偿；三是平衡内部经济,对特别贫困的戈巴进行家族式的扶贫帮困,组织大家出钱出物；四是在作战前,制定作战方案,作战前动员,告诫各位勇士,打仗一定要赢,一定要把对方打败,否则不要回来。

倘若说首领与首领之间比不出高下,勇士与勇士的英勇顽强保持在一个水平线,那么唯一能使两个父系部落拉开档次的就是元老团。

元老团的每个元老都是年长者,足智多谋、老谋深算是他们的特性,加上他们特别受本部落拥戴和尊敬,决定了他们的智慧处于金字塔塔尖位置。

在我访问的众多元老中,没发现一个年轻人,优秀的年轻人可以是首领的最佳人选,也可以担纲勇士团成员,唯独不能当元老团成员,因为,年轻人缺乏的是经验。在传统社会里,人们崇尚经验,经验无价,"唯经验是尊"。真可谓：成也经验,败也经验。

访问期间我一直喜欢和一个问题较劲：既然把元老团的地位说得那么玄,而首领又是领头羊,元老和首领哪个权力更大些？这样的问题无论怎么回答,都走不出以其之矛、攻其之盾的误区。

大山岩地区存在着近百个独立的父系部落,也就存在着近百个元老团,它们之间关系的协调,若按现代人的视角也是比较复杂的。

访问不同部落的首领和元老团,有多种说法,综合论之,有两种说法比较普遍。一是说元老团的权力比首领大；二是说元老团的权力仅次于首领。

再三掂量,我更偏重前一种说法。

元老团的权力盖过首领是由其原始的组织原则决定的。所有当地的父系部落高层，都遵从少数服从多数的原则。单个的首领较之庞大的元老团就显得势单力薄了。无论首领多么有能耐，他一个人仅仅只占一票，而一个部落元老团的人数一般在五人以上。这样一种原始组织机构，决定了最终议事结果还是元老团说了算。

为了谋取对其他部落的善胜，元老团成员都是部落里的精英，人群中的智者，当地世事通达人。每个元老都曾有身经百战的历史，个个都是集智谋与英勇于一身的好汉，仅仅因为年事偏高而退居二线。退居二线的精英们，有的是从首领位置上退下来的，有的是从上等勇士做到超龄而进入元老团。

从访问的这些元老团成员来看，年龄总体在40岁以上、70岁以下，职能类似一部机器上的轴承。在他们看来，40岁以上的男子"走的路比别人过的桥多"，"吃的盐要比别人吃的糌粑多"，他们最有资历给首领出点子、拿主意。对上，能指导首领如何把命案摆平；对下，鼓励勇士勇猛作战有出息。由元老团成员的当年业绩演变成今天的威信，个个都能一言九鼎，难免会遮住首领的大部分光辉。

今天，我在采访一位首领时，他竟然指称部落大会叫做"元老团会议"。我知道，会议的召集人和主持人是首领，但元老团要"决定几件事情"。决定的几件事情里面，其中有一件就是总结、评议去年的本部落工作，审查去年首领所做的事情对本部落带来了什么好处，如果没有好处，要考虑撤换首领。只有评议出首领的工作做得好，今年方能由他续职。首领再对某个元老不满意，也无权把元老剔除出元老团，而元老团则直接能把文章做到首领的头上，元老之权力，可从中略窥一斑。

当然，倘若元老团凌驾于首领之上也会乱套，元老团再怎么厉害，毕竟不是首领，而是辅佐首领的，对已经形成的决议，腿脚不利索的他们已经不能亲自出马实施，邻村的谈判还能凑合着参加，跑远根本就不行，毕竟年龄是最能制约元老团成员的。

我常常用现代人的眼光，想象着首领和元老团一旦发生重大冲撞，将会是怎样的结果。固然少数服从多数的原则会起作用，但有时候真理却是在少数人手里，如果大多数人犯了同一个错误，那么按错误的决议执行岂不是很危险。

访问中得知这样一件事例：当地一个有名的 s 部落小青年和另外一个 b 部落小青年，彼此因口角产生一场规模不算大的斗殴。本来，s 部落的小青年和 b 部落的小青年是一对一地斗殴，后来 s 部落里又跳出来两个小青年动手把对方打败了。当地习俗最忌讳的就是一个"输"字，宁可打伤、打死赔偿对方，也不愿被对方打败之后接受赔偿。

s 部落首领得知此事，主动找到 b 部落首领，提出给他们赔偿，毕竟是自家部落人以多胜少，让对方部落吃亏了。b 部落首领当时一口气没顺，执拗地回绝赔偿，说我们也不是没有人，抽空再打就是了，赔什么赔。s 部落首领觉得事情不简单，就召开"库里亚大会"，把这件事摆在桌面儿上讨论。首领主张赔不主张打，打来打去何时算完。而元老团们则唏里哗啦炸开了。有的说愿意打好哇，奉陪到底，问问咱勇士团哪个是吃素的。有的说，刀子磨快枪擦亮，子弹可没长眼睛，一定要打得让他们服气。

首领的意见是理性的，正确的，但却无法推行。s 部落的元老团由六位元老组成，年纪最轻的52岁，年纪最大的67岁。人多气盛。举手表决的结果，元老团的意见通过，首领只能保留意见，只得按元老团的意见执行。当然，后来几经周折，事态又起了变化，再次召开"库里亚大会"讨论，形成新的解决办法。但由此足见元老团地位和威力。真乃是：人老余威在，牛老驾不倒。

元老团议事，过去和现在大不相同。过去因为种种原因，械斗、仇杀的事件很多，那时候元老团议事，主要就是征战、迎战、讨论命案、策划谈判、敲定赔偿条款。现在的议事内容已经大大改变，部落与部落之间多数相安无事，相对平静，械斗、争端都比较少，主要议一些与生活、生产有关的事情。比方，开春了怎么组织生产；青年人怎么把运输搞好，提高本部落人的收入。也议一些婚丧嫁娶事宜，较之以前，元老团所议之事已经远不如从前广泛，可见其功能日渐萎缩。那么是不是说元老团就不重要了呢?不是。元老团仍然是男系部落的脊柱，谋求生存大计少不了元老团。某种意义上讲，元老团成员只要活着，他的职务是终身制的。

元老，如一匹智慧而忠诚的老马，用纯金的思维、舔犊的痴情、疲惫的苍生、初爱的眼神，驾着风云战车奋蹄!

19、勇士天职

我能弄清川藏边境山岩地区男人国到底有多少个勇士团,却怎么也弄不清到底有多少个勇士，因为，一则勇士是保密的，外人很难探明勇士们的真实情况；二则勇士是有级别的，分上中下三等。

阿特拉斯的肩膀，我曾经多次想象着勇士的模样。勇士总是和雄性阳刚联系很紧密。这便是想象的支点，正值青壮年、健硕、剽悍、威猛，手握猎枪立于山崖，跃马横刀保卫戈巴的生命安全。想象和现实汇合，我才把勇士们那含糊的面庞和模糊的背景剔除，流云不再翻卷，雾霭不再翻滚，淡扫的烟云立时映得山花烂漫。接触到的勇士仍然集恐怖、神秘和凶悍于一身，他们犹如一头头雄性豹子，即使沉睡也没忘记修整战袍和盔甲，磨砺锋利的牙齿和蹄爪。

近距离接触前，我甚至惊悸地自问：假如我跳进豹子群，被惊醒的它们会不会朝我猛扑过来?

我能弄清川藏边境山岩地区男人国到底有多少个勇士团，却怎么也弄不清到底有多少个勇士，因为，一则勇士是保密的，外人很难探明勇士们的真实情况。二则勇士是有级别的，分上中下三等。访问时上等勇士被提名，中等勇士侥幸被提名，但下等勇士很少会有人提及。三则勇士按年龄划分，年龄在15岁至30岁属青年勇士，是勇士团中最活跃的一群人，参加械斗、抛头露面的常为这批人，30岁以上的中老年勇士长年隐藏不露，报仇只限于山岩地区。

我想，首领、元老团和勇士团的关系不难说清，如果前二者是谋士，后者可

勇士团成员

谓"杀手"；如果前二者是参议院、智囊团，后者可谓军队里的士兵。虽说他们无法在会议上争取一个发言机会，但出台的所有决议都须由他们的行动去实施。

我曾询问过一个少年，什么样的人才能当勇士。少年不解地答道：我们男孩儿都是勇士啊。原以为他是吹牛，过后知道，他还真没吹牛。的确，他们从小在受着多种教育的同时，更主要地接受勇士意识教育。按这个理论我试了一下，拦住一个八九岁的小男孩儿，问他是不是勇士。男孩儿毫不迟疑地问答：当然是啊。于是我知道，勇士是这块土地上男孩儿的通称，即天然的名字。问其姓名，他可能不回答你，但他肯定会告诉你，我是某某"戈巴"的勇士。

英雄史诗《斯巴达克司》里记载，对男孩进行杀戮教育，其中有一堂课，老师只写出一句话：提一个人头来见我。结果，有许多孩子真就提了人头来见老师，而有少数就吓破了胆，哆嗦着报告老师：他们不敢。

山岩的男孩儿没有杀戮课，但比上杀戮课更直观。男孩儿很小，刚记事，勉强能上山，长辈们就带他参加"库里亚大会"，就蹲在地上接受活生生的勇士教育，长辈们摸枪持刀发出的铿锵誓言震撼着他，单打独斗、打飞石诱惑着他，了

结宿怨的鲜血撞击着他，上等勇士从此成为他崇拜的偶像，早早在心中勾画出成年的自己。

复仇和保护自己的戈巴是勇士们的天职。解放前，当地戈巴之间械斗十分厉害，勇士团作用巨大，杀人一马当先，一次杀死十几个人也不少见。为激发勇士们的胆量，在每年下半年召开的第二次"库里亚大会"上，每个勇士都要进行一场排列座次的射击比赛。届时，勇士们选一块石头，贴上一张纸，在纸上画一个人体全身像，当作敌人。首领依次点名，被点到名的勇士就要站出来，在距离"敌

勇士团成员

人"200米的地方用枪射击，站着射，蹲着射，卧倒射，每人连射三次。按射击成绩重新排列勇士团里的等级座次。三次射击都射中者被视为英雄，封为上等勇士，成为勇士团的头。成绩不好者为下等勇士。

现在勇士们已没了枪，无法以射击比赛来排列座次，只能按勇士们平时的表现来排列上等、中等、下等勇士座次。不过排列的标准仍然是勇敢、口才（谈判）、说话算数、发誓等。

军人以服从为天职，勇士们亦然。他们无权对首领和元老团的决定产生怀疑，正确的要执行，错误的也要执行，每个勇士都是走卒，说是机器人也不要紧。如果下令追牛马，那就是月黑风高雪压三尺也在所不辞。如果复仇的机会来临，就"该出手时就出手"，不把仇人杀个人仰马翻，还叫什么孝子贤孙。保卫、偷袭、防御、对攻、决斗、征讨，都是勇士的天职。倘若在外征战，他们牢记首领的一句教诲：打不赢，别回来。勇士们绝不肯成为四面楚歌的楚霸王，一定要打赢，喜笑颜开地回家见"江东父老"。他们总是怀着对胜利的渴望向前冲锋。

勇士们平时斗殴，只有输赢之分，没有正义与非正义之说。年轻，血气方刚，

不怕死；勇士的勇猛归根结底还是艺高人胆大，受表扬、受尊重的都是那些敢复仇的、敢在关键时候拿主意的。

历史传统造就了他们的集体崇武意识。你要活得辉煌，你只能选择械斗。在社会动力体系中，他们成为一群能量空耗的惯性力。

一位首领向我讲述了一起前年发生的事：

当时，有一个外系"戈巴"偷了我们戈巴两头牦牛，第二天晚上我们就派了十五名勇士去夺牛，带队的是两个等级最高的勇士。他们摸到外系"戈巴"所在的村落，用手电筒照射可疑的人家，照到一户人家，多数勇士觉得是这家偷牛的，但有点吃不准。一个带队的勇士决定砸门，另一个带队的认为还是稳妥一点，先不要砸门。最后还是第一个勇士作主，率领勇士团砸门进去夺牛。当时就把已被宰杀的牦牛抢了回来。回来后，第一个决定砸门夺牛的勇士受到首领和元老团的表扬。

对勇士们来说，采取行动不存在能力问题，只有意志问题。根据自己的个性去表达，去诠释，为所当为，言所当言，没有退缩，这便是勇士的性格。勇士正是因为勇猛、果敢才配叫做勇士。对他们来说，勇敢就是一种生存状态，不勇敢毋如一条狗。

原始父系部落的土壤是生长英雄的土壤，英雄能在这里找到他们个人成就英雄所需要的外力。在这里，江山是英雄靠武力打下来的，更要靠武力维持一方平安。勇士能做上述种种难事，而相安无事的日常生活、繁重的体力劳动也非他们莫属。耕地、运输、挖虫草、建房，也都履行得比出征更出色。在勇士们身上始终蕴涵着一种客观的力量感，这种力量感是无坚不摧的。

不过在现代文明的熏陶下，勇士们原有的本性正在慢慢退化。

20、莲卒展示脸上刀疤

我突然话锋一转，问他是不是很勇敢。莲卒这下不客气了，用男子气十足的喉音说：我很勇敢！接着撩开额头上散乱的一撮头发说：你看，额头上这条很深很长的刀疤，就是我勇敢的见证。

在人群中的莲卒也显得与众有异

午时的骄阳把新翻土地的气味四处播洒，提醒人想起丰收和播种这类字眼。田里的五六个年轻人在看到我之前低头忙活儿，看到我之后，停了会儿手又接着低头忙碌。几匹倔脾气的马拴在田头树桩上，时不时昂扬脑袋喷鼻，为表现自己的不屈和倔犟还不时地尥上几蹶子。当然，我是冲眼前的几位勇士而来。

蓬卒，正是从五六个深翻土地的年轻人中间走入镜头的。其实我很想挨个儿听他们说说自己，乡长翻译过我的意图后，他们就开始你推我我推你，这样就把厚道的蓬卒推到了我跟前。另外几个年轻人并不离开，和蓬卒离开点距离，意思是既不被我拽上，又不至于什么也听不着。

眼前的青年看上去有几分木讷，目光因羞怯而有点飘忽，眉脊很高，嘴大唇厚，笑时咧出一排白牙，颧骨微凸，脸膛已被毫不客气的高原太阳烤成紫红。

我眼中的蓬卒像是只有二十八九岁，但他嘴里报出的实际年龄是30岁，八学村的夏锅戈巴。询问中我会兼顾旁边坐着的几位年轻人，希望在蓬卒回答不上来的时候、回答得不够全面或出现差错的时候他们会予以纠正和补充。

我和蓬卒及另外几位勇士展开了交谈。我问他们是不是勇士，回答特别干脆：当然是。我问作为一个合格的勇士，应该具备怎样的条件。几个年轻人相互看看，蓬卒抢先说：一是对戈巴要忠诚；二是对外谈判和应战要有能力；三是平时对首领和元老团的安排要无条件地服从。我问如果遇到首领和元老们的意见不正确时会怎么样？蓬卒说：像谈判这样的事，我们勇士团的职责主要是参加，不需要发表任何意见，只要负责把我们的首领和元老保护好就够了。

蓬卒的羞怯和木讷渐渐消失，挺直了身子，盘腿坐得很自在，后面的问题也说得非常流畅。他介绍说他还从没参加过谈判，因为他所在的戈巴没和其他戈巴进行过谈判。在勇士团里面，他能算个中等。说到这儿，另外几个年轻人插话说：他太谦虚了，他其实能算上等勇士的。蓬卒听了同伴的话，露出羞涩的表情，低了好一会儿头才接着回答我的问话。

平时，首领和元老们安排他们做什么，他们就服从。比如最近要他们搞好生产，他们就加紧耕地；要他们耕地结束之后搞好运输，他们就开上拖拉机山里山外地跑运输；要他们注意搞好安定团结，他们便会搞好团结；要他们资助贫困家庭，他们也会不打折扣地出钱出物。总之，

蓬卒

一概无条件地服从。平时，无论什么时候，他们都要做到随喊随到。如果首领和元老团不安排事情，他们就该干什么干什么。

我说他的同伴都已经说他能算上等勇士，为什么要说自己只算个中等勇士呢。蓬卒笑了笑说：哪能自称是上等勇士哩，到底是几等是要别人说的。

我突然话锋一转，问他是不是很勇敢。蓬卒这下不客气了，用男子气十足的喉音说：我很勇敢！接着撩开额头上散乱的一撮头发说：你看，额头上这条很深很长的刀疤，就是我勇敢的见证。

我假装不解，于是他向我细述了事情经过：三年前的一天，蓬卒和邻村的一个小伙子在一块儿喝酒，喝着喝着，那个小伙子和他开玩笑，可能那个玩笑开得不好听，蓬卒听后就发恼了，骂了他，小伙子也不示弱，与他对骂，双方对骂仍不解恨就打了起来。先是对方小伙子拔刀砍向蓬卒，蓬卒自然也不会客气，拔刀刺向对方。蓬卒连砍对方五刀，自己挨了对方三刀，其中有一刀就砍在蓬卒的额头上。双方当事人都被砍得鲜血淋漓。事后，两个人都没去医院包扎，各自回家，用白酒清洗伤口，涂了点麝香，一个多月伤才好。

斗殴以后，双方戈巴认为是小事，不严重，不足以构成大矛盾，进行了谈判。鉴于事情是对方挑起来的，又率先拔刀砍人，挨了三刀的蓬卒，伤势比较严重，对方给他赔了一千块钱现金。这件事的发生，使他遭受了伤痛，又养了一个多月的伤，但蓬卒并不后悔，虽说无缘无故被砍三刀，但他却回敬了对方五刀，可以说是砍赢了。他深为这五刀感到骄傲自豪，深为额头上的刀疤感到荣耀。

这件事发生后，部落里对蓬卒的评价很高，认为他有本事，砍赢了，取胜了。首领和元老们还分别找到他，当面夸奖他勇敢，有本事，为戈巴赢得了面子。因为别人惹了你，你必须予以反击，如果你不反击，别人就会看不起你，我们戈巴也会被人看不起。我们宁愿受伤，也要打赢对方，不能输给别人。

我看见了这鲜血所给予他的回馈！

他们总是以震撼的形式引起人们的瞩目。

我问蓬卒，如果以后还发生这种事会怎么样。他的回答不假思索：当然还会拔刀还击，直到打赢为止。

为了验证蓬卒的上等勇士的含金量，我问他在"戈巴"大会上有没有射中过滚石。他十分肯定地回答：打中过！是啊，一个有着好枪法又有醒目刀疤的壮年男子，不是上等勇士又是什么呢！

"戈巴"人的性格让我想起美洲印第安人中的扬诺马摩人，人类学家NapoleonA·Chagnon在《扬诺马摩——凶猛的民族》一书中曾描述扬诺马摩人极端凶猛而富于侵略性，他们之间稍有触犯即可导致强烈的暴力反应，男人们在争吵时决不限于动口不动手，而是操起石头连续敲击对方的胸脯，稍激烈一点的争吵便导致棍棒相加，男人们经常剃成光头，炫耀从前与人打斗时留下的伤疤。

一个村的人到另一个村去赴宴，也要时常警惕遭到对方暗算，因为主人说不准会发火将客人痛打一顿甚至杀死。丈夫们用棍棒打老婆的头乃家常便饭。

原始父系部落的勇士们，血气方刚和易燃易爆的性格特征和扬诺马摩人极为酷似，生命中总是充满磨难后的欢畅。难道他们是大洋对岸民族的远亲？——戏说而已。

21、铿锵誓言

所有戈巴情不自禁地围坐在一起，完成敬神山的第一个仪式：在首领的口令下跪拜神山，然后摸着自己的刀（过去是枪）发誓，誓词是：只要有人侵犯我们，每个人都要冲在前面，和敌人拼到底，直到你死我活。

我这里说的铿锵誓言是规定情景下的"戈巴"的誓言，那可真是句句铿锵，撼天动地。

原始的父系部落既然被叫做戈巴组织，就有自身组织的一套内部机制和运作程序。比方说，为了使戈巴成员不忘忠诚自己的组织，保持组织内部的纯洁性，他们会定期召开戈巴大会，让每个戈巴成员摸着自己的刀或枪，面对神山喊出誓言。

每年的五六月份，戈巴都要汇聚在神山上举行发誓仪式。解放前，每个戈巴成员人手一支枪，发誓时，队列整齐，人人伸直手臂，手握一杆长枪，振臂大声喊叫：只要有人来侵犯我们的戈巴，我们不是死就是活。解放后，枪支都交上去了。现在的发誓方式与过去有了改变，手上只握刀不拿枪。

一位首领细细描述了今年他所在戈巴举行发誓的场景：那天，仲春的风格外温煦，天气晴朗，神山上的柏树幽静、芬芳，我们戈巴一百多个男子齐齐地汇聚在神山上，声势浩大，年轻的勇士把山上柏树的枝叶折下来，堆放在一处平地上，点燃，我们都闻到了柏树的幽香，所有戈巴在首领的口令下开始跪拜神山，手里握刀，围绕着神山转，并大声发出誓言：只要有人侵犯我们，每个人都要冲在前面，和敌人拼到底，直到你死我活。

仿佛是誓言助燃柏树枝，每个戈巴的脸庞闪耀着绛红色瓷器般的光泽，表情神圣不可侵犯，有压倒一切战胜一切的气势。火借人气更盛，人借火势更旺。整个神山超脱尘世，飘渺在山水之间。现场充满了沸腾感。

人气鼎盛的发誓仪式还是接纳其他非本族血缘男子加入戈巴组织的一种必备仪式。一个外来男子抑或其他与戈巴有联系的非本族血缘的男子，经过一段时间考验后，由其最亲近的戈巴成员提出申请，并经戈巴大会通过，可令其当众发誓

当地戈巴
祭祀的神山

效忠本戈巴，遵守戈巴规矩，方能成为本戈巴的正式成员。

这是一个在历史长河中凝聚着的古老习俗。

在举行发誓仪式前，戈巴们依次进行了敬神山、打石头、开"库里亚大会"。敬神山与发誓的动作一样，只是喊出的话语内容不同。敬神山喊出的话语为：祈求神山保佑我们戈巴平安、吉祥、胜利。

敬完神山后，接下来的一项仪式就是首领、元老团们检阅勇士团们打石头的实战演习。打石头的实战演习颇为精彩。

首领先把所有勇士安排在神山脚下，然后自己站在山顶上，开始喊勇士的名字。被喊到的勇士就要从队列里站出来。此时首领就从山顶上滚一块石头下来，喊到名字的这个勇士就朝飞石开枪，如果打中了，预兆这个勇士以及本戈巴当年的运气好。一个能打中飞石的勇士，打起敌人来也可想而知一定很棒！如果当年发生械斗和战乱，射击飞石成功的勇士将被首领授予上等勇士称号，作为首选勇士派去迎敌。这位上等勇士会被首领当众表扬，敬他酒，让他醉，同时请他出列，举起刀枪，独自再对神山喊出誓言一次。

我虽然没能赶上这个时刻，但似已感受到敬神山、打石头、发誓言振聋发聩

神山顶上的祭坛

的气氛。

走访时我问过多个勇士，你参加敬神山时单独发过誓言吗？被问勇士心领神会地笑笑，有的点了头。点头的说明他已经是上等勇士了，之所以是上等勇士，是因为他打中过飞石，是一个本领超群的合格勇士。

又问一个小青年有没有单独发过誓言。对方有些羞涩，支吾片刻，有些委屈，说自己应该是具备打飞石的能力的，只是当时有点紧张，都打偏了。不过，他每次都使出全身力气冲着神山发誓，只要有人侵犯我们的戈巴，我一定会是冲在最前面的勇士，和敌方拚到底，直到流尽最后一滴血。

虽然这个小伙子还没被晋升为上等勇士，但他的心智和才能已经具备上等勇士的条件，一定是誓言的感染力使他提前进入了合格勇士的行列。

我也询问过一些上了年纪的昔日勇士（有些是今日元老），问他们对单独发誓言有怎样的感受。不用怕别人说好汉不提当年勇，当年有值得夸耀的东西，说说无妨。老者用钟爱的眼光望着墨绿的群山，一字一句说：我对当年单独喊出誓言的情景非常留念，那是我一生的荣光，现在无论哪个小青年打中飞石，我都把他当成当年的自己，既为他高兴，也为自己不再被首领点名打飞石感到遗憾。

老者这样想，也许没有什么不对，不能要求他和我一样懂得所谓的人生哲学。每个人都会有自己精彩的时段，但霸着一方舞台不肯谢幕是不现实的。

誓言的威力是巨大的，它提升、强化、锻铸了戈巴信仰，一旦生命有了信仰，那就等于灵魂进入了骨髓，融入了血质，绝对会为自己神圣的信仰赴汤蹈火，直至流血牺牲。

山岩的每座山都被戈巴奉为神山，而每个戈巴的神山都是不相同的。我常常奔走于群山之间，仔细观察被视为神山的山峦和普通山峦的不同之处，结果发现，神山总是飘渺着淡淡的雾气，显得格外郁郁葱葱。如果贴近神山漫步，定能听到山泉悠然吟唱，也有不明所以的声音乍然而起，从树丛冲入天际再坠入山岭和空谷。我猜想，这是神山灌注了戈巴誓言所致，是神山用自己的语言喊出的誓言，只有大自然听得懂。也许神山具备了灌制唱片和光盘的刻录能力，不然，戈巴的誓言无论多么铿锵，多么撼人心魄，很快就变成一股云烟。我知道，融入神山的自然声音，才是具有永恒而有盖天之力的。

22、部落联盟

在山岩地区，每一个父系部落都是一个独立的血缘大家族。部落与部落之间就像"国"与"国"之间一样，需要搞结盟，维系一种互利关系，达到保护、壮大自身，削弱对自己威胁最大的强势对手的目的。

俗话说：背靠大树好乘凉。川藏边境原始父系部落早在数千年前就深谙此道，具备了理解并运用这句话的智慧。

部落联盟是他们为壮大自己、免受大戈巴的欺侮而生发的一种原始外交手段。

在山岩男人国，每一个父系部落都是一个独立的血缘大家族。部落与部落之间就像"国"与"国"之间一样，彼此之间没有绝对的统属关系，需要结盟来维系一种互利关系，达到保护、壮大自身，削弱对自己威胁最大的强势对手的目的。

部落联盟是部落群之间外交上的一项重大事项，同时它也是一种外交技巧。只要联合起来对自身有益，都会尽量争取。打个不太贴切的比方就是，穷人渴望和富人联盟，弱者愿意和强者联盟，来达到穷人变富弱者变强的目的。

在山岩地区，一些弱小的部落不进行联盟几乎很难生存。

今年8月，山岩乡地处最偏僻的劣巴村就发生了五个小戈巴联盟对付外来戈巴、维护自己利益的事件。当时有近村戈巴来劣巴村偷牛，一下子偷走了四头耕牛。偷牛的戈巴是一个强势戈巴，失牛的劣巴村戈巴无法与之抗衡。于是村落里的五个小戈巴就进行联盟，组织了有一百多个年轻人的勇士团，声势浩大地去近村把偷走的牛抢回来，对方一看他们来了这么多人，害怕了，悄悄地把偷来的耕牛丢在一边逃跑了。从此，近村的戈巴不敢再来偷牛。倘若这些小戈巴不联盟，单个戈巴去与近村的强势戈巴抗衡，可能就无法取胜，偷走的耕牛也不能夺回来。他们之间相互衬托，相互依存，构成一道独特的风景。

川藏边境父系部落常见的结盟方式主要有三种。

一是通过联姻，与对方部落结成联盟关系。如为了与比自己部落更强势的部落结盟，小部落通常会把自己部落内的一个女子，陪嫁若干牦牛和值钱的藏饰，送交对方，双方由此成了亲家，自然而然组成结盟关系。联姻之日等于结盟之日。这是一种最常见的结盟方式。

二是在利益趋同的情况下，结拜成兄弟部落，类似桃园三结义，两个部落盟誓，不求同年同月同日生，但求同年同月同日死，从今往后，有福同享，有难同当，甘苦与共，风雨同舟。这样一来，对小部落来讲等于抱牢了一棵大树，找到了一座靠山。大部落再不敢轻举妄动地欺侮从前的小部落，因为打狗还看主人面，何况人家已是对天盟誓的结拜兄弟。

他所在的戈巴近几年来迅速衰落，显得有些无奈。

三是寻找血缘关系。这种做法多半是企图寻求庇护的小部落想方设法和大部落扯上若干代的亲戚关系，比方说五百年前，爷爷的爷爷的爷爷曾经是一个老祖宗的分支。或者干脆和大部落认个干亲，不管扯上什么辈分的亲戚，是亲就有三分顾，大部落就能照顾你了。

还有一种不多见的情况是，势力相当的戈巴为了不使自己孤立，也会寻求联盟。但这种情况应该不多，因为势力相当的戈巴最容易斗到一块去，等于两个瞎子靠墙走——谁也不服（扶）谁。

联盟中，那些能说会道、有着天然沟通能力的人，会受到内外戈巴的尊敬和拥戴。这样的能人，是原始父系部落中具有高超智慧的高级钢琴师和走钢丝的技巧大师，具精妙独到之处，堪称出色的外交人才。

我想强化一下联盟的前提：部落联盟强调的仍然是父系血缘的独一纽带。但也有一种联盟是在不得已的情况下，为了利益，为了安全，只能把几种不同的父系血缘的部落结合在一起。比如有的小戈巴受到某个大戈巴的欺侮，两三个小戈巴组成联盟，共同对付、抵抗一个共同的敌人：大戈巴。为了共同抗衡外敌，许多部落会自愿联合起来，组成一种比较松散的联盟。比如当他们共同遭遇外敌侵入，当地所有部落会组成一个强大的联盟，共同抵御外敌侵略。有一点应该强调，就是所有戈巴之中，如果不是同属于一个父系血缘，这种联盟将是不牢固的。当外敌消失，联盟也就自然消失。

走访时，我遇到过一位长者，个头长得不高，加上佝偻身材显得有几分萎缩，让人滋生几分怜悯。在他身上几乎看不到男人国的雄性，他的部落就像西边的落日，渐行渐衰，小得快要消失。长者说，他的部落本来就小，为了寻求一种所谓的保护而和别的部落进行了多次结盟，结盟之后，赶上搬迁，赶上械斗，几十年折腾下来，小部落如今成了名副其实的袖珍部落，首领是他，元老是他，勇士也是他，连一年两度的男子大会也省得开了。说完，他苦笑一下，把搁在地上的酒瓶拿起来揣进衣服口袋。我知道，这位集首领、元老和勇士于一身的老者以饮酒度日，打发余年。

忧郁的老者有些木然，看着他的模样，想着他的男性部落，就觉得他的衰老身形和他的雄性部落正在以同一种频率快速萎缩，我看到了另外一种和谐，力量同比例缩小。

要是我没有猜错的话，估计老者所说的结盟就是和血族以外的部落完成的结盟，因为不牢固才导致今天走的走、散的散，把他弄成了孤家寡人。如果一个部落的境况到了这个份上，那么部落联盟还有多大意义呢？

4 血人遗风

男人国里的男人们身上体现出的却是他们在仇恨方面的持续性。他们既能种仇，又善记仇，还能复仇。时光和岁月在他们面前显得苍白，最致命的杀手锏在他们面前也会失却自身威力。爱斯基摩人的仇杀心态似乎与山岩父系部落之间的仇杀心态有着太多的相似之处。

23、打杀完毕再谈判

　　按当地规定，第三方可以召集他要召集的谈手，来到甲乙双方所在地进行斡旋，甲乙双方倘若不听从第三方意见，第三方就采取长住、猛吃的原始办法，挥霍浪费甲乙双方的食物和财物，拿出吃穷吃垮甲乙双方的势头，迫使甲乙双方部落主动协议解决问题。

　　驻足色麦村高坡，背靠神山，斜倚土制白塔，放眼瞭望蜿蜒的金沙江和江那边山顶着火似的光芒。土坯垒就的碉楼迎面倾听风吼和马蹄声声，远处火焰的光芒把碉楼映衬成座座烽火台。静物在动，动物满是静，风声、马嘶、民居城堡一并悄没声息向我回述过往战事，短兵相接、刀光剑影。

　　原始父系部落的械斗连连不断，也许雄性本能地喜欢争斗，也许生存需要他们去厮杀，也许每一场都要争赢斗赢，但仇家双方不可能每次都打成平手，总有一方流血、受重创，甚至付出生命的代价。为了不再使这种械斗无限制地发展下去，导致整个戈巴的衰亡，通常会由第三方出面调停、协商，促成一桩谈判，使双方暂时平息械斗。

　　这便是山岩原始父系部落自古沿袭下来的一种解决部落间外事纠纷的谈判制。

　　这种谈判制依据的不是现代社会中的法律，而是当地人长期生成的一种不成文的习惯法，即各部落约定俗成的习惯做法。在谈判制下，对双方械斗的性质，受害者的划定，赔偿金额等均有严格的规定。谈判制使双方的械斗迅速化解，受害者及时得到物质补偿，它实际上行使着一种没有法律的公道。

例如，甲、乙两个部落人为一件小事发生纠葛，打了一小架，一方挂点轻伤，另一方觉得输了理，愿意主动出面并请第三方部落首领一道和对方谈判，交涉赔偿。在第三方的斡旋下，一般会很快达成赔偿协议。

原格锅首领阿康白马就多次亲历过这种谈判。几年前，他侄儿（大哥的儿子）与夏锅戈巴的车仁彭珠（音）打了一架，侄儿朝对方头上砍了一刀。为化解矛盾，他请了两个中间人，一个是夏锅戈巴首领，一个是何根戈巴（音）首领，包括他一共三个中间人在他大哥家进行谈判。几个中间人以客观公正的态度进行谈判，先是细细判断谁的错，伤势有多重。那次打架他侄儿没伤着，而对方的头部受了伤，流了血，还花了不少医药费、请喇嘛的念经费、补品费等。最后商定的赔偿金额是，他侄儿一次性地向对方赔偿三千元，外加一头牦牛。

倘若部落双方发生了命案，谈判过程就会显得格外凝重。杀人这方部落不能参与谈判。主持和策划谈判的就只能是第三方部落首领或其他部落内德高望重的人物。这第三方必须与两个当事戈巴没有任何关系。第三方部落有时会邀请其他众多部落参与调解当事双方的纠纷，组建一个谈判组，相当于现在的调解委员会。按当地习俗，第三方可以召集他要召集的谈手，来到甲乙双方所在地进行斡旋。

耸入云霄的
民居城堡

甲乙双方倘若不听从斡旋，第三方就采取长住、猛吃的原始办法，挥霍浪费甲乙双方的食物和财物，拿出吃穷吃垮甲乙双方的势头，迫使甲乙双方部落主动协议解决问题。

第三方参与解决问题的具体做法也是古拙有趣的。第三方组阁的谈判组一般由八个人或六个人组成，从中推举一个人作为主裁判。主裁判主要听取双方陈述，从中斡旋，并提出具体的解决方案。为示公正，主裁判不参与投票。在判决前，众裁判手上都攥着好几块石子，分别代表牛、马、羊、钱等。评判中，甲方和乙方哪一要是多占一条理就会多得一枚石子，最终判决结果肯定会让甲、乙双方都满意。这便是山岩父系部落纠纷的终极判决，不会有哪一方因为不服还要再上诉或重判。

原始法官们很早就理解删繁就简的力量吗？再复杂的外事纠纷经石子儿评判，事情就会变得犹如"1+1=2"那样简单。

山岩父系部落的谈判制，实际上起着初级法庭的作用。

访问中了解到几年前发生的一件事。甲部落的牛被乙部落的人盗走，甲部落派勇士团去偷牛者家中把人杀死并牵回自己的牛。事过不久，第三方主动出面斡旋，找到甲部落首领要求对杀人赔偿事宜进行谈判。甲部落首领是懂得游戏规则的，对本部落勇士杀人供认不讳，杀人赔偿，天经地义，只提出一条要求，谈判可以，那就到我们这儿来谈判。乙部落因势力强不过甲部落，只得屈从答应到甲部落地盘谈判。

因命案谈判属于重型谈判，双方都红了眼，潜藏着极大的凶险，双方不能进行面对面的谈判，并且不允许乙方带过多的人过来。

乙部落的人来到甲部落地盘，极易发生报复事件。甲部落为了本部落安全，事先通知本部落的远亲近邻，任何人不得留乙部落那边的人在自家住宿，迫使乙部落的人住在一座破庙里，造成生活不便，使他们无法在此久留，只等谈判完结，拿着赔偿的钱财走人。

参与谈判的甲方由首领、元老团和勇士团共计十六个人组成，乙方参与谈判的人员组成与甲方相同。第三方由甲乙双方以外的六个戈巴首领组成，其中一位最德高望重的首领被视为主裁判。这六个戈巴首领均为当事双方戈巴所信任，公认为能主持公道的。

谈判在甲方首领家及乙方所住的破庙之间进行。

在谈判中，甲乙双方互不碰面，由第三方骑着由甲方提供的马匹，往返于甲方首领家和破庙之间，互传双方提出的事件发生细节，陈述各自道理，亮出赔偿数额。在最后裁定前，六人谈判组席地围坐在一起，除主裁判外，另外五个人手里都攥着石子儿，一个石子儿代表一万元的赔偿数额。在主裁判示意下，五人同时松开了手掌，由主裁判清点石子儿，最后取一个平均数，这便是赔偿金额。这次谈判结果是，由杀人的甲方戈巴赔偿给乙方戈巴牛、马40匹（头），现金一万元，总价值约9万元。

甲部落首领在讲述谈判过程时显得很兴奋，虽然他们最终赔偿了乙部落价值9万元的物品，但他还是以赢者的口吻，归纳出这次谈判起到的三个作用：一是把赔偿价格压到最低，抵制了对方的漫天要价；二是定下规矩，凡以后对方部落的人偷了他们的一头牛，他们还可以把他杀死；三是定下规矩，以后打死人后，谈判还是到我们这边来谈，也按这个价格赔偿。自从谈判定下规矩后，乙部落的人从此不敢再来偷牛了。

这样的原始判决，在山岩乡及周边地区一直沿袭至今。

近年来，随着外界文明进入，戈巴们解决外事纠纷的谈判制也有了新变化。

乡党委书记降拥向我讲述了一件戈巴之间的离奇纠纷：三年前，山岩乡的一个戈巴（个人）与邻乡的一个戈巴在家谈生意，其间发生剧烈争吵，结果山岩乡的戈巴一怒之下把邻乡的戈巴砍死了。事发后，两个乡的戈巴组织准备进行谈判。乡党委和乡政府得此消息，立即派人到白玉县报案。同时，乡党委乡政府组织人力展开调查，及时介入，在两个乡之间来回做工作，告诫被害人的两个儿子，虽然他们的父亲被人杀了，但这件事应该交由司法部门，通过法律途径解决，而不应该由你们出面进行复仇。在耐心的劝诫下，对方情绪渐渐稳定下来，当时没有采取过激行为。同时在当地戈巴的暗中谈判下，由肇事方戈巴（父系部落）赔偿被害人方戈巴（父系部落）１０万元。但两年后，被害人的两个儿子还是把杀害父亲的凶手杀死了。乡党委乡政府只得再次介入。为父报仇后的两个儿子闻风而逃，潜入深山老林。因山道险峻，公安人员追捕多日，至今也未能将逃犯抓获归案。据说，第二次凶杀案发生后，当地戈巴又进行了暗中谈判，原先得到10万元赔偿金的一方戈巴又把10万元赔偿金原封不动地退还给了另一方戈巴。

这是一种走样了的解决双方戈巴外事纠纷的办法，很有些土洋结合的味道，是原始与现代合璧的结果，还是由于原始父系部落的力量过于旺盛，政府机能不够健全，不足以同时抵挡两股戈巴力量所致。与原始的谈判制相比，新式样加进了新元素，构成了一道别样的风景。

谁也无法预测，将来他们的外事纠纷会用什么样的新奇招数化解。

24、血族复仇

他们说到爷爷和父辈，如果被哪个"戈巴"杀死，这笔血债十年、二十年、半个世纪甚至一个世纪后也要由儿孙们去了结。他们杀我们，我们杀他们。这样生生不息地仇杀下去，不会终止。他们必须付出杀死仇人的代价来赢得成功。

久久注视裸露酷烈的岩石，似有无数双愤怒而空茫的眼眸，在历数千百年的灰飞烟灭，在捻磨几世几代的尘埃落定。

也许是宿仇和械斗的频繁发生，父系部落的仇恨便和树缠藤一样，越缠越紧，生生不息，难解难分。

不能抱怨山岩男人们没能沐浴现代文明，因为他们的好斗和复仇意识完全是一种文化，一种古老的血族文化，只不过张扬的是人类早期的血质因子，因而也就不能表现出现代社会所谓文明人的进化，无法掌控"怨怨相报何时了"的智慧。

当地部落与生俱来崇尚父系血缘，这种血缘是神圣不可侵犯的。在长期的共同生活中，形成了血缘内的集体主义。不同血缘家族的人，为一些牲畜越界吃草、多占土地，甚至喝酒等而引起纠纷，因无法消仇，彼此积怨，受损人之父系亲属会结成一帮，世世代代争斗下去，由此酿成非常危险的"血族复仇"。在械斗中，谁要了一方"戈巴"的一只胳膊，另一方"戈巴"一定要取对方一条腿；谁杀死了一方"戈巴"；那这一方戈巴必会以同样的手段报复，被杀一方在未杀死凶手前，双方矛盾无法和解，即使爷爷辈结下的血仇，到孙子辈也要了结，不管凶手

躲到哪儿，已经完成天葬，灵魂飞升，找到他的儿孙也要索命一条。

一种血仇的暂时平息，可能孕育着另一场血仇，血仇的发展具有循环性。

这种滚雪球似的世代宿怨，全都在心底深埋着，"报血仇"的意识无时不存在。

每个戈巴需要为自我生存而持续进行血缘复仇。在复仇中，戈巴显示出自身的尊严和独特的生命权。

固执的血缘理念赋予他们的能量，构成了一道无与伦比的景象。

没见到凶手和仇人的"戈巴"是理性的，和外人说起话来彬彬有礼，轻言慢语，也许我是他们眼中的第三方"戈巴"和事老？但愿是。

他们说到爷爷和父辈，如果被哪个"戈巴"杀死，这笔血债就是十年、二十年、半个世纪甚至一个世纪后也要由儿孙们去了结。他们杀我们，我们杀他们。这样生生不息地仇杀下去，不会终止。他们必须付出杀死仇人的代价来赢得成功。

倘若受害者没有儿孙后辈，那么戈巴其他成员有为他雪耻和复仇的义务。每个戈巴成员，从小受到"一个戈巴一只手"的教育，维系本戈巴的血缘纽带是他们的职责。

山岩村落

这是一个进行性加重的过程。

我说这样做的结果是搭上更多的生命，总的来说是不合算的。"戈巴"便有些红眼，冒火的样子，当然，不一定是对我，我的手上没沾染他祖上的血迹。

倘若他们按我"息事宁人"的一套去做，不知道为祖宗复仇，作为一个"戈巴"成员就会被视作与围着锅台转的女人一样没出息。血族复仇当然不是为自己，而是为父亲、爷爷或自己所在的戈巴组织。倘若有仇不报，死者的灵魂一天也不得安宁，自己的戈巴也会很没面子，那将是做子孙的过失。

这种血族复仇，在人类早期社会中曾普遍存在过。美国人类学家恩伯在《文化的变异》一书中，曾记载了一个爱斯基摩男子被杀后所发生的一切。

面对千百年来父系部落祖祖辈辈流传的习俗，这里的男人们已经很难自已：杀来打去，赔来赔去，一天也不消停。

"你们就不能有一方高姿态，首先放弃复仇，使这种恶性循环的局面尽快消失？"面对我的说教，一个戈巴首领说了如下的心里话：

我也认为整天杀人、赔偿、复仇不好，不希望这种现象再继续下去，但戈巴之间杀杀打打、怨怨相报是我们祖辈留存下来的习俗，我们长年累月都是这么干

的，已经习惯成自然了。我们这样做是为了一个面子，为了戈巴的地位。如果我们不杀人，我们就没有地位，就会被别的戈巴消灭掉，这是我们生存的需要。是的，当着乡政府的面我们什么也不敢做，但乡政府的人不会把我们拴到他们的裤腰带上，背地里我们总是要惦记着报仇的，有仇不报，哪里还是男子汉，会被其他"戈巴"当成窝囊废笑话的，没法在人前抬头过日子。现在，虽然我们这边生活水平提高了，文明之风也吹拂进来，械斗和打杀大为减少，但血族复仇的心理还是存在的。在我们看来，血族复仇是我们"戈巴"的生存道德，永世不会改变的。如果我们不残忍和野蛮，命运也会对我们采取残忍和野蛮的形式。

我说你这么一讲，我都感到没有安全感了，谁知道你们什么时候会拿枪拿刀地乱砍，会不会伤及我这个外乡人。山岩男人友好地笑了笑说，不会的。他一口气说了三条理由：一则戈巴人把友和仇分得很清，藏民族是一个热情好客、重感情的民族，只要是没有结下世仇的人，都视作朋友，绝不会伤害他；二则不伤害朋友是我们这里的规矩，谁要是坏了这个规矩，就会被周遭戈巴看不起；三则父系血缘的情愫，儿辈孙辈的复仇不是为自己报仇，而是为父亲和爷爷报仇，如果报不了仇，父亲和爷爷在天之灵就得不到安宁。

我想确认一下他们会不会一直恪守规矩不乱伤无辜，就是不杀对方的女人、老人和孩子。回答有些含糊，虽说一般情况下他们不会破坏"戈巴"内部规矩，必须遵守内部的道德规范，不杀女人、老人和孩子，但谁也不能担保两"戈巴"矛盾激化到一定程度，会有杀红眼的时候，一旦那样，那就管不了是不是女人、老人和孩子，统统见一个杀一个。

有一句话给了我莫大安慰，现在和过去相比，毕竟好多了，解放前是无所顾忌地杀人。解放了，共产党来了，稍微好了一些。没有办法，从古到今，风俗就是这样。现在打打杀杀少了，主要还是怕乡政府。当然，乡政府也无法从根本上消除"戈巴"之间的宿怨。

多吉巴登乡长的一番话让我感到，乡政府面对血族复仇也有些"无奈"，戈巴们在"太师爷"头上动土的事仍然时有发生。九十年代，山岩乡的枪杀案每年一般不少于六起，近年来虽呈逐年递减状，但还是年年有。在最近七年里，发生用枪复仇的事情就有十几起，平均每年一二起。每年要搞一次"严打"，但很难根治，治安步入有序轨道还有待时日。

乡长再三申明在此地访问是百分之百安全的，但我心里有底，谁也不能给谁的生命打保票，当然，听说这里快设派出所了，只是我在派出所设立之前就该离开了。

全天访问的都是关于血族复仇的话题，总能嗅到丝丝密密的血腥，夜里不免有些惊悸，刀光剑影在脑海里撞出金属质感的声音。

这是他们选择的一种生存策略，在维系着他们父系血缘的同时，不得不接受

它所带来的所有正面和负面的后果。

记得一位人类学家说过，在传统社会，在不相容的观念之间，必须有一种观念被突出来，处于支配的地位。这是一种观念的霸权，它是社会稳定或文明的标志。

物换星移，仇恨的火焰永远不熄。我看到一张网，蜘蛛在网上奔忙，织的是仇恨，网眼越来越密。而这张网正逐渐被一张更大的网所笼罩。在经历了数千年后，我看到父系部落的文明标志在外来文明的冲击下，正在走向自己最后的墓地。

25、延续四十年的一起命案

大约五十年代初，解放军打进山岩，一些戈巴们不了解情况上山当了土匪。当时色麦村这个小伙子的爷爷在和解放军打仗时误杀了邻村小伙子的爷爷，两个戈巴不明不白地结下深仇。解放后，双方戈巴为误杀一事还进行过谈判，色麦村知道输理，就给邻村戈巴赔偿了牦牛、枪和水缸。这件事看似平息了，都以为时光化解了一切，就在许多人都淡忘此事的时候，孙子辈有人下手了。要知道，这场报复伤害案足足延续了四十多年。

有一句经典的说法叫做"岁月无敌"，意思是岁月作为一种神奇的东西永不会被与它抗衡的东西超越。美艳的女人、激情如焰的爱情、深重的仇恨全都经不住岁月的削减、瓦解和剥蚀，如火焚烧、如雨冲刷、如影投射，最终岁月抵挡天下敌，把世间所有斑驳涤荡干净。

人性种种，同样熬不过的就是无敌的岁月。然而，山岩男人国的仇恨却违背并超越了上述规律，一桩致命仇怨，近半个世纪也不会使他们削减鲜活如初的印迹。仇恨犹如烈焰，熊熊燃烧四十年，仍没有任何东西能使之烟消云散。

偶尔从阿康白马那里听到了一件复仇杀人案。

2005年7月的一天，山岩被湿热的空气笼罩得密不透风，但敏感的当事者能凭借他们天然的动物性嗅觉体察那一天的特殊。色麦村的一个21岁的"戈巴"刚从山上砍柴回来，走至河边，突然感到一道寒光闪过，心里暗暗叫声不好，冰冷的利器裹挟一股不祥的风穿过他的胸前，顿时血流如注，栽倒在河边。

有幸的是，受伤"戈巴"被村人发现，及时送到医院抢救，但过重的伤情使他足足在医院里躺了一个多月。

受伤"戈巴"家族迅速展开调查，凶手原来是邻村一个十八九岁的"戈巴"。

伤者亲人找到凶犯，问他为什么平白无故对色麦村的人下手。对方轻描淡写地回答：这就叫冤有头债有主，我就是要向这个人讨还血债。原来，邻村的这个

男士团成员

小伙子是在为自己的爷爷了结一桩宿怨。

祸源竟要追溯到四十年前。

刚解放时，大约五十年代初，解放军打进山岩，一些戈巴们不了解情况上山当了土匪。当时色麦村这个小伙子的爷爷在和解放军打仗时误杀了邻村小伙子的爷爷，两个戈巴不明不白地结下深仇。解放后，双方戈巴为误杀一事还进行过谈判，色麦村知道输理，就给邻村戈巴赔偿了牦牛、枪和水缸。水缸是很值钱的，青铜做的，能容几千斤水，当地人最看重的一样家什。这件事看似平息了，但仇恨一直未曾了结，邻村的祖辈一天也没忘记对后人进行复仇教育，但复仇也非易事，祖辈没了结，父辈仍没了结。就在都以为时光化解了一切，许多人都淡忘了此事的时候，孙子辈有人下手了。要知道，这场报复伤害案足足延续了四十多年。

在我看来，四十年的跨度可不是一般概念，四十年间有多少生命完结，多少新生命出现，足以使初生婴儿长成男子汉，也能够让四十岁男子汉变成耄耋老者。四十年，能使希望插翅，同样能使野心泯灭，更能使近半个世纪恩怨水滴石穿般冰雪消融。

然而，男人国里的男人们身上体现出的却是他们在仇恨方面的持续性。他们既能种仇，又善记仇，还能复仇。时光和岁月在他们面前显得苍白，最致命的杀手铜在他们面前也会失却自身威力。

为爷爷复了仇的邻村孙子，可能对自己的行为还不满足，因为他没有把仇人的孙子打死，而只是打伤，算不上完全报仇。色麦村的戈巴当然会更加激怒，虽然当年杀死了对方爷爷，但

第一是误杀，第二已经进行过谈判、赔偿，应该算已经了结，对方戈巴再次挑衅，等于又结下仇怨。

一桩四十年前的命案到此就变得凶险莫测，更凶残的厮杀酝酿在即。

被利器刺伤住院的戈巴肯定不甘，赔了东西还差一点儿搭上性命，肯定还要找对方算账；对方戈巴把把仇人的孙子打成重伤还嫌下手太软，觉得便宜了仇人后代。没有人会怯懦地吞下别人种下的苦果。

事发后，周围戈巴（指第三方）曾经召集双方戈巴谈判，由于双方火气太大，谈判破裂。至今两个戈巴还处于僵持阶段。现在八学村和邻村的两个戈巴的年轻男人们，都不敢轻易出门，即使种地及挖虫草也不敢出来，整天闭门不出，家里全部活儿都由女人们来干。可谓风声鹤唳，草木皆兵。两个村的戈巴因四十年前一场命案结下的仇恨延续至今，由祖辈延续到孙辈，不仅没有了结，反而仇恨加深，仇斗范围也在扩大，血亲们岌岌可危地在惶恐中度日。

这让我想起了过去在爱斯基摩人身上所发生的残酷的仇杀。人类学家古布塞描述了一个爱斯基摩男子被杀后通常会发生的过程：他的最亲近的亲戚通常会采取最严厉的报复，在没有达到彻底的报复之前，是不会善罢甘休的。在实施报复过程中，死者的直系亲属会尽可能多地寻求其他亲戚的支持，如果可能的话，第一行动就是杀死凶手，或者杀死他最亲的一个亲属，当然，凶手亲属成员也就因此参与仇斗，这两个亲属群可能会相互狙击达多年之久。

爱斯基摩人的仇杀心态似乎与山岩父系部落之间的仇杀心态很相似。

深入山岩后，我就开始留意"戈巴"人特有的这种文化心态。他们渴望血腥，渴望复仇，渴望一种紧张感，杀来杀去寻求刺激，赔来赔去忙忙碌碌，不然，"戈巴"们的日子会失却色彩。这种充满煞气的氛围似乎是从他们祖辈就遗传下来的，在他们口述家谱中不乏有这方面的"辉煌"历史。

谁也不能说他们真的是因为害怕才天天躲在家里，其实蜗居在家的"戈巴"肯定有着另一层意义的愉悦。戈巴之间即使无怨无仇，好端端在一起喝酒、玩笑，也会突然翻脸，继而就可能拔刀互砍，这种行为和复仇又有什么关联？他们的复仇行为，可能还有更深层次的原因。

现代医学已经证实有先天的杀人犯，和基因染色体变异和后天教育及童年经历有关。山岩"戈巴"特有的行为模式肯定与他们后天教育及童年经历有关，但是否与基因染色体变异有关，我不得而知。

本质里的东西很神奇，谁也说不清，但血缘有善恶之分却是有这种说法的。面对蜿蜒的涛涛东去的金沙江，长河无言我无言，环顾忧愤的青山，我只能猜想，这方水土铸就了这方人，这方人又酿造出这样一种倔强的文化。一股生生不息的暴力惯性一路呼啸，汹涌澎湃。

一桩四十年前命案在孙子辈再起波澜，从中暴露出山岩父系文化的不理性，他们"蒙昧"的行为，映衬出理性之光的微弱和渺小，但凡事都讲因果，他们对野蛮、残暴疯狂追逐的"因"，最终必将是他们作茧自缚、以悲剧收场的"果"。

26、柱子上悬挂着父亲的血衣

我从三楼下到二楼，经过一个暗道，突然发现前面有一间半开着门的小间，我就径直朝那间小屋走去，主人家见状，突然脸色大变，马上用手做出手势，坚决不让我朝那小屋走去。我只得侧身踮脚奋力朝前望去，突然发现在小屋里醒目地悬挂着一件绛红色的血衣。

中国儒家学说认为，人性是善的，所以有"人之初，性本善"的说法。西方人认为，人性是恶的。而后来人类社会的发展史似乎更倾向于西方人的观点。

激化的矛盾会淤结成宿怨，并非山岩人的专利，现代人也时时会碰到，只是化解和了结方式不同罢了。有一首名叫《让世界充满爱》的歌曲，我觉得现代文明社会应该以这种理念教育孩子，教育的效果和结果暂且不提，但起码会让孩子从小就懂得博爱，抵消和化解仇恨。这方面，也许现代人更聪明，对待世仇、宿

柱子上
曾悬挂着父
亲的血衣

怨的态度更趋明朗，途径也更多一些。假如老辈之间因仇结怨，会在老辈之间解决，或私了或公断，但唯独不会、也不忍心在后辈心田播种、转移仇恨。我想，现代人对待仇恨的态度足见他们对生命之爱，完全超越了地域和血缘的羁绊，体现了人类爱的理性。

进山岩之后，走访了许多家庭，我凭着天然的敏感，在一千多人的山村里很难嗅到人类爱的理性，更多地感受到的是一种人类爱的野性。这种野性之爱被恨紧紧地扼制住了，世仇宿怨盖过了现世所有的感情，像无数个幽灵在山岗田野游魂般乱蹿，仿佛着上了"荒唐"的颜色。

是的，我无法抓住一个世仇宿怨的幽灵请人过目，我却在戈巴的碉楼正室看到过浸染他们祖辈血迹的衣衫——一个满是幽灵起舞的附着物。

这种铭刻着山岩人世仇宿怨的物件，我是在一次偶然的机会中看见的。

一次乡长陪我去一户"戈巴"家访问，主人家非常好客。我从底楼牛圈沿独木梯攀登上高高的二楼，在客厅落座片刻后，我提出想看看碉楼的房间，主人家一口答应，马上陪我上楼参观。我从二楼踏独木梯到三楼，又从三楼到四楼，细细看了经房、麦场、储藏间、秘密卧室、枪眼墙、楼顶。我从三楼下到二楼，经过一个暗道，突然发现前面有一间半开着门的小屋，我就径直朝那间小屋走去。主人家见状，突然脸色大变，马上用手做出手势，坚决不让我朝那小屋走去。我只得侧身踮脚奋力朝前望去，突然发现在小屋里醒目地悬挂着一件绛红色的血衣。

据"戈巴"们讲，血衣是山岩人对孩子及家族后人进行血缘复仇主义教育的道具。

我在"戈巴"家看到的那件被血污秽了的血衣，对外人来讲，也许是一件秘密，他们不想让外人知道他们部落内部更多的东西，但在部落里面墙柱上悬挂着亲人的血衣却是一件正大光明的事。他们总是把血衣悬挂在楼房最显眼、令全家人都能看到的地方。小孩、大人们天天看着它，亲人还不忘把血衣当作活教材每天给小孩子絮叨几句，或喊儿，或叫孙，你们的爷爷或父亲于某年某月的某一天被一个叫什么什么的"戈巴"用枪打死了，这衣服上的洞口和血迹就是活证。你们如果还是爷爷的孙子、父亲的儿子，就要不忘这个仇，牢记那个恨，不为父为爷报仇雪恨就不算好儿孙。他们把复仇暴力看作是生命的自然流动。

被血衣熏得有些发蒙的孩子，

这里曾发生过械斗

也许早已记不清爷爷和父亲的相貌，却记住了血衣是他们的，还记住了仇人的名字。血衣本来随着岁月的磨蚀会越来越看不清真迹，然而，在长辈们一天多遍的千叮咛万嘱咐下，暗淡的血迹鲜活了，一条红艳艳的血河在心头奔涌呼啸，撕裂着后辈戈巴的心。

我一直觉得即使习俗要求他们有责任对后代进行复仇主义教育，但对一个只有三岁的小男孩讲述父亲被杀的过程，未免显得太早，太残忍。无论小男孩爱不爱看血衣，它整天就挂在客厅的梯子扶手上，家人上上下下要抚摸，小孩子一天多遍地碰到它。家长担心小男孩对复仇不上心，怕挂在梯子扶手上的血衣对孩子来说有些隔靴搔痒，还要定期定时提起那件不光彩的过去的往事，对小男孩讲述族人是怎么死的，会细细地描绘当时的惨状，催熟并点燃小男孩心中的仇恨。

小男孩的确不可能立即报仇，但教育的功能润物细无声地在他们心中酝酿复仇的情绪，让仇恨的旗帜在成长的天地间飘舞。一颗鲜活而要命的种子埋下，只等小男孩长大，种子一旦发芽，一旦融入血液嵌入生命，那就万事俱备，只欠契机。这种通过一种罕见的血缘教育世代延续仇恨的方式十分可怕。

2005年初就发生过一起复仇案，一位部落首领向我讲述了事情的经过：

山岩尚未解放的时候，阿康根宝的父亲给解放军带过路，当时解放军在金沙江岸边逮住了一个邻县的人，把此人关进县牢里，没多久这个人就死在牢里。邻县的戈巴就把这笔血债记在阿康根宝的父亲头上，寻机把阿康根宝的父亲杀了。

当时阿康根宝还是个吃奶的孩子。但阿康根宝的长辈们一天也没忘记用父亲遗留下的血衣教育他：你的父亲是某某戈巴杀的，你要是个有本事的血性男儿，就一定要把某某戈巴那个人杀死，为你的父亲报仇。斗转星移，物是人非，几十年血衣教育起了锁链的作用，束缚着心灵的正常发育，却无形地催化复仇的种子。

当阿康根宝终于长成身高七尺的男子汉时，他的首领和元老们又及时提醒他："根宝啊，你已经长大成人了，他们欠你父亲的一条命也是该偿还的时候了。"当时阿康根宝听了这话，有一瞬间的犹豫，因为他知道，杀死他父亲的元凶已经不在人世了。首领和元老看出阿康根宝的心事，立即说："父债子还，人死债不烂。元凶的子孙常来我们山岩走动，只要你留心，就能找到报仇的机会。"

我依稀能够想象此时的阿康根宝双眼冒火，牙齿咬得格格作响，一言不发，回家取下猎枪开始擦拭。要知道，阿康根宝要报复的已经不是元凶的本人，也不是元凶的儿子，而是元凶的孙子。照现代人的理解，报复仇人的孙子，不太合情理，真的是黄花菜都凉了几十年了。

阿康根宝从心理到实战都已经充分准备好，他密切注视着元凶孙子的动向和行动规律，随时准备复仇。后来，阿康根宝终于等到了机会，等到了仇人的孙子，阿康根宝轻声说：天赐良机，父亲，你的儿子给你报仇来了，听到枪响，你就可以安息了。阿康根宝举枪、瞄准、扣扳机，一声枪响，子弹嗖地一声飞出枪膛，一个未成年男孩儿应声倒地，草上一股新鲜的血液弥漫开来。一种自古以来积聚起来的原始道德力量最终释放出来。

复仇了的阿康根宝了却了两代人的宿怨，一块如鲠在喉的骨刺吐了出来。阿康根宝因为复仇成功而春风得意，志得意满。家人称他是孝子贤孙，有出息的好儿郎，戈巴里他成了英雄，逢开大会就受表彰。首领为了树立榜样的力量，开会时给英雄铺一张羊皮毡子，让他坐在首领身边，让所有人知道，谁敢杀人，谁就能受人景仰。据首领讲，在当地像这种复仇伤人事件每年总有一二起。

在人与人之间只有单一血缘关系的社会里，人与生活之间会产生一种强大的血缘道德张力，这种张力会让生命本身凸现出旺盛的人性的原始冲动。

山岩人有蒙昧的一面，天生不懂怨怨相报没终了，这就奈何不得他们一代一代把自己的子孙推到祖辈的祭坛上。反过来讲，又不能埋怨他们蒙昧，因为他们的父系文化里深藏着浓浓的复仇因子，谁能奈何得了？

27、舅舅与外甥的血缘阻隔

父系血缘排斥母系血缘所演绎出的故事在"戈巴"起源的时候就已经发生。在数千年的"戈巴"历史进程中，"舅舅打死外甥"、"外甥打死舅舅"这等咄咄怪事，曾无数次发生，人们已见怪不怪。即使在现代它还被演绎出新的版本。

在中国农村地区，舅舅的地位很高，有的地方把舅舅视为"坐上席的"，凡是宴席重要位子必定是留给舅舅的，许多外甥小时候都喜欢和舅舅一块玩耍，关系甚是亲密。

女人国的舅舅们地位更是高得可以，简直就是父亲的代名词。我常常看到女主人家的孩子和舅舅在做游戏，舅舅还会很认真地教外甥做作业，外甥遇到麻烦事第一个总是找舅舅，舅舅在外甥心目中是最重要、最不可或缺的人。如果舅舅和外甥的年龄差距不太大，那么舅甥俩就是最好的伙伴。

医学上也证实，舅舅与外甥在血缘上是很近的。

而山岩人对舅舅一反常理，显得很疏远，舅舅什么也不是，什么也不算，没地位不说，简直形同陌路。好像

柱子上曾挂着的父亲的血衣

预先埋伏着一个沟坎，任何人都很难逾越。

他们对舅舅态度的不近人情是有文化上原因的。他们自古只认父系血缘，不认母系血缘。在他们的观念中，女人被视为父系血缘以外的血缘关系。舅舅属于母系血缘一方，不属于自己所在的父系血缘一方。因而外甥和舅舅在认同感上的排斥是很自然的。

在父系血缘中滚打大的小孩，一根筋地只认父系的家庭成员，连母系的胞哥胞弟都不认。从小到大小孩们不会和母亲的亲戚来往。而女人一旦出嫁就意味着永远和娘家人断绝了关系。回娘家是不许可的，如果偷偷跑回去，可能会遭打。这一现象从戈巴起源就开始了。现在情况已有所松动，倘若和娘家住得近，趁男人不在家，快去快回也没人追究。

外甥对舅舅的排斥，折射出父系血缘家庭对母系血缘家庭的排斥，父亲对母亲的排斥，父系一方亲戚对母系一方亲戚的排斥。这种排斥是文化上的排斥，但其表现形式却是血缘上的排斥，血缘上的阻隔。双方之间特别能滋事，为一丁点儿小事就能反目成仇，彼此关系有的如同陌生人。陌生人之间可能还会讲一点谦让，而舅甥之间因为扭着一条筋而更易翻脸，常常会为了一点利益而发生争执，最后酿成凶杀案。

父系血缘排斥母系血缘所演绎出的故事在"戈巴"起源的时候就已经发生。在数千年的"戈巴"历史进程中，"舅舅打死外甥"、"外甥打死舅舅"这等咄咄怪事，曾无数次发生，人们已见怪不怪。即使在现代它还被演绎出新的版本。

乡干部为我讲述了一起外甥杀死亲舅舅的事：2004年年初，一个外甥和舅舅在一起喝酒谈生意，大概是双方在价格上谈不拢，外甥和舅舅当即就吵了起来，双方骂得非常难听，还一度拔刀相见，当时被人劝开。晚上舅舅越想越气，连夜跑到外

男士团成员

甥家，在外甥家的大门上狠狠扎了两刀。在当地，家门被人扎刀是一种忌讳，是相当污辱人的，会被人看不起。外甥觉得自己很没面子，就又跑到舅舅家，当场就把舅舅杀死，血溅四壁，场景惨不忍睹，舅舅成了亲外甥的刀下鬼。

事发后，乡政府立即报案，展开调查，在外甥和舅舅家两边做工作，让舅舅的儿子不要再报仇，由法律出面来解决。乡干部们为了平息事态，还叫上双方戈巴中有威望的首领一道做调解工作，两边的情绪这才稍稍稳定下来。

现在看似平息了纠纷，但舅甥之间天然的血缘阻隔没法平息，他们虽然不会再明目张胆地杀来杀去，但谁也不能保证背着乡政府他们还会做些什么。

一年后，外甥到山上去挖虫草，舅舅的两个儿子寻踪在山上候了好几天，最终在一处荒无人迹的地方把表兄杀死。又了结了一桩血缘复仇。

山岩的舅甥天然埋藏着血缘宿仇，只要遇到契机，就等于燃着了导火线，双方一点就炸。父系与母系血缘永不交融，只要血缘阻隔存在一天，舅甥之间的战争就不会止息。舅舅与外甥的血缘阻隔，从千百年前拉开帷幕，直到现在还没有落幕的意思。

发生的事并未有悖常理，却令人震惊。

不斗近乎死。

男人国的血缘之争，使我再次领教了血缘的厉害。血缘这个时时作怪的东西，肉眼看不到，鼻子嗅不到，却明明白白就是悬命于天的一根绳索，一把双刃剑。当它投向他们眼中亲人的时候，悬命于天的是纽带，是彩虹，是哈达，用吉祥和美好把他们和他们眼中的亲人系得更紧。而悬命于天的东西投向他们眼中"非亲人"，那就是绞索和酷刑。

在同一个父系血缘里是不可能发生血缘之仇的。倘若外甥不是与舅舅谈生意，而是与叔叔谈生意，那么结果就有天壤之别。即使和叔叔谈不成生意，也绝对不会发生争执以至动刀杀人的事。在父系血缘以内，强调的是友谊、谦让、合作、团结和友善。

横亘在舅舅与外甥之间的血缘阻隔成为他们永远无法逾越的天堑。

可以这么说，只认父系不认母系这一档，算是被山岩人做到了极致。

28、"他们都怕我们"

互报是概化的，对等的还是负向的，主要取决于人与人之间亲属关系的亲疏，负性互报可能只会在陌生人或敌人之间实行。

"他们都怕我们！"是山岩一位部落长得意之时，哈哈大笑说出的一句话。

当时我对这句话不太上心，后来才琢磨出这句话简直就是他们的自画像，入木三分。透过这句极端语言，能让我看到凸现的人物的极端个性。

戈巴们信奉的是达尔文"弱肉强食"的丛林法则，在与其他戈巴交往过程中总是表现出自己的强悍。得理不让人，无理搅三分。从不忌讳别人说他们明抢暗要。他们正是凭这种强悍作风使山岩戈巴在远村近乡成为一个惹不起的主儿。我想起了老舍在《月牙儿》一书说过的一句名言：世界就是狼吞虎咽的世界，谁坏谁就占便宜。这句话若套在山岩戈巴身上是再合适不过了。

过去戈巴之间多以抢劫、偷盗为生，似乎不偷不抢不配叫做戈巴。现在政府提倡发展农业和牧业，尤其每年的虫草收入十分可观。如今抢劫偷盗行为已大为减少，不过偶尔之间也会发生。这时山岩戈巴的强悍就表现得淋漓尽致。

夏锅戈巴的首领向我讲述了这样一件事：

在我们邻县有一个强势戈巴，平时喜欢顺手牵牛顺手牵马，周围不少戈巴都奈何不得他们。几年前一个月黑风高的夜晚，他们来了两个"牵手"，"牵"走了我们一头牦牛。我们派人向他们索讨，他们不理会。我们元老团商量后，决定用武力夺回被他们"牵"走的牦牛。在一天夜晚，我们派出了二十个勇士，拿着刀和土枪，跑到"牵"牛人的家里，把那个"牵"牛人打死了，同时把"牵"走的

牛又牵了回来。虽然后来我们赔给他们戈巴价值9万元的东西，但从此他们领教了我们戈巴的厉害，没有人再敢来"牵"走我们的牛马了。

同样是这个夏锅戈巴首领，在他谈笑得意时，也毫不避讳自己承袭了祖上的看家本领，对周边弱小戈巴的马牛也是"牵"它没商量。

牛在当地是家中最值钱的东西，是能干活的固定资产，没了它，不光是失财，连种地的工具也失去了。一些被"牵"走牛的周边弱小戈巴心里明明知道山岩的戈巴不好惹，惹不起，但没了牛又万万不行。无奈之下，硬着头皮去追吧，即使追到了，可是人家不给，明明是自己家的牛，他们却说那牛是他们的。于是只得拿钱赎回被"牵"走的牛。

周边戈巴对山岩的夏锅戈巴恨得要死怕得要命。

山岩那边戈巴也和邻县那边戈巴一样，也有顺手牵牛顺手牵马的习惯，只是人家"牵"他们的，他们不答应，因为他们是强势戈巴；而他们"牵"人家的，人家也不答应，可是不答应又能把他们怎么样呢？因为他们是强势戈巴。

勇士团成员

强者是不缺乏理由的。

不过，夏锅戈巴首领最后对我声明，他们这种"顺手牵牛"获得财富的做法现在已经大为减少。

走访中发现，山岩戈巴的强悍几乎涉足了生活的许多方面。他们真的是从不吃亏，天生占便宜的料儿。就拿嫁娶这类事情来说吧，也凭恃自身强蛮，只占便宜不吃亏。

他们处于戈巴的中心地带。

山岩不止一个男子用同样得意的口气，向我眉飞色舞地讲述他们与外界联姻的"趣事"。之所以称之为"趣事"，是相对他们自己而言的，得了便宜还卖乖就是他们眼中的趣事。他们说本乡的女子像紧俏商品一样，吃香的原因倒并不是山岩的每个女子都长得俊俏，而是她们背后的势力强大，使她们个个都像俊俏女子一样吃香。只要外戈巴来娶本戈巴女子，从不敢在聘礼上怠慢。

我对当地戈巴嫁女的价码非常有兴趣，他们当然也愿意说，就像他们的元老极喜欢谈论"鹿传霖送银"之事一样。他们提高嗓门儿，夹杂若干手势，乐呵呵地告诉我："我们的女子如果嫁到本乡以外的地区，男方得给我们女方一万元以上。"也许是担心我没听明白，主动追问我知不知道为什么会这样。我佯装不知，他们便接着津津乐道："我们山岩乡的戈巴强大，即使我们最小的戈巴也能给他们造成最大威胁。"我说，这不也是水涨船高，山岩的男子也会娶山岩以外的女子为妻的，人家也会拿你们定的价码儿来应对你们。他们不屑地笑笑说："娶当然会娶，只是我们肯定不会给女方钱的。不给，他们也不敢拿我们怎么样的。一句话：他们都怕我们！"

这又是一种不对等的交易。

对这种不对等的交易，可以套用人类学上一句术语，叫"负化互报"，它是一种为了自己的利益而侵占别人利益的企图，它可以从不平等的交易扩展为掠夺财物和其他形式的盗窃行为。在一些原始部落里这种行为曾普遍存在过。例如在昆人部落里，一个部落的人可以强取另一个部落人的漂亮的衣衫，而回赠的只是一只小茶杯。在经济学家看来，这种不平等的交易，凸现的是一种部落与部落、人与人之间的社会地位，与注重利益获得的现代市场交换不同。

说到这里，我对曾经"遭遇"的那头"分着吃的牦牛"，越来越想得通了，"他们都怕我们！"就是概化互报的反向。

互报是概化的、对等的还是负向的，主要取决于人与人之间亲属关系的亲疏，负性互报可能只会在陌生人或敌人之间实行。

山岩人对待外戈巴女子可以说也像对待陌生人差不多，交往只能是负化的。

还是以嫁妆和聘礼为例。严格说，在强势的山岩戈巴语汇里，"嫁妆"和"聘礼"是可以转化的。对出嫁女子的家，只有"聘礼" 而没有"嫁妆"；对娶妻的家庭而言，只有"嫁妆"而没有"聘礼"。

我记起色德村的索朗拉姆和八学村的阿扎。九年前索朗拉姆出嫁时娘家陪嫁三头牦牛、两床被子，五年前阿扎出嫁时娘家陪嫁两头牦牛、两串昂贵的珊瑚珠链和两床被子，而男方家都没有回赠给她们什么东西。造成这一情况原因是双方戈巴处于不平等的关系，她们嫁到丈夫家，多少有媚从和巴结的意思。在山岩，娶妻没有聘礼一词，之所以这样，是因为对方怕他们！

概化互报也好，负化互报也罢，真正从中作祟的还是血缘这东西。血缘以内，你好我好大家好，我有一碗，肯定分给你半碗；你有一口，肯定能留给我半口，而且决不企求远期或近期回报。血缘以外，宗旨、目的就一个，占便宜算是小菜一碟，更多的是"宰"你没商量。这是血缘引发的一个命题，无法更改，没理好讲。

我很理解山岩人的"只讲血缘不讲理"。

平等、温情、爱意、谦让奉献，属于同一血缘之内专门用语；盘剥、榨取、掠夺、毁损就是血缘以外的词汇了。没什么想不通，血缘就是"天条"，反对它，企图改变它，是极其犯忌的，同时也是徒劳无益的。

29、生命用牦牛赔偿

"生命用牦牛赔偿"是当地人的习俗，千百年来都是这样，这是铁定的制度和规矩，没有人会不遵守这一习俗。只要你伤了人或杀了人，你就得支付赔偿金，不管你有没有钱，你都得支付。

现代社会中人都知道人命关天，尤其是当社会发展到今天，已经相当地人本位，推行人道主义的同时还崇尚人性化。宇宙之大，唯人为贵。

处于原始状态的部落人当然不懂得这些新概念，从山岩发生的远近伤人杀人案来看，人命不关天，人命只关钱财。就是说，哪方杀了人，是不用拿自己的生命去偿付死者生命的，只需用牦牛搭上若干钱财就能把命案敲定。

他们古今沿袭的是"生命用牦牛赔偿"的习俗。

川藏边境男人国，推崇血族复仇，提倡父系道德，致使部落与部落之间连年发生械斗。在械斗中难免会发生伤人和亡人事件。这样就产生了由第三方参与的谈判制度。谈什么？主要谈赔偿。按约定俗成，由未伤的一方赔偿受伤的一方；由受轻伤的一方赔偿受重伤的一方；由未亡的一方赔偿已亡的一方。在赔偿的物品中，过去当地最贵重的东西就属牦牛，所以滋生了"生命用牦牛赔偿"的习俗；不过，这一习俗现在稍稍有所改变，现在最贵重的东西要数金钱，所以又有了用

原格锅戈巴首
领阿康白马在叙事

金钱赔命的做法，但由于一个部落一下子拿不出那么多金钱，在大多数情况下，牦牛和金钱同时作为赔偿物品。

山岩浮泛着无数怪异光环，共守同盟地奉行着伤人和杀人不偿命，可以由牦牛或金钱赔付的原始计算法。比如，把一个人打趴在地上可以用多少钱了结；拧断了一个人的胳膊同样可以出多少钱来赔付；甚至打死了一个人也可以堂而皇之地用多少头牦牛和钱财来赔偿。他们认为，用牦牛或钱财赔偿伤者或死者自古以来如此，是天经地义的，是对伤者或死者生命的一种尊重。

这种原始的生命赔偿结算法，看起来似乎有其合理性，其实为今后事件的发展埋下了阴影。因为杀人者不用担心杀了人要拿命抵命，破些财就过去了，而且这个赔偿金又不是他本人出的，而是他所在的部落出的，所以无形中滋长了人性中的恶，甚至导致草菅人命，杀人如麻。自己的命只有一条，赔了就没命了，而牦牛还有好几头，够赔好几回的，还可以杀几条命玩玩。

这个怪圈稍微想一下就让我感到不寒而栗。因为人命等于牛命。

走访中听说了太多的伤人和杀人事件，无一例外都是用牦牛和钱财摆平的。

一位土生土长的八学村戈巴，向我讲述了几年前发生在他们村落里的一起斗殴事件，由于赔偿及时，没有酿成更大的事件。

事情经过是这样的：当时我们村一个年轻戈巴与邻村一个年龄相仿的戈巴一起喝酒聊天，在喝酒聊天中发生了口角，彼此打了起来，不过双方只是用拳头打，没有用刀子。在旁观看的我们村另外两个小伙子，看见没有决出输赢，就冲过去，一起把邻村的小伙子打了一顿。邻村小伙子打败后，跑回自己的戈巴扬言要过来报复。我们村的戈巴知道后，提出向对方戈巴赔偿。对方起初不答应，还是要派人过来报复。后来在其他戈巴的劝说下，最

牦牛

终以我们戈巴赔偿600元而了结了此事。

有了这种原始的生命赔偿结算法，父系部落之间发生伤人事件处理起来便捷多了。

阿康白马大哥的儿子伤了人，最后用金钱予以了结，双方都挺满意，谁也不再找谁的事。

一等勇士蓬卒被他人砍了五刀，流了很多血，养了一个多月伤，结果也是拿到对方赔偿的一千多块钱后，不再找对方的茬。

这些事情在山岩属于不痛不痒、不上台面的小事情，赔点钱也就平息了。但是为一头牦牛被偷而动刀杀人，再用数十倍的牦牛和钱财去赔偿就多少有点得不偿失。

数年前，夏锅戈巴一头牦牛被另一个戈巴偷走了，夏锅戈巴当即派人把偷牛人杀死。按当地生命用牦牛赔偿的习俗，结果夏锅戈巴赔偿给另一个戈巴牛马共

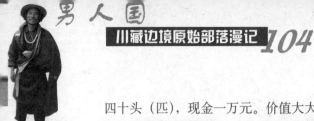

四十头（匹），现金一万元。价值大大高于当时被偷走的牦牛。

倘若说原先被偷一头牛，最后赔偿对方四十头（匹）牛马外加一万元，是一件得不偿失的买卖，那么下面一桩生命用牦牛赔偿的习俗简直是在做游戏。

这件事发生在一年前：当时两个人在劣巴村谈生意，生意没谈成，发生了口角，结果一个人把另一个人杀死了。按当地生命用牦牛赔偿的习俗，肇事一方戈巴要赔偿受害一方戈巴一定数量的牦牛和金钱。经过周围戈巴的协商谈判，赔偿金定在十万元，外加几头牦牛。肇事方是个不大的戈巴，十万元对他们来说是个大数目，经多方筹措，才凑足了十万元，交与受害一方戈巴。本以为此事算是了结了，不料没过多久，拿了赔偿金的一方戈巴又把凶手杀死了。按当地生命用牦牛赔偿的习俗，后来肇事方戈巴又必须赔偿后来受害方戈巴的牦牛和金钱。于是第一次受害方戈巴把已收到的十万元外加几头牦牛又原封不动地退还给了原先肇事方戈巴。这十万元和几头牦牛兜了一圈后，又回到了出资人的手上。倘若这血族复仇还无法了结的话，那么这十万元和几头牦牛又要来回兜圈子了。但愿这

远看，残墙像一尊土雕，有凝固的韵致

十万元和几头牦牛，从此不再兜圈子。

"生命用牦牛赔偿"是当地人的习俗，千百年来都是这样，这是铁定的制度和规矩，没有人会不遵守这一习俗。只要你伤了人或杀了人，你就得支付赔偿金，不管你有没有钱，你都得支付。但这一习俗更多的只是一种形式，对有人命血仇的戈巴，即使对方赔偿了多少头牦牛和钱财也无法平息他们之间的仇恨。

在支付赔偿金问题上，各部落有一个不成文的规定，由部落里的每一个戈巴和家庭共同出资。具体出资比例大致为：肇事人出三分之一，肇事人最近的亲戚（父亲，伯伯，叔叔，哥哥，弟弟）出三分之一，部落内的其他人共同出三分之一。倘若肇事人家庭贫困，出不起那一份，就由部落内的其他人共同承担。

生命用牦牛和金钱赔偿的习俗，反映的是父系氏族文化的特征。这一习俗，实际上并没有阻止或减少伤人和杀人事件的发生，反而在一定程度上扩大了它覆盖的范围，客观上维护了血腥的父系道德和父系血缘社会。

这面残墙有些像圆明园的翻版，还能嗅到它的火药味。

30、枪眼，镶嵌在断壁颓垣上

这面残墙有些像圆明园的翻版，我不仅从中寻觅到它曾经的辉煌，还嗅到了火药味，它的可贵之处在于它不倒的姿势，成为一座凝固的雕塑。它曾经沧海，历尽苦难。

在八学、色德和色麦三村交接处，有一大片开阔地，我常常在此驻足，左右环顾，仿佛进入一个模糊不清的规定情景，不免心生恍惚，头顶上那瓦蓝的天属于古代还是属于今朝？银质闪耀的云彩多半是新生的，从远古走来的一定没有这般清新。

我常常觉得耸立开阔地的断壁残垣显得障眼，倘若没有它也许能感受一马平川、放眼千里的壮观。我对向导说过我的想法。向导让我走到近处看看那面残墙，看是否能看出点名堂。

　　远看，残墙像一尊土雕，有凝固的韵致；渐近，它便高大起来，像房子坍塌后剩下的一面墙壁；近瞅，它远非估计的那么简单，整个墙面满是大大小小的枪眼，我只能说，它是本乡一位承载并见证历史的沉默老人。

　　到过圆明园的人都会感叹那些横七竖八躺卧的石头柱子，熊熊大火烧毁了它的血肉，留下了这些横七竖八的筋骨——石头柱子。如果说真有与天地共久长、与日月共辉映的，倒不是那些不堪一击的血肉，而是这些顽固的石头柱子。

　　这面残墙有些像圆明园的翻版，我不仅从中寻觅到它曾经的辉煌，还嗅到了火药味，它的可贵之处在于它不倒的姿势，成为一座凝固的雕塑。它曾经沧海，历尽苦难。

　　周围绕残墙生长的草是天然的陪衬，一年年交替枯荣，演绎生命的轮回，展示物质不灭定律，静静守护残墙这位苦难的"历史老人塑像"。黄的枝、绿的草、青的叶，悄悄充当了天然陈列馆中唯一珍藏品的档案员，搜集、采掘、封存着极易流逝的每一页历史。向它们打听残墙年龄，就像锯开一棵老树，数一下圈数就知道了老树的年龄一样容易。要知晓残墙的年龄只要数一下上面的新旧枪眼就知道了。千疮百孔的它该有多少岁了啊。

关于残墙的来历也像若干神话传说一样，众说纷纭。

有人说它最初是一面高大的土台，高耸入云霄、不可一世的样子，是金沙江这边兄弟为瞻望金沙江那边兄弟而砌起的。风吹雨打千百载，使它成了今天的样子。而那些七洞八孔又怎么解释呢？他们说，那是兄弟想念兄弟而洒下的泪滴。

天呐，我多愿意相信有那么厉害的泪滴，手足情也是可以感天动地泣鬼神的。这是极煽情的一个版本。

另一种关于残墙的说法是，它一开始就不够高峻，仅仅就是一面墙，是戈巴教小孩练枪法的靶子。打中中间的一个大孔是好样的，打得偏些算是勉强可以，打得太边远就成了边角上的繁星，会被长辈骂、同伴笑话的。

这样的说法令我不屑。因为哪儿都能练枪法，跑到三村界来砌一堵封闭的土墙练枪法显得多此一举。

于是，我更倾向第三种说法。残墙本来就是一座碉楼的一面正墙，两个戈巴发生了战乱械斗，这个戈巴被围困，全家老小足足有九九八十一天没能见天日。子弹打光了，贮藏的水喝光了，粮食吃光了，连牲畜吃的草料都没有了，没有填充肚皮的东西，这个戈巴危在旦夕。但戈巴人宁愿站着死，不愿跪着生，眼看自己就要束手待毙，敌人很快会攻占碉楼群，首领决定携全戈巴杀身成仁——点燃了房子，不使一个人落入敌人之手。

大火从客厅烧起，蛇信子一般的火苗分两股道飞蹿，很快蔓延至底层的木头柱子，整个碉楼成了一根火柱子。敌人见对方已经自焚才撤出人马。

战乱消亡无数生命，只留下唯一的结晶品——"历史老人塑像"。谁也说不清这墙为什么没有像其他几面墙壁一样坍塌，它不仅没有倒下，反而历经世纪风雨，世代昂首挺立。

许多人会说，这面残墙早就和它的大大小小的主人一起死得很彻底了，但我却从它的里里外外读出了鲜活的生命。

也许没人相信，我发现它的生命还是生动完整的。首先，它一张完整的面孔，一直像在滔滔不绝地说着什么。假如科学发展到一定程度，它的话语是可以翻译成我们能懂的文字的。

如果把耳朵贴得离它近些，就能感受到心脏跳动。是的，那个中间的大孔就是它的心脏位置。它的心跳像风声，像雨声，像森林的呼啸声，很强壮、很悦耳，有时还混合着鸟叫鸡鸣。作为老人，它当然是有眼睛的，对称地长着，直视前方，似在盯着仇人，目不斜视，直逼前方目标，绝不转移视线。这双眼睛和普通人眼睛的不同处在于，它永不闭眼休息，时时都在提高警惕，防范着来犯之敌。

历史老人塑像，不愧为天地间的宠儿。

我觉得不应该旧仇新提，它的存在极易挑起旧日血腥，见证仇恨的东西还是尽早拆除为妙。乡长却说，即使真的需要拆除也是戈巴们的事，之所以年年岁岁搁在眼皮底下，肯定还是有它存在的价值。

事后我做了一下有心人，留意在雕塑前走走看看的人。他们总会牵上几个孩子，冲残墙指指点点，围前转后地不时对孩子们说着什么。于是我明白，断壁残垣还承担着活教材的任务，没有它，老人怎么对孩子讲家史呢？

是的，讲家史的老人对着残墙讲解得很仔细，也看得很仔细，但我觉得他们看的和讲的还不够仔细。因为，他们没能看到残墙的脸庞之上，额头之间长了几株绿色的植物，像草又像树，他们真不该过于留意焚烧过的痕迹，重创的痕迹，累累枪眼的痕迹，应该留意苦难历史老人的生命体征，它的头顶不是长出若干绿草、绿树了吗？虽然为数不多，却也透出和平的信息。是的，它们还远远不够茂盛，但生命再生是多么感人的一件事呵！

伫立良久，我从断壁残垣的生命体征中看到了和平的呼唤，看到了历史的提醒，看到了规劝，看到了拒绝战乱、远离纠纷，永远抛弃腥风血雨。只是，这一切的一切，仅仅我一个外人看到是不够的，而是要山岩戈巴的父老乡亲都能看到，并一字一句讲给后人听。

但愿这尊"凝固的雕塑"，能拥有自己积极的存在价值。

31、枕着藏刀睡觉

每晚躺在床上，脑海里总浮想起远远近近的仇杀，漫无止境的械斗，心里不禁掠过一阵阵恐惧。此时我就会不由自主地取出藏刀，把它搁置于枕下，抚摸着藏刀入睡。在这一时刻，我仿佛有了一丝安全感，对白天发生的事情或夜晚将要发生的事情有了一件抵抗的武器。尽管我知道这件武器的功效是微不足道的，它更多的只是一帖心理慰问剂而已。

在武术界有这么一句话：不会武功的人最好不要习武。

在现实生活里，这句话是有道理的。大凡习武的人最后往往会被武功所伤，而不会武功的人，因处事谨慎反而保护了自己。

我从小嗜书不嗜武，身上有股陈腐书生气。在外一旦与人发生肢体碰撞，总是避之又避。几十年来，除在小学里与人打过一架，额上留下一块疤痕外，身体其他部位完好无损。

可此次赴川藏边境原始父系部落考察，心中老是隐隐不安，那里可是个暴力之地啊。以我一介书生，不要说无法对付人，光是那些野狗野狼之类的动物，也难以应对。

在进藏的门户康定，繁华的商业街上各种藏品琳琅满目，其中内地禁售的藏刀应有尽有，我思虑再三，还是买了一把锋利的小藏刀，佩在身上。这是我有生以来第一次买的防身武器。

说来也怪，文人佩刀多少有些怪怪的，但这也可谓入乡随俗。在我所见的康区，英俊的康巴汉子个个身上佩刀，显露出他们的威武。藏刀一旦和我结伴上路，觉得它给了我许多底气和胆量。有它，遇事可以抵挡一阵；没它，遇事只能束手就擒。

一路走来，藏刀也没派上用场，成了一件摆设。我当然希望藏刀成为藏刀，永不使用。因为若一个不喜刀弄棒的人动了刀，可以想象事情已经糟糕到何种地步。

藏刀跟着我多少有些屈才了，不像跟着藏民那样随时随地发挥着多种作用，比方用它宰杀牦牛，用它剥皮、切肉，械斗时还拔刀试试锋芒。我一直没觉得刀对我有什么用，直到那天上午，乡小学发生了一起一个"戈巴"成员打老师的事件后，我才被当时紧张狂暴的局面激起了对藏刀的眷恋。

这天上午，一个三十多岁的"戈巴"，借着酒劲跑到乡小学老师跟前，没问青红皂白就伸手去抓老师的衣领，还挥手要打老师。老师无奈只得找书记反映情况。于是，全体乡干部一起上，强行把"戈巴"押至二楼，"戈巴"不服，拚命踢打，几名乡干部也都血气方刚，七手八脚把"戈巴"按住，双方不时发生肢体碰撞，最后乡干部拿出锃亮的手铐把他铐在一根大柱子上。

我被眼前的一幕惊呆了。我从小到大生活在上海，只在"文革"时期，依稀看到过武斗景象，其余时光可以说都是在文明环境中生长。眼前的这幕场景，我无法接受。我遭遇到了一种实实在在的视觉冲击。那一刻，我突然就想到我的藏刀，如果多来几个"戈巴"和乡政府硬拚，会出现怎样一种情况呢？我无法想象。我只是用手使劲地攥住了那把藏刀为自己壮胆。

我的恐惧并非无病呻吟。

留心看过每个男子，身上都佩带着锋利的藏刀，这些藏刀与藏区其他地方的佩刀不同，显得大而锋利，衣服短的刀鞘就从衣服里面戳出来了，胆子小一点的人看了会害怕。有个乡干部悄悄告诉我，一定要小心谨慎啊，山岩戈巴天性好斗，不光有刀，有的家庭很可能还藏着土枪。

当地人还告诉我发生在十几年前的一起械斗双方同时丧命的惨案：当时有两个不是同一部落的戈巴一起饮酒，饮酒中发生言语冲突，双方同时拔枪，同时扣动扳机，同时丧命。这种事例我们只能在电影里看见，在生活中是很难发生的。而在他们平静的叙述中我感觉到了不平静。让人觉得他们有些嗜血。

就在数天前,我访问了一个部落长。他有近三十年的统帅经验,年轻时是上等勇士,在戈巴之间的械斗中,他总是冲锋陷阵。因为他对外凶猛霸道而被本部落推选为部落长。访问中他大嗓门儿,桌子拍得啪啪响,言谈举止仍透出一股煞气。常人很难制服他。有时他与乡长也会发生语言冲撞,最后他虽然认输,但从他的语气上很难听出他是否真心悔悟。

这是两种文明的对抗,而对抗着的文明是很难融洽的。

渐渐地,我对原始的父系文化有了重度不适应性。

"我们必须服从环境的支配。"我想起了莎士比亚《奥赛罗》里的一句话。在文化冲突地区,学会适应是一门生存艺术。

以前我深入少数民族地区访问,都入住当地村民家里,与他们同吃同住,有更多亲近感。这次在川藏边境山岩地区访问,首次遭遇安全问题。为了安全,只能一改以往的做法,入住乡政府大院。而乡政府大院恰似一座孤堡,与周围的村民隔了开来。大门是有的,但只是摆设,白天黑夜,什么人都能长驱直入,都能把木楼楼梯踏得直晃悠。我入住二楼靠边的一间木屋,可木屋的房门外面能上锁而里面无法上锁,缺乏一道安全阀。

生活不全按我们的意愿铺展开来。

每晚躺在床上,脑海里总浮想起远远近近的仇杀,漫无止境的械斗,心里不禁掠过一阵阵恐惧。此时我就会不由自主地取出藏刀,把它搁置于枕下,抚摸着藏刀入睡。在这一时刻,我仿佛有了一丝安全感,可以对白天发生的事情或夜晚将要发生的事情有了一件抵抗的武器。尽管我知道这件武器的功效是微不足道的,它更多的只是一帖心理慰问剂而已。

戈巴打人事件发生后,使我领教了"戈巴"的脾气和"戈巴"管理者们的脾气。心里感叹:在这块充满野性的土地上,一切问题的解决似乎只能依靠武力。除此以外,没有其他法子。

一场风波虽然很快过去,但也使乡干部们提高了戒备之心。乡干部们再三警告我,千万不要单独外出,出去必须有乡干部陪同。

为了能访问到更多的东西,过分的谨慎也大可不必。我照常到村前村后拍照,一个人到"戈巴"家走走看看,但我一直把藏刀带在双肩包里,一路平安无事。异质文化仍旧按它本身的逻辑进行着,不时地与人开着玩笑。不久就发生了一件令乡干部们紧张的事件。

那天是牧民搬家日。我照例是天未放亮就爬起来去周围村庄"采风"拍照,路上正巧遇见浩浩荡荡的牧民搬家队伍,我一见这千载难逢的机会,拿着相机一路跟着走一路拍,沿途还不时与牧民攀谈,完全忘了时间。回去的路上还颇为得意,今天收获多多。一直到十点才回到乡政府。没想到,乡干部们急坏了,乡长

跑到村口找过我两趟，四处沟坎也看过，没我。他还询问了附近几位"戈巴"，都摇头说没看见。乡长当然着慌，赶紧召开碰头会，商定十点整如果我还没回来，就立即分头去找，一部分上山找，一部分到河边找，再去周围三个村的"戈巴"家找。

我这次进山考察事先有点匆忙，没与任何人打招呼，一意孤行直奔远离现代文明的穷乡僻壤，在采访中又独自做主，不听乡干部的劝告，擅自深入戈巴家庭，过程极具危险。乡干部们对我的安危十分操心，而现在，几个小时无踪影，怎么不让他们急得如热锅上的蚂蚁。

十点差二分的时候我出现在楼梯口。乡干部们见我平安归来，大感意外，纷纷询问我晚归的原因。乡干部如此操心我的安危，让我十分感动。

事后，乡长笑着说我怎么不遵守纪律，这里情况复杂得很。我向乡长表示了歉意，同时拍拍背包，开玩笑地说，有刀哩，没事的。乡长说，你那算什么刀，我们这里任何人的刀都是正宗藏刀，不锈钢的，锋利无比，你那刀，给自己壮胆、逗自己玩还可以。

不管怎么说，我还是万分感谢我的这把藏刀，没有它，我肯定夜夜失眠，因为这里的房门没有插销，有刀就不那么害怕了。但有一点我还是清楚的，刀，不

是万能的，如果佩带一把刀就能解决所有事情，那世界就太简单了。

"戈巴"千年宿怨仍在；"戈巴"和乡干部的对抗仍然；这块宜于生长仇恨的土地仍在。所以，在离开山岩前，我将继续枕着我的藏刀睡觉。

32、父系道德刻着血腥痕迹

可以这么说，十一条父系血缘的道德法则，远不是一种发现，而是一种再认识，一种记忆，一种对灵魂的遥远而古老的父系家园的回归。它已经成为人们行为的一杆标尺，人们只能遵循它而不能违逆它。

山岩父系文化中，最为"光灿熠熠"的可能是他们的父系道德法则。尽管在现代人的眼中，这些道德法则不啻酷吏，每一条款都沾满血腥，但若在人类学的视角而言，正是穿越了近三千年也没变样的父系道德法则使山岩男人国得以沿袭、承载并维系了狭缝中生存的这一群堪称珍稀的"父系文化中人"。

不用大惊小怪，固守是一种生态。没有固守肯定没有（或失掉）生态。山岩

悠闲的生活可
能潜藏着血腥

的父系道德法则平和、厚重也好，恬淡、血腥也罢，是他们的"治部"法宝。如果丢掉这个法宝，那才是山岩男人国真正的"人格悲剧"。别说穿越时光隧道走至今日，只怕早在某个不知名的时日就分崩离析了。

翻阅了不少有关山岩男人国道德法则的史料，大体可归纳成十一条。随意展开一条来看，都是切入骨髓的，足见父系道德法则融入了智者许多心机。

就拿第一条来说，要求每个部落成员必须忠于本部落的集体利益，不得泄露部落内的重要情况及一切秘密，否则视情节轻重，处以驱逐出部落、挖眼睛、割鼻子、割唇、割肉、断手、断足直至死刑。

这一条真的令人不寒而栗。如果让一个现代社会中人评判，肯定会被说成残酷、非人性、非人道，而我要说，正是这一"酷律"使每个父系部落成员不敢尝试泄露部落秘密，除非他真想和鼻子眼睛手脚过不去。它属于那种一经开始就会永远延续下去的道德范畴。

现代社会中，即使某个人不忠于国家（泄露国家机密有法律）、集体和家庭，顶多落一个背叛的骂名，扔给道德法庭众说纷纭一番也就过去了。而父系血缘之下的父系道德法则就没那么好说话了，动则受刑，以伤筋动骨为代价，在准备背叛之前就得想好是不是付得起这么重的代价。

走访中一直打听有没有部落成员因冒犯第一条而受刑的。回答几乎相当一致：没有。因为没人敢碰硬。

现在到底还有没有，我不得而知。也许现在确实不存在了，因为它过于严酷，严酷得无法为现代文明所容。但在过去肯定发生过，而且发生的决不止一起。在历史上，一个道德规范的诞生，总是伴随着大量道德和非道德行为的搏斗，最后才形成一个统一的道德规范。可以想见，父系制社会在形成和延续过程中是何等的残酷。

再抽出父系道德法规的第三条看看，说的是以能抢窃、凶悍、善斗为荣，常以抢劫多少确定其在部落内的地位，故有"男子不抢窃，只有守灶门"之说。

这条戒律映射出父系道德之下的英雄光环，自然派生出具有男人国特色的英雄人物。按男人国人的逻辑思维，要想在本戈巴混得人模狗样，你不心狠手辣，不烧杀抢掠，哪里配当什么英雄。这一条在现代社会人眼中就等于使犯罪合法化，是对英雄的亵渎和反动。而反过来说，如果一个部落男子已经成了人们眼中的英雄，那就应该知道此人肯定是个抢劫高手，双手说不定已沾过鲜血。

但也正是这一条使川藏边境父系部落"英雄"辈出，世世代代都不缺乏自己的精英人士，他们构成了抗衡其他部落的中流砥柱。没有自己的"英雄"，就可能被吞并、被杀戮。

任何一种道德产生都离不开自身生存需要。川藏边境父系道德的存在也有其生存的土壤。

阿康白马给我讲了一件事：大约在七八年前，他们村一个戈巴小伙子和当托村戈巴小伙子发生一起冲突。起因不复杂，就是两个小伙子在一起喝酒，喝醉了之后开玩笑，玩笑开得过火就发恼，就骂，一骂就动手打。当时两个小伙子都没动刀子，同时也没能打出胜负。他们村戈巴另外两个小伙子在一边观阵，见双方没打出输赢，觉得不过瘾就冲上去把对方戈巴的小伙子打了一顿（没动刀子）。结果是当托村的小伙子输了，吃亏了。阿康白马知道了这件事，就主动找到对方的首领，提出为这件事进行谈判和赔偿。对方首领态度很强硬，拒不接受谈判和赔偿，而提出要来打我们的人。站着总比趴着强。

我说对方戈巴首领岂不是不讲道理，给个台阶下，赔偿一点损失顺口气也就算了，打来打去何时算完呢。

阿康白马无奈地笑了笑说：这就是我们这儿的规矩，谁输谁丢面子，以后在其他戈巴心目中就失去了威信。他们宁愿把我们的人打死打伤给我们赔偿，也不能输给我们，一次打斗输了，一定要再找打的机会，直到打赢，即使头破血流也在所不惜。

这些看上去似乎令人迷惑的社会现象，其实有着它自身的逻辑和道德。

对方首领的求胜心理，来自受到过完整驯化的父系道德。

是的，在这里对他人的让步只能是懦弱的表现。

在山岩男人国内部，有一条不成文的规定，凡生性懦弱者，不服从首领命令者，不遵循父系道德者，所在的戈巴首领有权让其离开戈巴。

一个戈巴首领向我讲述了另一件事：五年前，三十多岁的车仁罗布不服从首

领的安排，遇到杀人和谈判一味退缩，非常胆小怕死；建白塔时需要家家户户捐资，唯有他口口声声说没钱，不愿出工出钱。首领很生气，在一次戈巴大会上公开对车仁罗布说："按戈巴规矩，我现在就可以撵你走，但为了挽救你，再给你一次机会，希望你以后胆子大一点，勇敢一点。不过从今天起，你的位置要排在最后。"

车仁罗布受到首领一番训斥后触动较大，从此以后，他听从首领安排，遇事敢杀敢拚，事事冲在前面。结果就变"劣等"为"优等"，变懦弱为凶悍，被父系道德规范驯化调教成一名真正的勇士。不久首领又恢复了他原来的位置。

这是父系道德的惩罚机制运作产生的效应。同时它也印证了人类道德规则并没有绝对的性质及自行运动的力量，即使在原始部落里也概莫例外。

在名目繁多的父系道德体系中，复仇主义教育也是一个重要环节，更是血腥、凶残。他们时时刻刻不忘教育本部落的后生们，要"牢记血债，不忘复仇"，把复仇主义教育渗透到日常生活的方方面面。

在现代人眼中，山岩父系部落的复仇主义教育显然无道德可言，但熟知他们的文化就知道，如果没有这一款道德，那戈巴组织也就丧失了，正是仇恨把一代代戈巴捆扎在一起，把仇恨化作推动本部落繁茂的动力。

可以这么说，十一条父系血缘的道德法则，远不是一种发现，而是一种再认识，一种记忆，一种对灵魂的遥远而古老的父系家园的回归。它已经成为人们行为的一杆标尺，人们只能遵循它而不能违逆它。

这种道德遗留由于祖先权威的存在而保留着。它象征着康德的绝对命令，个人只能做道德层面上的事情，而无论会发生什么后果。

值得庆幸的是，经过现代文明的渗透和冲击，已经弱化许多，要是赶上父系道德强盛时期，别说进不了山岩，即使进去未必就能出来。

例如现在印度洋上的北哨兵岛人，据闻他们是古石器时代原始人后裔，至今仍全身赤裸，崇尚武力，使用的工具为土制长矛、木棍、斧头等，对外充满敌意，一些不慎进入者，均被他们一一刺死，就连人类学家也不敢进入他们居住的岛屿。

从进山岩听说到的到亲自体验的一些事来看，父系道德有弱化的趋向，但父系道德在他们心目中既不可能改变，更不可能丢弃。部落对人的评价仍建构在父系道德的框架内。没有外来力量，这种血腥的父系道德很难自行消亡。真可谓江山易改本性难移。

父系部落的道德史表明，人类社会的道德进步不是一条直线，不是善之又善的前进运动，而是一条曲线，其间包含着大量恶的运动。

从远古的父系部落到现代文明已跨越了数千年，印刻着血腥痕迹的父系道德如今变为纯粹的遗留，它们最初的意义已经消失。

5 原始共享

今天，偶然撞见山岩父系部落宰割牦牛的场景，这场景与昆人大羚羊的分配何其相似。在宰割牦牛现场，围着十来个很可能是亲戚的成年男女，他们把牦牛宰割成一块一块的，可能是为了均匀地分配。事后打听，果真如此。今天的男人国仍然沿袭着这种古老的原始分配制度，着实令人惊讶。

33、"天下戈巴是一家"

　　戈巴之间弥漫出战乱切割和平的声音，敌对障碍着结盟的声音，但稍微留意就能看出，再极端的戈巴心里也有一幅"天下戈巴是一家"的理想主义图景。但在深层意义上说，这种理想主义的图景什么时候能实现呢？

　　虽是初来乍到，耳朵里已经灌满山岩人的恩恩怨怨是是非非。恩怨纠结，难解难分，似仇非仇，似恨非恨，欲爱不能，欲恨不忍，个个心里都渴望"天下戈巴是一家"，又因心中梗阻的芥蒂而进入不了天下一家的境地。

　　作为一个外人，总能在戈巴们的叙述里听到两种尴尬而无奈的声音：戒心扭结着诚心，私心交织着公心，鄙视嘲笑连接着认可同情，妒忌怨恨裹挟着挣不断的绵绵爱意。

　　山岩人是认同"天下戈巴是一家"这一说法的。一位资深的元老这样解释：我们藏语"戈巴"是指有血缘关系的男性组成的一个团伙。从远处讲，我们都是松吉夏的后裔，现今分布于山岩地区的数十个戈巴都来自同一条父系血脉，来自松吉夏，彼此都是兄弟，这样推下去天下戈巴岂不是一家人！虽然同族同宗，但追根溯源松吉夏是西藏六大王京扎哇达孙子，而京扎哇达的几个兄弟自私自利，背着京扎哇达私分财产。这便是亲情间最早的龃龉。好在有血缘为纽带，血亲之间的矛盾是容易化解的。历经艰辛，京扎哇达翻了身，主动与亲兄弟们和解，给他们进贡，仍然是他们的好兄弟。血缘是个神奇的东西，一切深重的误解和顽固的仇恨都容易化解在血缘之下。就像自古流传着"亲不见怪"和"打断骨头连着筋"的说法，指的就是血缘之内没有化解不了的东西。

浮泛在表皮的是人喊马叫的家长里短，暗流涌动的却是几经切割仍能续接的血脉隧道。"天下戈巴是一家"是他们的理想。从浅层意义上讲，这种境界是可以实现的，因为他们的血缘维系其间的是最牢固的精神层面的东西，即使不依赖乡政府也能比较容易达到和解、一统。比如有外敌侵犯，他们会以最快的速度结为一个共同体，一致驱逐外敌。除此之外，山岩戈巴相互间也一直通婚，保持着最原始的联系。

戈巴之间弥漫出战乱切割和平的声音，敌对障碍着结盟的声音，但稍微留意就能看出，再极端的戈巴心里也有一幅"天下戈巴是一家"的理想主义图景。但在深层意义上说，这种理想主义的图景什么时候能实现呢？

这时正值下午，余晖渐渐散尽，回乡政府的路上我正想着这个问题，迎面走来夏锅戈巴首领，就直接向他说出自己的困惑。

老实说，我并未事先想好一定要找多吉翁堆问这个问题，虽然他比较适合回答这个问题。看来凡事都是天定，路遇多吉翁堆纯属偶然。

我请乡长翻译给他听："天下戈巴是一家"这句话对不对？如果对，那么天下戈巴能不能团结得亲如一家人？

多吉翁堆傻眼，怔住，使劲儿想词。依他的性格，肯定不想让我知道他也有回答不了的问题。从他的沉默中我体味到许多内容，多半是一言难尽，既然要说，就还得说得头头是道。我暗自高兴，因为他又被我难住了。他的傲慢和刁蛮再次被压下去。我愿意用这个我认为有些难度的问题为难他一下。他若是答得出，算我有收获；如果答不出，我也有收获：他多少会减去一点傲慢。

这位部落长已经不像刚结识那会儿，遇到不能马上回答的问题就把眼珠子往上翻，他对我已恭敬许多，采访后还专门从家里拿了几坨"擦擦"模型到我房间，让我拍照。和这位倔老头儿还真是不打不相识。想到这些，我觉得可以把这个问题细化，就是掰开了揉碎，分解成若干块让他消化了再回答我。我让乡长告诉他，千百年来，戈巴们杀

部落长多吉翁堆在草地上向作者感叹：天下戈巴是一家，那是一个永远都无法实现的美景。

来杀去，赔来赔去，这样不太文明。倘若停止仇杀，和好如初，每个戈巴团结得像一个人，实现戈巴大同，真正成为天下戈巴是一家的梦想社会，岂不乐哉？

只见部落长露出金牙，眼睛里闪烁出希望的光亮，可惜那光亮十分短命，闪了两下就熄灭了。他神情暗淡、两眼空茫地看着远方。远方有云，可惜是浓重的深灰色，裹挟着晚霞的余晖飘拂远行，很快杳无踪影。多吉翁堆是从不叹气的人，是最喜欢拍着胸脯说话的人，然而，这次我却真切地听见他叹气。他说：我渴望那样，可是不可能，根本不可能，永远不可能。只要戈巴存在一天，就不会成为一家，我们械斗、结仇已经很深，彼此之间互不买账，为一点鸡毛蒜皮的小事可以动刀子，谁也不会向对方低头。

看来，理想主义境界真的是望尘莫及。

眼前的多吉翁堆一脸忧郁。真是难以想象，强悍之人也会忧郁，也有软肋。

他继续说道：是的，我们都是松吉夏的后代，但情同手足的兄弟难道就没有各自的私心吗？树大分权，人大分家，兄弟之间也有反目的。虽说各自自立门户，建立自己的戈巴，相互间也少不了往来，但平时聚一起喝酒、玩耍，总免不了发生口角，有时为争夺一样东西打得你死我活。一方在斗殴中吃了亏，下次他一定要让对方吃亏。既然交上手，就有失手的时候，一方流血、丧命，一方就肯定血债要用血来还。每次总不会那么均衡，矛盾和宿怨就像滚雪球，雪球越滚越大，宿怨越结越深。戈巴们一路杀声震天地走到今天，都揣着一本血泪账，都带着一股怨气。睡觉眼睛都得睁一只，建房要留枪眼，出门要带刀枪，谈判不能去对方地盘，灭绝对方才能最终了结宿怨。斗来斗去，一路喊杀，回头一看，双方都还健在。当然，和过去相比，现在情况变了不少。解放了，共产党来了，稍微好了一些。没有办法，从古到今，风俗就是这样，没有根本改变，略有收敛主要还是惧怕乡政府。乡政府固然厉害，但也不能从根本上消除戈巴之间的宿怨。

戈巴都要面子，不要面子的就不是戈巴，他们崇尚有仇不报没面子，虽然当着乡政府的面不敢做什么，但背地里哪个不是牙齿磨得痒痒地惦记报仇。哪个戈巴若是有仇不报，就会被怀疑不是男子汉，就被当成窝囊废笑话，就会在后生晚辈面前抬不起头。现在，山岩乡各戈巴的生活水平提高了，但还是没能忘记械斗和打杀，仅仅比过去好了一些。千百年来戈巴们祖祖辈辈酿就了这样的习俗，我杀我赔，你杀你赔，有时候一桩赔偿就把一个戈巴整垮了，仍然折腾不出眉目。

多吉翁堆说到这儿，再次按了按胸口，语气更加诚恳，表示非常希望这种局面尽快消失，但是，肯定是不可能的。他个人当然真心希望打打杀杀的现象消失，但也十分清楚那是不容易消失的，甚至可以说是根本不可能消失的。

归根结底一句话，天下戈巴是一家，是戈巴梦想中的美景，但那是永远都不可能实现的。

多吉翁堆咧开嘴，苦笑一下，持续着他的忧伤。

我想用别的话题过渡一下，把他的情绪往高处调一调。我问他的名字是谁取的，挺特别，也好记，有什么含义吗？听到这个问话，多吉翁堆又恢复成先前的派头，十分高兴地解释，他全名叫卡公·多吉翁堆。卡公是他家族的姓氏，多吉翁堆是他的名字，多吉是金刚，翁堆是威望，是活佛取的。

坚韧的金刚带着他永远难以言说的梦想，渐渐消融在苍茫的暮色之中。

34、财产由男系继承

在父系民族里，财产继承除了按父系血缘之外，在继承人的范围上女子被排斥在家庭财产继承范围之外，有限的家庭财产集中在男子，尤其在长子身上。

在山岩，家庭年收入不低。神山上的虫草在整个康区是最好的，每年四五月份开挖季节，各地贩子纷纷进山收购。有时500克虫草收购价高至一万五。一个家庭光挖虫草一项年进账可达两万，其他还有种田及放牧的收入。可这些不菲的收入全部掌控在男人手上，女人是没有份的。而男人们多把每年挣的钱用于购神符、藏饰及马匹。据说也有一些戈巴会把钱拿去购枪。总之，在与戈巴们接触中，总感到他们没钱。

村民们一天的生活从这里开始

几位男人国的男子，先后被找来采访，坐在简陋的小屋里，破旧的椅子发出咯咯吱吱声，不同年龄段，却共有一张似曾相识的面孔，对我提出的"财产为什么只能由男性继承，而不是女性"的疑问，他们的眼神里交织着嘲弄、不屑和隐约的不满。

我也曾顶着正午强烈的太阳辐射，在地头田间拽住一位女孩儿问她对本部落财产由男性继承怎么看。自己也是人，分不到财产不难过？女性的眼光透露出的分明是一种真实的顺从，但麻木很快占了上风。她们说：我们是女的，当然不能继承财产，财产是哥哥弟弟的。看着她们，让我顿起一阵恻隐。月亮是美丽的，但她的美得过于凄然冷峻。高原的太阳并不把一丝一毫光辉折射给她。

强势的原始父系部落，把女性映衬成卑躬屈膝的影子，尾随于他们之后，根本得不到任何赖以生存的凭倚。

山岩父系部落的财产均由男子继承。这种继承法在我看来多少有点残酷。

等待出山的
牦牛

许多老者和勇士，有着相似的脸庞和与之相匹配的身坯，无一例外地用看似公允的口气讲述他们财产继承权的合理性。

按山岩男人国自古以来的习俗，父亲一旦去世，财产由亲生儿子继承，没有儿子时，财产才让哥哥或弟弟的儿子继承。具体分法为：假如有三个儿子，遗产为五万元，大儿子先分得一部分，五千、一万不等，接着小儿子再分得一部分，一般要比大哥少一半，这样掐头去尾之后，剩下的三个儿子再平均分配，各得三分之一。房子一般是留给大儿子的，母亲也就跟大儿子过。其他儿子要是不愿与大哥一起住就得重新建房，如果兄弟想娶妻，需分家、建房，一些条件差建不起房的，只能蜗居于大哥家，与大哥共享一个老婆。看起来是把财产平均分给了三个儿子，其实大儿子得的最多，小儿子其次，中间的儿子最少。这是长嫡继承法的雏形。

按习俗，父亲在世也可以分家，也可以不分家，但父亲过世后必须分家。

家中的女性，包括妻子和未嫁的女儿，在当家人去世后，不参与主要的遗产分配，未嫁的女儿只能得到少量的衣服，可以选择今后和哪个哥哥或弟弟一起过日子，钱财、房屋、牲畜和土地是没有份的。妻子的待遇与未嫁的女儿相差无几，不过现在情况有所改变，妻子也能得到少量的土地和牦牛。

男人国只看重父系血缘，遗产只让儿子继承，女性得不到应该属于她们的遗产。这种财产继承法，他们认为是天经地义的。

为何同为一父同胞三兄弟，在财产继承上大儿子和小儿子不同程度地享有特权？现有史料很少解释这种遗产分配的原由，而所有向我谈及这一问题的戈巴也没能谈出多少理由，我一直想琢磨出这种遗产分配法的原始合理性。

原始父系部落是不争的父权社会，父权有唯我独尊的王权意识。谁都知道，不光是王族，普通百姓都十分看重长子，之所以让他做家庭财产继承人，是因为他是家庭掌门人，分财产时提前多给他盛一勺是维系父系家庭的需要。小儿子仅次于大儿子，因为他是父母的断肠儿，在他之后父母就结束生育了，是一块仅次于大哥的心头肉。相形之下，二儿子就有些"姥姥不亲舅舅不爱"的意思了，但和母亲及未嫁的姐妹相比，仍然算好的，毕竟也能得到遗产的一部分。儿子就是儿子，他们是父系血缘直接继承人。

与男系继承财产相衔接的是男子在婚姻上的绝对主动性和排他性。这里自古以来没有上门女婿，女儿是外面的人，是戈巴交易的礼物。如果有女婿住到女方家来，一则女方家人绝不会让其住下，二则会被女方家人的叔叔、哥哥打死。即使一个家庭只有女儿，没有儿子，也不准招上门女婿，会有伯伯、叔叔的儿子过来做他家的儿子，财产全部由过继儿子继承。所以拒绝上门女婿，归结到根子上，还是为了不让家族财产落到女流一边。

这种分配遗产的做法能起到保护父系财产的作用，是防止父系财产旁流外系

用牦牛耕地

的最有效手段，与我在三年前曾经考察过的利家嘴母系家庭财产继承法完全不同。

在利家嘴母系家庭财产继承上，是严格按母系血缘继承的，母系血缘以外的其他血缘均不得继承财产，男子只能作为母系家庭的一分子而得到财产。

母系社会财产继承是人类社会最早的一种财产继承形式，虽然它是严格按母系血缘继承财产，但它使社会上的每一个人均能在自己的大家庭里均匀地取得财产，人与人之间在财产继承上没有高低多寡之分。古人曾把原始社会的早期称为"道德社会"，在财产继承上可见一斑。

但在父系氏族里，财产继承除了按父系血缘之外，在继承人的范围上，女子被排斥在家庭财产继承范畴之外，有限的家庭财产集中在男子，尤其在长子身上。

父系氏族社会与母系氏族社会相比是一种更高层面的社会形态，前者显然比后者进步，但若按我们现在的道德标准衡量，后者的财产继承无疑比前者有道德，更合理，但若按当时的道德来衡量，二者都是道德的，这就是道德的相对性和历史性。

原始父系部落的财产由男子继承，其优劣不是一句话两句话说得清的，但这种财产继承法自有其合理的因素，总是与其自身所处的社会形态密切相关，有效地维持了父系氏族社会的完整性。

35、男人平等园

　　深居平等园内的男人们，乐此不疲地甘愿被锁在如梭的血缘链环之中，用平等诠注属于父系部落的人文主义，用平等崇尚他们的宗教精神，用平等发散他们的慈善情怀。我真切地感到，园子里有一股温煦的暖流，时时润泽着戈巴们的心。

　　假如以茵绿的草原为底，以黛青的山峦为高，把流向山岩的山泉汇集成满池清涟，并以水喻为血缘，那么我从中看到的是平等、公允和公平。水，浮托并承载每一个戈巴，在他们自己画地为牢的圈子里，没有敌意，没有歧视，没有利益而起的纷争，如一只只奋力盘旋天空的秃鹰，或玩闹，或觅食，或叼啄共同的敌人，他们总会不吝体恤、相互照应，攥紧血缘旗帜下的同宗同族，自豪而怡然地在池中游弋，默默奉行自己永恒的规矩。

　　多日走访下来，我看到了一种血缘之下的平等。

　　一个男性自呱呱坠地，就被吸纳入平等园内，无条件地参加戈巴组织，无论老幼尊卑，戈巴组织的大门向所有男性洞开。对此女性是不必争讲什么的，既然称作男人的平等园，那么进不去只怨自己的性别不争气。

　　我把镜头对准男人园，自由调焦，试图打探切入园内，打探他们平等的秘密，我对他们"平等"的成色还是持赞许态度的。

戈巴村落

这里没有论资排辈，不问贫富贵贱，只要有能力，总会有一个合适的位子属于自己。勇士是戈巴们天定身份，从他能够随长辈到神山参加戈巴大会开始，等于已经步入平等园；从他观看勇士间打斗，喊出振聋发聩的誓言，就已经在接受勇士训练，每个男孩都是不争的勇士，平等园中最宽泛的一个领域就是勇士层。如果把勇士算作起步的话，你完全可以凭借实力一路长飙，进入中等勇士乃至上等勇士。只要你对戈巴贡献大，口才好，战绩佳，还能参加首领竞选。这条竞争的大道永远向每个戈巴公平敞开。当一个戈巴到了一定年龄，曾经的年龄优势变成劣势，阅历凝成的经验又成了含金量极高的东西，自然会进入元老团，就像条条大路通罗马，这里的每条大道都通向属于自己的位子。

园子里的男人们，经济上也是平等的。原先的土地、牧场在戈巴内都是公有的，大家可以共享。解放后，土地、牧场、牛、羊属于公社大队所有。从八十年代起，土地实行承包，分到家庭，但牧场从乡分到村，村分到戈巴，还是属于戈巴公有。在经济平等的基础上，血族、亲族之间进行无偿的劳力、畜力支援。即使某个戈巴的经济条件好一些，也不会视没饭吃的戈巴于不顾，他们会实行人道主义的扶贫帮困，既共同承担赔偿金也共同分享赔偿金，真正做到了有福同享，有难同当。倘若园子里的男人之间发生借贷关系，能还则还，不能还就一笔勾销，亲兄弟是不便明算账的。即使在过去，一些戈巴常以偷盗抢劫为营生，但在分配偷盗抢劫来的财物时，也一律按人头平均分配。平等园内崇尚的是戈巴之内皆兄弟，把兄弟情看成是至高无上的。

在男人国里，首领、元老、勇士们除了在开会或吃大餐时坐的位置不一样，标明不一样的身份外，其他一律平等，分配的东西是一样的，表决权也是一样的。位置的次序排列是：首领，元老，上等勇士，中等勇士，下等勇士。如某个勇士有功，就让其坐在首领旁，是一种最高的荣誉。男人们真正做到了"肩膀齐是弟兄"。生活细节上，首领不会高高在上，元老不会居高临下，勇士不用对任何人卑躬屈膝。从服装上看不出等级贵贱，首领的穿戴，可能也是普通勇士的穿戴，可能也是元老的穿戴。聚会时吃的东西也一样，不会给首领、元老另开一桌高级的。平时见了面，不用称首领为首领，他在大家族中是什么辈分就喊什么辈分，不会因为他是首领而无端与人拉开距离。有着职务之分的男人们，相互间仍像长辈和晚辈，没有歧视和贬低，只有和颜悦色和彬彬有礼。首领和元老像对亲子弟在吩咐事情，子弟像得到父辈命令一样洗耳恭听，并不打折扣地完成。

平等成为人际关系的本色。戈巴内的普通成员不向首领承担任何义务，首领也没有特权，平时关心普通勇士，像父亲对待自己的亲生儿子一样，不会因为某个勇士能力差，勇敢劲儿不足而在生活细节上怠慢他。不会只给本事大的儿子吃好的喝好的，本事小的吃差的喝差的，能力差的和能力强的儿子间发生摩擦，也不会偏袒某一个，一碗水端得很平，自会公断是非。

日常生活更能体现男人间的平等。人际之间可以达到同吃同住同享受的境界。如果有人没地方住，没东西吃，没衣服穿，他可以到任一戈巴家住、吃、穿，而戈巴们不会拒绝。戈巴都把对方视为兄弟。当我打探清楚男人园中的平等，我也明白了这个园子原来是血缘圈出的一道篱笆墙，外戚被隔在高墙之外，非血缘的人也被隔在高墙之外。高墙之内，没有争端，没有等级，没有隔膜，更没有暗算，全是正襟危坐的戈巴们，情同父子，亲如手足，谦和礼让，相敬如宾，演绎着动人的绝对平等。

血缘伦理的聚合力，把人生推向高能的轨道。

深居平等园内的男人们，坚守"有灾共担，患难与共，一致对外，信守不渝"的平等诺言。乐此不疲地甘愿被锁在如梭的血缘链环之中，用平等诠注属于父系部落的人文主义，用平等崇尚他们的宗教精神，用平等发散他们的慈善情怀。我真切地感到，园子里有一股温煦的暖流，时时润泽着戈巴们的心。

36、借钱不还的习俗

独有的经济环境和人文环境造就了独有的人文习俗。借钱可以不还的习俗在我们现代社会中是不可能做到的。

听说山岩人有借钱不还的习俗，我感到很有趣。因为在现代都市，别说朋友之间借钱要还，就连亲兄弟借钱也是要还的。为了弄清借钱不还是否误传，我专门走访了一些戈巴，还真是这么回事。为了把这个习俗看得更深更透，我把采访阿康白马的一段对话和盘托出，供读者赏析把玩。

笔者："如果戈巴之间借钱，要收利息吗？收多少？"

阿康白马："借给外戈巴肯定要收利息，收多少利息由借贷双方自己商定，借给内戈巴不收利息。"

笔者："如果借了钱不还或还不出怎么办？"

阿康白马："这种情况如果发生在外戈巴之间，肯定会发生争执或斗殴。如果在内戈巴之间，债务人发生困难，确实还不出，债权人也不会追讨，延长还款期，一般可以等到债务人有了钱再还。"

笔者："这个还款期有多长？在还款期内是否要支付利息？"

阿康白马："还款期最长不会超过十年，一般在八到十年内就得还清。还款期内不支付利息。"

笔者："如果八到十年债务人仍然还不了怎么办？"

阿康白马："那就不用还了，双方债务一笔勾销。"

说到这儿，我以为自己耳朵出了问题，追问了一遍。阿康白马补充道："十年以上的债务可以不用还了，这只限于同一个父系部落的戈巴之间。"

原来，戈巴之间借钱可以不还确有其事。当然，有必要解释的是，这一习俗只限于同一父系戈巴内的男人之间，女人是不能向别人借钱的。

借钱不还能说明什么呢？说明借钱的一方精明、另一方傻吗？不是。因为在山岩原始父系部落内部，私有制和私有观念至今尚不发达，远没有现代人那么清晰，人与人之间关系简单，而且部落内部尚未出现一个特权阶层和利益集团，每个戈巴成员都把部落的整体利益看得高于个人私利。

借钱不还的习俗除了与当地经济基础有关外，也与他们所处的人文环境有关。在父系部落内部，父系血缘关系一直被视作神圣的，高于其他关系，当然高于金钱关系。他们宁愿牺牲金钱也不愿牺牲血缘，也就是宁愿付出金钱，也不能伤害了血缘亲情，这是由他们所处的人文环境决定的。如若谁违背这一习俗，会被视为异类，遭众人议论。

不知是什么心理作祟，就借钱问题专门走访了一些人。结果是，到现在为止，同一戈巴成员之间为借贷之事闹纠纷的还真没有，但在不同的戈巴之间发生的借贷纠纷还是有的。比如在几年前，两个戈巴就为借钱的事发生过一场冲突，因化解得及时、巧妙，没有酿成大规模冲突。

事情发生在五六年前，当时锅巴戈巴和夏锅戈巴的两个小伙子经常在一起玩，彼此之间没有什么矛盾。在一次喝酒的时候，夏锅戈巴的小伙子向锅巴戈巴的小伙子借了一千块钱。当时说好，五天之内还清，如果在五天内不还清，要支付六百块钱利息。五天之后，夏锅戈巴的小伙子没把一千块钱还上。锅巴戈巴的小伙子有些不高兴，但想到他说的会送六百块钱利息，也没说什么。又是几个五天过去了，锅巴戈巴的小伙子见还钱无望对夏锅戈巴的小伙子很生气。两个小伙子为此有了一层隔阂，见面也不像过去那么融洽了，也不在一块喝酒聊天了。

这件事终于被双方戈巴的首领知道了。为了化解矛盾，锅巴戈巴的首领对夏锅戈巴说：你们戈巴小伙子欠我们戈巴小伙子一千多块钱，为了不引起大的矛盾，你们元老团商量一下，把你们戈巴里的一个女子嫁到我们这里来吧。夏锅戈巴的元老团听了锅巴戈巴的话后，同意采纳他们的建议，很快就把自己戈巴里的一个女子嫁过去了。嫁过去的女子嫁的丈夫是债权人的哥哥。债权人自然很高兴，既没催着还钱，更没提偿还利息。因为"和亲"政策的成功，双方冰释前嫌，和好如初。当然最后的本金还是要归还的。

一种依靠传统力量而使社区分子遵循的标准化的行为模式，这便是人类学家马林诺夫斯基对习俗的定义。独有的经济环境和人文环境造就了独有的人文习俗。借钱可以不还的习俗在我们现代社会中是不可能做到的。

37、"这头牦牛我们要分着吃"

这时，我的脑海晃过"概化互报"一词，这是人类学上的一个术语，它指的是一种不会立即得到回报或者根本就不想得到回报的馈赠。即时共享制应该属于"概化互报"式的分配制度。

一大早，太阳就驱散重雾，把头晚的一场雨迹彻底消弭。我和乡长一道走出乡政府，感受不失温煦的秋风，欣赏镶嵌蓝天的银质般飘渺的云。

前几天出门会直奔事先预约的戈巴家，现在出门因无预定目标而只能是四顾茫然。事先约定的访问效果不佳，"戈巴"们面上对采访表示欢迎，唯唯诺诺的样子，其实内心是极不配合的，戈巴组织的内部规矩摆在那儿，都愿意保守机密。因而，事先预约倒等于提前通知他可以躲避或脱逃，或者想招儿抵挡一阵子。我也只好与时俱进，改弦更张，让自己成为一个大胆闯入者，这样兴许能捕捉到新闻点。潜意识里，我更相信好运气是碰来的。

四顾茫然只是转瞬即逝的事，很快，我就看到八学村村口的一幢碉楼，门前的几棵老槐树很醒目，我对乡长说，先到那家看看去。

穿岔路，过刺笆，下陡坎，渐渐朝碉楼靠近。太阳并没有把头晚的泥浆晒干，我择路而行。戈巴家的大黑狗显然听到我们的动静，开始了凶猛的狂吠，虽说拴着铁链，知道它挣脱不了束缚，还是让我对它惧怕三分。顺手拾起一根木棒，吓唬狗借以壮胆。走到门口一抬头，发现大门敞开着，门口站着一个很有气度的康巴汉子。此人有四十岁左右，有一张被高原辐射焐红的脸，茂密的黑发和同样茂密的胡须，整个面庞线条挺括，俊朗剽悍的样子。他的服饰很吸引人，一件黑色的有着考究镶边的藏袍，戴一顶棕色毡帽，脖子上挂了几根不同款式的珠链。

院子里面还站立着十来个人，其中两个是妇女，也有两个小孩。

我很快发现，这家的男人、女人和小孩子都穿戴一新，有些过节的意思。再看地上，有一摊血迹，顺着血迹看过去，躺着一头冒着热气的刚宰杀不久的牦牛。半张剥落的牦牛皮白哗哗的一边掀着，牦牛的脖子有很长的切口，切口处堵着浓浓的血泡，整个牦牛尾巴浸在血里，半边尚未剥到的牦牛肚呈褐色，只待刀到皮除。硕大的牦牛已被分割成许多块。我想他们今天可能有祭祀活动，或者是其他名目的聚会，大概不会有人陪我谈。

康巴汉子和另外几位成年人对我们挺热情，但没有让我上楼坐的意思。此刻的"戈巴"们正在忙碌，我不想给他们添乱，只得转身告辞。

出门的当口，我忽然想买点他们的牦牛肉。在白玉我吃过牦牛肉，觉得比普通的黄牛肉、甚至比羊肉都好吃。牦牛身置水草丰美的高原，吃的是无污染的青草，喝的是无污染的高原雪水，肉质是相当精道的，想到这儿，我简直是喜出望外。

进山以来，在乡政府，一天只有两餐饭也不能按时，而且没有什么油水，如果能买些牦牛肉，既改善了伙食，也增加了必要的营养。我说出我的想法请乡长翻译。乡长马上转述了我的意思，可主人家听后脸带歉意地回答：这头牦牛不够大，而且，必须是他们自己人分着吃。

牦牛不够大可能是托词。在我看来，牦牛又肥又壮，起码有六七百斤重，他们一家人肯定吃不了，但他们却又不想分给外人吃。事后一推敲，这可能与他们内部的分配习俗有关。

据我所知，在一些边远地区或原始部落里，因为食物的短缺，对大宗食物的分配一般有严格的规定，大多数实行即时共享制，即在一个圈内人人有份，平均分配。

这时，我的脑海晃过"概化互报"一词，这是人类学上的一个术语，它指的是一种不会立即得到回报或者根本就不想得到回报的馈赠。即时共享制应该属于"概化互报"式的分配制度。

在《文化变异》一书中曾具体地记载了昆人是怎样把一只大羚羊拖到有五个队群扎营的地点进行分配的。五个队群总共有一百多个人。按照习惯，射中大羚羊的第一支箭的主人便是这些肉的所有者，他首先把大羚羊的两只前腿分给帮助

牦牛是当
地的主要运输
工具

他杀死猎物的两个猎人，这两个猎人又把各自分得的肉按亲属关系在自己的岳父岳母、妻子、孩子、父母、同胞兄弟姐妹中间平分，而这些人又转过来在自己的亲属当中平分。根据记录，先分出了六十三块生肉作为礼物。每只大动物都以同样的方式进行分配。多年后，这种概化互报就会使得人们分出去和收进来的赠品趋于相等，亲属（血缘）关系似乎决定了什么人能参与食物的平均分配，保持和平、友好的关系则是其他礼物馈赠方式后面的动机。

今天，偶然撞见山岩父系部落宰割牦牛的场景，这场景与昆人大羚羊的分配何其相似。在宰割牦牛现场，围着十来个男女，这十来个男女不可能是一家人，很可能是亲戚。把牦牛宰割成一块一块的，可能是为了均匀地分配。事后打听，果真如此。今天的山岩仍然沿袭着这种古老的原始分配制度，着实令人惊讶。他们宰杀一头牦牛后，除了自己食用外，会把其余的部分馈赠给同一父系的其他亲戚。

我是一个外人，离他们的血缘十万八千里，我该早早地远离他们用来"分着吃"的牦牛才算明智。我为自己曾妄想买走人家的"共产主义"食品而感到歉疚。

对宰牛人家的访问算是扑空，没有买着牦牛肉两手空空，但心里却被另一种东西填得满满的。因为我消化了书本上未曾咀嚼透的东西，仿佛学了一个公式，紧接着有了个生动的例子，使我得以真正领会。

实地、实物，等于为我演绎了血缘之内的概化互报。亲临实地才知道，时至今日，山岩戈巴仍然保留着最原始的分配方式的痕迹。土地虽然由国家划分了，但不影响他们的原始分配状态，牧场在一定范围内还是由戈巴成员公共使用。为了维护戈巴组织，每个戈巴家庭会统一出粮、出酒或出牦牛。一家宰了牦牛，要按规定分出一定数量的牛肉供大家平均地享用。与其他戈巴发生械斗，获得的赔偿，由戈巴内部进行公平的分配。具体分配方法是：受伤者获得总赔偿金的三分之一；受伤者最亲密的人，如兄弟、父亲等也获得总赔偿金的三分之一；其余三分之一的赔偿金由整个戈巴成员平均分配。

犹如见到剖开的牦牛肚里肠子有多少，偶然撞见的将被分而食之的实物，使我看清同一血缘之下人与人之间的关系，共同财物大家人人有份享用，公平合理，私有财产观念在这里还不明显。

山岩人在共享的生活中达到了他们最有趣的高潮。

虽然没吃着牦牛肉，甚至连一根牦牛毛也无份，作为外人的我，收获的却是规定情景之外的东西。

地上的牦牛
他们要分着吃

6 男人国的女人

历史上，藏人、印度的托达人（Toda）以及斯里兰卡的僧伽罗人（Sinhaiaes）都曾实行过兄弟共妻婚，一个弟兄的妻子被当作家庭中所有弟兄的妻子，而他们这种一妻多夫制的家庭也基本上能保持稳定。不过这种婚俗现在大多已经消退。但在山岩，这种古老的婚俗至今还完整地保留着且还井然有序地进行着，的确让人惊奇。

38、权利让女人走开

　　我疑惑，为何父系部落对内实行民主而把女性全然排除在外？为何母系社会并不排斥男性而父系社会彻底排斥女性呢？为何女性在母系社会中会表现出某种强势而到了父系社会就显得如此弱势呢？我试着把好多个戈巴的看法凝结在一起加上资料分析，回答这些疑惑。

　　山岩男人国内的女性，从呱呱坠地，犹如在一个黑色的生命隧道艰涩穿行，她们的黑夜生生不息，毫无政治权利，更接近匿名。千万女性共有一张面具，一种姿态：因负重而弯曲着脊梁，因无任何权利而失去个性的面孔。

　　山岩男人国中的男子是权利的中心，普遍实行父权至上男子至上主义。而母权，压根没有这个词儿，即使说出来也没人能懂。女人，从脱出娘胎，一个无形的"贱"字像朱砂刺绣，醒目地烙在女人额头正中。

　　男人和女人的命运是既定的。前者呱呱坠地就有一个名叫"戈巴"的头衔等着他，有了这个头衔，男人在部落内或部落外可以行使男人的权利，诸如选举权、被选举权、话语权、自主婚姻权、财产继承权。而后者没有这个头衔，只被视为"纳加"（藏语，手中物），男子的附属物，不能参加戈巴，天然地被排斥在父系部落政治活动之外，只能以局外人身份在部落里生存。在男人眼里，女人作为部落"礼物"和生产的工具，她们才是有价值的。

政治，让女人走开！

这是父系部落对女人的宣言，女人成了政治上的侏儒。山岩"库里亚大会"是父系部落的权力中心和政治中心，部落内的所有重大事务，如战争、械斗、赔偿、生产，包括女人的命运均由"库里亚大会"作出决定。首领、元老团、勇士团构成"库里亚大会"的铁三角，而女人则被"库里亚大会"抛得远远的，"库里亚大会"是清一色的男子大会，她们连列席的权利也被剥夺，遑论发言权或投票权。

失去政治位置的女人们被男性文化磨得没了脾气，她们一生没有值得炫耀的事，她们不会抱怨自己的没地位，她们不会与那些男人们相比。同样是人，但他们是男人，身上奔涌的是父系血脉，性别角色使他们有领地、有作为。

在访问中，我就女权问题询问过一些女孩、少妇和中老年妇女，她们的回答几乎惊人的一致：戈巴是天然的男人组织，"库里亚大会"是大然的男人大会，她们对不能参加戈巴和"库里亚大会"没觉得奇怪。"我们从祖母到母亲都没有参加过，所以我不参加也不奇怪，男人们的事，没什么好争的，早就习以为常了。"山岩的女人本分，把自己的位置摆得很平，并且无一例外地通情达理，的确像她们所说：戈巴大会，是男人们商量事的地方。

她们只是带着艳羡眼光看着男性，长着传种接代的物件，十三四岁，堂而皇之地随父亲、叔叔或伯伯步入令女人艳羡一生的"库里亚大会"，不管昨晚有没有尿炕，开裆裤穿了几天，常用语学没学全，都可以人模人样、煞有介事地坐在首领、元老和勇士团的跟前，眯缝着眼睛，听他们议事，看叔叔辈的开枪打石头，关键时候也举起手来，和他们一道喊出誓言。女性就没有什么能摆上桌面儿上的事了，即使长得如花似玉，闭月羞花，沉鱼落雁，巧手如梭，心眼灵慧，但你还是你，因为你投的是女人胎，无论有多大的能耐也比不上一介男童。

牵马出远门

她们与生俱来就被烙上一个"女"字，命运注定她们无法像正品那样恰如其分地摆放在大雅之堂。她们的不幸与幸其实全与男性有关，与政治有关，只是她们不知道。她们分享着男人的快乐，咀嚼并承担因男人而起的不幸；她们会为拥有一个不打自己的男人而喜悦，步履轻快地周旋在灶台边；当男人因械斗而流血，男人被视为

英雄，而搀扶他们回家的女人，只是英雄的附属品。这一切都因为她们被排斥在社会政治圈之外，排斥在自己的命运圈之外。

在家庭内部，丈夫主宰一切，主宰着全家人的社会交往，他不高兴的时候甚至能够斩断与他妻子所有亲戚之间的联系，他控制着所有的家庭财产，他可以用武力来行使他的权力。

作为山岩的过客，一个局外人，我是同情她们的，但这种同情只是一种外来文化上的同情，而不是发自本民族文化的同情，是缺乏价值的，在这种女性文化面前，我只能无奈。

男人国极度地贬值女性，让女人远离权利中心，是几千年女性命运一直受压的始作俑者。我疑惑，为何父系部落对内实行民主而把女性全然排除在外？为何母系社会并不排斥男性而父系社会彻底排斥女性呢？为何女性在母系社会中会表现出某种强势而到了父系社会就显得如此弱势呢？我试着把好多个戈巴的看法凝结在一起，回答这些疑惑。

我们山岩本来就是男人国，只认父系血缘，不认母系血缘，女人自古没地位。再说，山岩从古到今，戈巴一直杀来杀去，死人的事经常发生，杀死了人就要赔偿，赔不起就要抢东西，女人体力有限，如果让女人参加戈巴，女人跑不快，抢不到东西，又容易被对方戈巴杀死，如果自己的女人被对方戈巴杀死，会是一件很没面子的事。所以我们自古就约定，不让所有的女人参加戈巴组织，不让所有的女人参加戈巴的一切活动。只要女人不参加戈巴组织、不介入戈巴事务，对方戈巴就不会杀死自己的女人。把女人排斥在戈巴以外，政治让女人走开，这既保护了我们男人的面子，也保护了女人的生命。长此以往，女人就无可奈何地远离了戈巴，远离了部落政治，女人的地位一降再降，而我们男人的地位一升再升，造成如今极端的两级。政治，只能让女人走开。

小女孩手牵白马出行

我从中听出了硬性话语，固然有柔性的成分，但微乎其微。

当然，戈巴们虽然以大男子自居，但他们绝然排斥女性权利的现象并没有在发生学上作出阐释。比方说，从两性分类来看，男性和女性，或雄性和雌性的矛盾是人类与大多数动物种属所共同具有的生命现象

妇女是田地里的主劳动力

之一。人类具有性别二态性，即男女在外形上表现出相当明显的差异，男性一般比女性个子高，骨骼也更重，虽然女性盆骨按比例要比男性宽，但这是生育上的需要。男性的肌肉在体重中所占比例更大。男性比女性握力更大，按比例心脏和肺脏也更大，同时有更大的肺活量。力量理论认为，根据性别进行劳动分工之所以具有普遍或近乎普遍模式的原因是，男性的力量更大，而且力量的爆发力更强，男性最善于从事那些需要提举重物的活动，比如猎取大动物、屠宰、开垦土地，或与石头、金属或木材打交道。

资料显示，在政治领导和战争方面，在所知的社会中，每个社会在政治舞台上的领导人物通常都是男子而不是妇女，即使是在看似以妇女为中心的母系社会里，通常仍是男性占据统治地位。例如，原居住于现在纽约州的易洛魁印第安人中间，妇女可以对政治领导人及其选举产生影响，但她们本身却不能在议事会议上发言或参加有决策权的议事机构。在利家嘴，村长几乎清一色由男子担任。如果把战争看作是政治生活的一部分，也不难发现在这个舞台上仍然是清一色的男子占据着统治地位，在全世界88%的社会中，妇女从不主动参与战争。

说来无奈，女人和男人一比就成了弱势群体，从源头上输给了男子，多半是造物主有意为之吧，但这还不是根本原因。

在人类学上，父系制与母系制在血统线与权威线关联上存在着重大差别。在父系制中，血统归属是通过男性来传递的，而行使权威的也是男性，两者是统一的。而在母系制中，虽然世系是通过女性传递的，但女性在氏族群里却很少行使权威，权威线与血统线并不重合。尽管人类学家至今还未完全弄清为什么会这样，但它却是民族志上的一个事实。

山岩父系部落为什么独揽独霸整个戈巴政治大权，不给妇女一星半点参政议政的权利呢？除了父系制把血统线与权威线合二为一，把妇女应有的半壁江山也收归己有外，还在于戈巴总是纠缠在械斗、征战、谈判之中，他们的风险抵押物件就是性命，在漫无休止的因宿怨械斗的纷乱中，男子的确发挥着绝对的统领作用，武器作为一项重要资源，男人们起着控制武器的作用，这样一来，使男子在戈巴的政治活动中占有优势。由于战争明显地影响到生存，戈巴随时随地都潜藏着械斗因子，男性的全方位独揽话语权，充当政治生活的多面手，也有其合理性

的一面。

　　也许，任何事物的存在是不缺乏理由的，权利让女人走开也是不难找到根据的。听命于祖训使山岩女子永远活在男人的阴影里，麻木中掺杂些明智倒也倍显可爱。男人徜徉在血缘铺开的阳关大道上行使职权；女人从男人创造的荣耀里领会一份惬意，单纯安分地围着锅台转，没有怨言。

　　山岩的女人祖祖辈辈没有出过山，从解放到现在没出过一个女干部，直到如今乡政府小学也才只有三五个女学生，女人的前景简直就是黑灰色的，是怎么也望不到边的。

　　假如她们知道，和她们所在的男人国直线距离只有500公里的地方还有一个女人国，尽管那里的一切与她们一样原始，但女人的身份和地位与她们完全不同；假如她们知道现代都市里的女性一个个都和男性在生活和事业上并驾齐驱，早已不做男人的附属品，甚至有处处与男子争第一的女权主义，她们一定会惊讶得目瞪口呆！

39、见到下跪的女子

　　在距离我不到二十米的田里，正有一个妇女弯腰在挖庄稼，我想走近看看她挖的是什么农作物，同时给她照一张相，于是边打招呼边朝她走去。她似乎一下子发现我已站在她面前，并与她说话，原来弯着的腰马上直了起来，惊恐地看着我有十几秒，然后突然当众朝我跪在地上。

　　撇开山岩千百年血与火的灾难，岁月凝滞的云烟，我无意中窥见女性蹒跚的步履。年轻女子也好，中老年女性也罢，是否有人关注过她们蓬勃的青春，怜惜

军人出身
的根秋桑珠

过她们的花开花落。她们的心岸原本就是一块丝质光洁的玉帛，光阴的棱角伙同异性的暴虐使每一寸丝都缀满伤痕，浸透泪痕。女人一生的苦乐无以言说，好在山岩的座座神山默默记载、历数她们的精神燔祭。

　　没见过一个女子给我一个正面的对视，没见过一个女子挺直了腰，就连递上一碗酥油茶都不敢抬头。一个偶然的机会，我撞见了女人们卑屈的姿态。

　　我多希望她仅仅是个案。

　　在山岩，我每天总在天未大亮时，一人

悄悄跑出去拍照，除观看异域风景外，还想多捕捉一些奇闻异事，几乎每天都有收获。这一天，我从半山腰拍完雾霭中的民居城堡下来，经过一片农田，周围已有三三两两的村民，有的牵着牦牛在犁地，有的在地里挖庄稼。

在距离我不到二十米的田里，正有一个妇女弯腰在挖庄稼，我想走近看看她挖的是什么农作物，同时给她照一张相，于是边打招呼边朝她走去。她似乎一下子发现我已站在她面前，并与她说话，原来弯着的腰马上直了起来，惊恐地看着我有十几秒，然后突然当众朝我跪在地上。

她的这一猝不及防的下跪动作倒把我吓一跳。我仔细打量一下，她看上去四十多岁，也许实际年龄会小一些，脖子上挂着一串天珠，典型的藏族装束。

我马上做着手势让她赶快站起来，同时对她说，我不会伤害她，只是想看看她挖的是什么庄稼，又做了一个拍照的手势给她看。她似乎明白了我的意思，很快就站立起来，并把已挖到的装在布袋的洋芋倒在地里给我看，我一看她已经挖了有小半布袋的洋芋。接着她向我说了一通藏语，意思大概是说，她今天是在自家田里挖洋芋。语言不通，我说的她不懂，她说的我不明白，匆匆拍了两张照片我就回乡政府了。

"见到下跪的女子"的故事就发生在这块土地上

在山岩这片广阔的崇山峻岭里遇到为我下跪的女人，我没有任何思想准备。在回去的路上，我在想她的下跪究竟为我传递着什么信息？这里的女人下跪是否普遍？又为何要下跪呢？

在乡政府，我向乡干部询问山岩女人下跪的情况。其中一个乡干部的回答让我吃惊不小：这里的女人下跪很普遍，男人稍不满意就会让女人下跪。

我对戈巴的女人地位早有耳闻，但低到下跪的地步还是让我倒抽一口冷气。都什么时代了，妇女还要给男人下跪。

乡干部根秋桑珠是个很活泼的小伙子，怕我不明白，干脆学着妇女的样子，做了一个下跪的动作给我看。他说，女人下跪就是这样的，膝盖弯曲成九十度角，挨地，双手交叉垂在胸前，脑袋低下，丈夫说一句要应和着点头称是。男人学女人的下跪样儿多少有些好笑，但我却笑不出来。为了进一步说清楚，根秋桑珠站起来掸掉腿上灰尘，继续说：妇女给男人下跪是家常便饭，平时端茶递水要跪，做错了事更要跪，不跪就要遭责骂挨殴打。我终于知道山岩妇女的地位低到了什么程度。

于是我知道了更多关于女人的清规戒律。原来女人不能围着桌子吃饭，只能站着或蹲在门口吃饭，包括母亲；女人的物品不能从男人头上掠过，如果不小心掠过，男人会倒霉，女人会因此而挨打；女人从男人面前经过必须侧着身子；女人不能与男人争吵，如果争吵，女人就要被打；女人不能改嫁，即使男人早逝也不得自由改嫁；女人若是有外遇被发现，要遭受割鼻子、挖眼睛、剁手足的刑罚。

这绝不是女人们的真正生活，而是一种被迫无奈的状态。

我感到毛骨悚然。

听乡干部讲，紧挨着乡政府的山坡上有一户人家，经常传来女人挨打的尖叫，乡干部多次前去"营救"，男人惧怕乡干部，总是当面唯唯诺诺、信誓旦旦地保证下次不打女人，但管不了两天，照样听见女人喊救命。乡干部当然知道他们只能救得一时，救不了一生，管得了近处，管不了远处，又能拿那些让妇女长跪不起的男人怎么办呢？男人能保证下不为例，但保证后女人照样挨打，照样下跪，自古已形成的女人下跪陋习不是短时期能改掉的。

听了这些话，多少让人触目惊心。试想，一个跟乡政府贴得这么近的家庭就敢把女人打得哇哇叫，可想而知那些天高皇帝远的家庭了。

我只能仰天感叹，女人们犹如红草莓般酸涩的清愁和无以扭转的宿命。

原以为她们被排斥在戈巴以外，远离战火，远离争端，风吹不着，雨打不着，在男人的翅膀底下吃一口惬意的软饭，哪知一口软饭软到了这种程度。女人不光没有地位，这么一跪，连尊严也给跪没了。

原以为早上撞见的下跪女人是个案，现在前后一联系，知道了女人下跪的家庭不在少数，简直是少见多怪。我眼前呼地一下出现一种幻景：形色各异的女子跪在凶悍的男人面前，一副听候发落的样子。我无奈地悟出了一个事态：原来，这是山岩女子最真实的生存姿态——跪着的姿态！女性面对男性的早就被格式化了的姿态！

面对妇女们漫漫无绝期的灰色生涯，我哑口无言。

40、女人只能秘密访问

因为秘密访问了妇女，多少有点心虚。一个晚上都在悉心听动静，生怕传来女人的哭声。如果这一天有男人打老婆，十有八九是访问惹的祸。谢天谢地，没有异常声响，一夜宁静。乡干部说，最好不要有事，你不知道，女人简直被男人打怕了。

最初我向乡长提出要采访一些女人时，他几乎用斩钉截铁的口气说：不行，坚决不行。理由只有一个：弄不好会出事。

也许我早就有入乡随俗的心理准备，知道采访女人会有难度，但我万万没想到连乡干部也不敢"染指"这个区域。女性作为男性的对应角色，应该有半个板块的量，不采访她们怎么行。男性虽然牛得可以，但万物讲究阴阳对称，本事再大总得娶妻，总是妻子生儿育女，大老爷们总有一个人扛不了的事。

我在《劳动报》社当一线记者期间，韧劲在报社是出了名的。作为一个半路出家的记者，我在其他方面可能比不上其他记者，但我的韧劲其他记者是比不了我的。对接受的任何一个采访任务，哪怕是一个极其艰难的任务，我都会把它搞得水落石出。不搞出个水落石出，决不罢休。不这样做，好像对不住我坚决要当记者的持之以恒的决心。

访问虽遇阻力，但我并无退缩之意。我对乡干部说，不管难度有多大都得访问，即使不惜一切代价，不择手段也要访问。见我态度这么坚

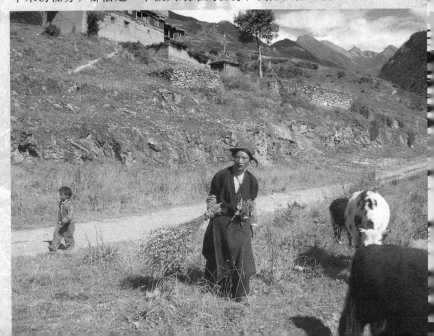

决，他们答应尽量想办法满足我的要求。

为尽快采访妇女，我建议，把老中青三类女性分别叫到乡政府来，对她们家人说乡政府找她们谈计划生育的事。乡干部说这不行，计划生育都是乡干部主动到她们家做宣传，发放工具和药品，突然叫到这儿来，她们会害怕。一招不行，又出一招。我说干脆给她们家人挑明了说，需要采访他们的妻子，请他们理解、配合。乡干部觉得还是不行，他们知道采访不是什么好事，很可能会说出家庭内幕，他们本来就心虚，他们之中打老婆的有，娶几个老婆的也有，总之，要喊他们的女人来乡政府，他们就会疑神疑鬼，事先会威胁他们的女人：去了可不许乱说，说了回来就挨打下跪。这样一来，人即使来了，可还不如一根木头桩子，一问三不知，只知道摇头或点头，急死你也问不出所以然。

我是用尽了心思也没有想出法子来。乡长见我着急他也着急了起来，仗着胆子说，我们这次也豁出去了，干脆明天就走戈巴家，告诉他们采访是乡政府安排的，他们不听一个外人的话，但不能不听乡政府的话。可我也担心，就算是乡政府的安排，可男人坐在女人对面，眼睛瞪得像铜铃，哪个女的还敢开口说话呢？

有人提议，干脆给全乡男人统一下达一项任务，让他们到别处呆上几天。这个提议跟没说一样，乡政府哪有那么大权力，想让人家干嘛就干嘛，总还讲点政策法规吧。这个提议虽说不行，却启发了我，男人只要不在家，女人不就敢说了吗？

我把想法告诉乡长，我们可以秘密访问妇女，趁她们的男人不在家时去访问。他们问那要是正说着男人回来了怎么办，还不把她们往死里打。的确，这也是我心里的一大顾虑，我可能无法给这里的辛酸女人带来幸福，但底线是不能再给她们增添痛苦。想了好一会儿，我咬咬牙说：谨慎从事，相机而行，尽量做到万无一失。

从决定秘密访问女人，我就有了做"贼"的感觉。为了不给女人心里添堵，硬是把正大光明的访问弄得像偷鸡摸狗。

说来也是天赐良机，决定采访女人的第二天，就赶上全乡男人到山上搬家。这里是半农半牧区。每年四五月份开春时节，每家每户就把家里的牦牛等牲畜迁放到草料肥沃的牧场，牧场一般离居住地在二三十公里以上，放牧季节家中女子在牧场里搭建帐篷居住，一直到九十月份封山前才把牲口、帐篷和家什用具搬到山下过冬。搬一次家一般要两三天,这样就有许多在家留守的妇女。俗话说,人算不如天算,我觉得是上苍帮我,才算得这么准。

第一家瞅准的就是挨着乡政府的一家。近处访问有好处,万一女人遭受殴打,乡政府的人还能跑去营救。再者,先从近的入手,积累经验再跑远的。

我还是有些胆怯,请求乡干部派人先去侦察一下男人到底在不在家,一定要做得万无一失。果然不出所料,男人上山搬家了,只剩下一个女人和两个孩子。乡长叮嘱我,一定要秘密进屋,快速提问,问完就撤。简直不像访问像做地下工作。

我从来没像今天这样讨厌狗,狂吠不止,真怕它把所有人都召来。该屋女子诚惶诚恐地看着我,请我们坐,她把火塘吹燃,要煮酥油茶给我们喝。我连连说不用了,几件事情问完就走。女子只有二十五六,已经是一儿一女的妈妈了。她很瘦削,她的婚姻是首领和元老们包办的,她不愿意嫁过来,但迫于无奈还是嫁了,好在丈夫对她还好。出嫁的第二年生了女儿,丈夫没有责难她。女儿长到四岁时,她又生下一个儿子。她对自己目前的生活还算满意。我问她出嫁时的心情,她一下怔住了,拿起棍子在火塘上拨,好一会儿才说:我不敢说出嫁时的心情。她虽然没有回答我,但从她的反应中我已经找到答案了。屋外的狗又在狂吠,不敢再问,揣起笔记本匆匆告辞。

看来这种秘密访问也还凑合。

接着我和乡长又到了色德村一户人家。还好,也是一个女人在家,丈夫搬家上山去了。这一家没有狗,却有很高的梯子,很陡,很悬,我只能四肢并用。女主人的胆子更小,硬是不让拍照,多半还是怕自己的丈夫知道。赶紧坐下,请她谈谈妇女生孩子的事。于是知道,这里所有女人生孩子都是在底层的牛圈,而且都是由家人接生。刚谈到正题,楼下有男人喊她,我和乡长都一惊,触电般跳起来,立即想跑。哪知女主人并不慌张,对乡长说:是邻居找她借工具。虚惊一场。

我问她,怎么这个男人不去山上搬家。她说不是每个男人都去。于是,刚刚沉下去的心再次提了起来。乡长让我坐下来,继续提问,面对愿意回答问题的女主人,我的问题却不知跑到哪儿去了。

这里的妇女,虽说没有完全被禁止与外人建立往来关系,但从习俗上来说,她们仍然要先告知自己的丈夫并得到他们的准许才能与外人,尤其是外界的男子交往。看来上家里秘密访问也不是万全之策,万一中途撞上男人回家,我们可一拍屁股走人,受苦的还是女人。

为了使采访更谨慎一点,我和乡长商量,还是不上家了,采取在山路上碰运气的做法,路上碰见哪个女子就采访哪个女子。抑或请妇女们从城堡内走出来,由乡长当翻译,大大方方围坐在太阳底下提问,向周围人表明,我们的采访是公事,而不是私事。

白娜与其说是我们碰上的，不如说是我们见了芳踪寻过去的。这位21岁的女孩当时正抱着一个吃奶的孩子和几个女人在一栋民居城堡前的草坪上说话，我以为是她的孩子，心里直纳闷儿，这么小的年纪就生孩子，怎么都觉得那孩子不是她的。

我喊她过来，乡长也帮着喊，她便从几个妇女里面走出来，走了几步，把怀里的孩子递给另外一个女人，那个女人给孩子喂奶，我才知道孩子不是白娜的。

能问这样的女孩儿什么问题呢？这种毫无准备、毫无章法的采访已经把我自己的阵脚搅乱了。我问她是什么村的，属于什么"戈巴"。白娜一一道来。她是回娘家玩儿的，已经结婚了，眼下还没有孩子。后来知道她有两个丈夫，一个是哥哥，一个是弟弟。我问了一些私秘的问题，知道了一妻多夫是怎么回事，同时和两个丈夫相处的生活细节是怎样的。

运气终于让我撞到了。秘密采访竟然有了意想不到的效果。但是也不能拽着多问，尤其人家是一妻多夫，如果事情砸了，人家可是要挨丈夫打啊。当然是想多问的，但又提醒自己不能贪心，撤吧。

我们上了尼根山，眼前站了一群人，有十来个尼姑，也有几个喇嘛，虽然她们已经远离乡里烟火，但她们的身边仍然有男性，喇嘛如果不走开，尼姑断不好回答问题。我请乡长请喇嘛回避，单独和尼姑们说说话。喇嘛走开之后，我们全都坐到了一座尚未建起的寺庙门前进行挨个采访。于是知道了她们是一群远离家人、几乎是被戈巴遗弃的老弱病残，转经、念佛了此一生。一位尼姑为了反抗戈巴的强行婚姻，逃命似地跑到尼姑庵。另一位尼姑，15岁时，父亲为了巴结势力强大的戈巴，不惜将身体还没发育健全的她嫁给一家三兄弟。还有一位尼姑，因为生的孩子全都夭折，自己又患半身不遂而被丈夫遗弃，削发为尼，打发余年。尼姑的身世像电视连续剧，边听边记，直想掉眼泪，但眼泪也得拦腰斩断，因为连续剧也不能一集集播完，毕竟还是秘密采访，如果采访她们的事让乡上的戈巴知道，少得可怜的一点救济也可能掐着不给。

采访显然不够多，但我对自己说，收工吧，女人卑躬屈膝的地位已经摆在那儿了，我无法拉她们起来，但至少不能再推上一把。

因为秘密采访了妇女，多少有点心虚。一个晚上都在悉心听动静，生怕传来女人的哭声。如果这一天有男人打老婆，十有八九是访问惹的祸。谢天谢地，没有异常声响，一夜宁静。乡干部说，最好不要有事，你不知道，女人简直被男人打怕了。

秘密采访之后，我也成了惊弓之鸟，只要听到藏族男子的声音，第一反应就是某个女人的男人找来了。

我不知道将来能否再来山岩，倘若有可能再来，但愿这里的女人们已经熬得有了些地位，采访她们再不用秘密进行了。

41、女人，你的名字叫"礼物"

四琅措至今还依稀记得：当时送亲的队伍里没有父母，没有姐妹，没有喜庆，只有本"戈巴"里的四个勇士。四勇士把四琅措送到从未谋面的婆家后，在那里住了一晚就匆匆返回，像是完成了一桩任务。四琅措从此便像一件礼物一样被放置在那里，注定了自己孤零零的人生。

浸润在尘世浮华中的女人，几乎无一例外地喜欢礼物，但我想说的却不是平常意义上的礼物，而是山岩有把女人当"礼物"奉送和进贡的习俗。

眼前是无数条看不见尽头的蜿蜒小路，飘渺着的清冷炊烟里有许多个叫不上名字的女孩儿，拖着乳臭未干的躯体，带着对家人的无限眷恋，步履维艰地从一个"戈巴"挪向另一个"戈巴"，仿佛每一步都踩在刀刃上，沉默得犹如人鱼一般的泪珠，溅在酷烈的岩石上，消失在高原的风中。

"礼物"很多，今天讲述的一个名字叫四琅措，一个当了半个多世纪尼姑已进入风烛残年的老女人。

四琅措已经68岁，瘦小的个头，五官轮廓依然能寻见半个世纪前的清秀和俏丽。岁月的无情风霜已在清秀和俏丽中刻上横七竖八的沟沟壑壑，我想，那些沟壑的形成，一定是半个多世纪的泪水冲积而成，泪水一定是四琅措唯一的武器，无力地向不定的目标投掷。

悲剧始于女孩儿15岁的早晨，不大搭理女儿的父亲告诉她，今天不用下地干活儿，他有话给她说。

羞涩的女孩

炉膛里的火明明灭灭，弄得女孩儿的心七上八下。父亲干咳了一声开口了，你也15岁了，不小了，该出嫁了。四琅措一怔，立即说，我还小，不想出嫁。父亲说，那不是你想不想嫁的问题，我们的"戈巴"小，那边的"戈巴"大，你嫁过去，对我们全"戈巴"都好。四琅措还是说自己小，根本不认识那个人。父亲便有些恼火，瞪大了眼睛说，你愿意得嫁，不愿意也得嫁，对方"戈巴"大，我们"戈

苦命的四琅措

打酥油茶

巴"小，如果不嫁，我们"戈巴"就站不住脚。你嫁过去我们就能和大"戈巴"联姻，就有了依靠。

父亲给四琅措好说歹说，从早上说到晚，她还是接受不了。四琅措曾想到过逃跑，但是根本没有机会，她还想到过自杀，同样没有机会。父亲大概早就料到她会不同意，反抗无效就会寻机跑掉或是自杀，一整天对她寸步不离。

无奈的四琅措只得如期嫁出。第二天，母亲给四琅措穿戴一新，叮嘱她到了婆家要勤快，要听话，为了自己的"戈巴"好，一定要忍耐。四琅措含泪点头。

两头牦牛跟着新娘走，就成了嫁妆。牦牛连同一个豆蔻年华的女孩儿，一并成了"礼物"，低眉顺眼地奉送给势力强大的"戈巴"，为的是融通关系，巴结投靠。牺牲女儿的青春，牺牲女人的一生，为的是保全整个"戈巴"的利益。

两头牦牛似乎也不愿意，犟着劲儿不愿走，不停地挨鞭子。身在大"戈巴"的丈夫没给四琅措家任何东西。女人是送出去的礼物，却没有回赠的礼物。

四琅措至今还依稀地记得：当时送亲的队伍里没有父母，没有姐妹，没有喜庆，只有本"戈巴"里的四个勇士。四勇士把四琅措送到从未谋面的婆家后，在那里住了一晚就匆匆返回，像是完成了一桩任务。四琅措从此便像一件礼物一样被放置在那里，注定了自己孤零零的人生。

成了"礼物"的四琅措此生没领略过爱情。四琅措连同她的家人可能都没想到，等待她的强势"戈巴"中的丈夫并不是一个人，而是身强力壮的三兄弟。一个女孩儿便在合理合法的父系道德中交出了全部青春。即使三兄弟对她"平和"，不难想象一个身体尚未发育完全的女孩儿的婚姻生活是怎样的暗无天日。

结婚四年的四琅措，拥有三个丈夫的四琅措竟然一直没能怀孕。

四琅措讲述中，我有些欲哭无泪，不时把眼眸投向深处的浓荫，那里面似乎有无数个女孩深陷在幽暗的古堡城楼，黑色裙裾在冷凝的尼根山疯狂地飘舞。

浸泡在蛮荒里的四琅措，从15岁起苦挨苦撑。四年过去了，她仍然不能接受大"戈巴"的人，也忍受不了那样的生活，19岁这年，偷偷跑了回来。娘家"戈巴"的首领、元老和父母都劝她赶紧回到强势"戈巴"去，不然后果不堪设想。四琅措表示再也不愿回去，娘家也不能容她，四琅措只得选择了最后的出路——出家当尼姑。

19岁的四琅措，愤然削发为尼。一转眼，当年娇俏的女孩儿已经历了五十多年的风霜雪雨。

四琅措讲述往事时的神情很平静，口气中连半点怨恨也没有，说起早年嫁的那个"戈巴"也像谈着外人，说他们的"戈巴"已经不存在了。是被兼并，还是被消灭，她没说，我也没问。四琅措显然不愿提起那几个兄弟。也许是半辈子的吃斋念佛化解了四琅措的所有忿恨，也许自从逃出戈巴当尼姑，她就感到要比从前幸福。因为我从四琅措脸上看到的是满足和平静。

像四琅措这样的"礼物"还很多。"戈巴"之间为借钱无法偿还，但想化解矛盾，债权方会提出要一个女子当作"礼物"送给他，会说话、能生儿育女的"礼物"们便会像四琅措一样如期而至，压根没有愿意或不愿意。婚姻只在两个部落的男人之间进行，女人成了交换的物件。女人的提供者与接受者把女人纳入他们的交易中。

一个戈巴首领向我揭示了这种交易的决策过程：当一个戈巴决定化解与另一个戈巴之间矛盾，抑或一个较小戈巴想巴结大戈巴时，通常会采用送一个未婚的女子给对方戈巴当老婆的和亲方式。此时，首领和元老团先内定由哪个女子去。而后，召开临时戈巴大会，由首领出面询问这家父亲，是否同意女儿去？若父亲同意女儿去，这事就定下来了；若父亲不同意，再询问其他父亲，一直到有父亲同意为止。如果大家都不同意，最后可能会采用强制摊派的方法。当然最后一种方法极少用，一般首领和元老团询问上哪家父亲，哪家父亲就会点头同意。在整个决策过程中，始终没有一个女子参与其间讨论，也不知道他们讨论些什么。一旦首领和元老团，包括父亲决定由哪个女子去，哪个女子就得去，不同意也得去，即使她母亲不同意也得去，这是命令。

心情抑郁、心惊肉跳地写到这儿，我感到字里行间透着殷红的血迹。河川先生在我进山时曾说过，看到山岩的女人你就想哭。本以为是他矫情，因为我不是脆弱的人，可真的当我走近"礼物"们，我的心一直在流泪。

不知为什么会想起女人国的女孩们，她们可以随心所欲地选择走婚伴侣，可以拥有爱情，可以和心爱的人幸福相依。和山岩原始父系部落的"礼物"比，女人国的女孩们简直是置身在幸福的天国。而现代都市的女孩们何尝不是飘荡在天国与地面之间的幸福人儿，能按自己的心思找对象，不再受到父母之命媒妁之言的困扰，被懒洋洋的幸福包裹得惬意无比。

我多想对幸福着的女孩们说：当女性幸免于被当作

"礼物"送出，被葬送一生时，是不是该更珍惜着挥洒自己的拥有？

42、兄弟共妻

一位二十九岁的少妇，讲起她的四个丈夫，没有丝毫羞怯感，历数他们共享婚姻的细节种种。她是由首领和元老团决定嫁到婆家来的，早就知道婆家有四兄弟，从嫁过来的那天起就成了四兄弟的妻子。大哥和她同岁，小弟只有十七岁，从此和四兄弟朝朝暮暮在一起。她有独立的床铺，但无决定和任何一个兄弟睡觉的权利，每天由四兄弟秘密商议今晚该谁与妻子共眠。妻子总是睡得最晚的一个，忙完屋里屋外，收拾好锅碗瓢盆已是夜深人静，兄弟中的某一个已经躺在她的床上等她了。

走访山岩许多天，我发现有一些词汇在这里用不着。诸如："恋爱"、"感情"、"唯一"之类。这里的青年男女不像女人国的青年男女，因为萌生爱恋，产生感情，彼此拥有，步入婚姻，徜徉爱人的心海，夜夜都是花期。

山岩女子的婚姻都是由"戈巴"首领和元老团决定，名义上是嫁给某"戈巴"家一个男子，其实一旦嫁过去，就成了两兄弟、三兄弟或四兄弟的妻子。感情的港湾成了被数人停泊的公海。可是请晚些抱怨，这是原始父系部落的婚俗使然。

初看河川先生撰写的《山岩戈巴》一书，我曾将信将疑，亲兄弟共有一个女子，真能超脱得像没事之人？我曾设想，假如我和弟弟共享一个妻子会怎么着？我很快就下结论，别说真的，就是假设一下也令我十分扫兴，至少我无法接受。

终于，山岩的若干位少妇坐在我面前，平心静气讲述她们的多个丈夫，我感到再不能像看书时那样漠然置之、波澜不惊。毕竟经历过感情的人都知道，感情，尤其是爱情是绝对自私的一种东西，它的本质就是独占和排他，因而它也成了世间唯一无法共享的东西。男女之间一旦一方感情越轨，便会祸起萧墙，引起事端

四兄弟
"共享"之妻

纷争。情杀、决斗、报复等等全都是"万恶淫为首"引起的。然而，山岩的兄弟们，祖祖辈辈共有一个妻子却心安理得，相安无事，令人觉得不可思议。

生物学上男性和女性的生理差异很大，我甚至更愿意把男人女人理解成两个不同的物种。一般来说，较之女性，男性的欲求更甚，更求新更求变，即使有一个妻子完全属于他，未必真能使他在情感天地里裹足不前、遮蔽其打探新奇事物的眼睛，那么几兄弟共有一个妻子多少有些悖离人伦，既戕害了女人，又委屈了男人。

山岩的一妻多夫婚能够一路走来不变样，归根结底还是由于他们把人性和感情放在末位，而把父系血缘和父系部落的利益放在首位。父系部落结构与他们对土地、牧场的依附瓜葛甚密，兄弟共妻这种婚姻制度，可以避免和防止家庭的共有土地被分割，弟兄们不是把一小片耕地划分开来，而是共同娶一个妻子以保持土地和家庭的完整。

她对自己拥有多个丈夫没有什么不满意

侧面打听过男人们对这种婚姻制度的看法，竟无一例外地认为它好，好就好在共妻能使他们永远共产。

当然应该再问问女人们对这种婚姻制度的看法。出乎我的意料，她们说对这种婚姻制度已经习惯了，没觉得有什么不妥。

一位二十九岁的少妇，讲起她的四个丈夫，没有丝毫羞怯感，历数他们共享婚姻的细节种种。她是由首领和元老团决定嫁到婆家来的，早就知道婆家有四兄弟，从嫁过来的那天起就成了四兄弟的妻子。大哥和她同岁，小弟只有十七岁，从此和四兄弟朝朝暮暮在一起。她有独立的床铺，但无决定和任何一个兄弟睡觉的权利，每天由四兄弟秘密商议今晚该谁与妻子共眠。妻子总是睡得最晚的一个，忙完屋里屋外，收拾好锅碗瓢盆已是夜深人静，兄弟中的某一个已经躺在她的床上等她了。丈夫们决无嫉妒，决不越位，不会因为妻子厚此薄彼而大打出手，也不会因兄弟中的某一个心生独占引发龃龉。

一位二十一岁的少妇告诉我，她已经出嫁两年多，是两兄弟的妻子，按事先的约定，一天与哥哥睡觉，一天与弟弟睡觉，两年多来没觉得有什么不好，她认为这里的风俗就这样，一个女人同时服侍两个丈夫是很正常的事，并且说只要他俩对她好，她愿意永远和他们这样过下去。

我个人不欣赏这种婚姻制，多少有些扭曲人性，也加重了女性身心负担，一个人的精力毕竟有限，尤其是山岩的女性，苦活脏活累活全得做，在性上又须轮番服侍多个丈夫，可想而知是不堪负荷的。从医学的角度看，这种婚姻制对哺育后代也多有弊端，一个女人经常处在繁重的性事之中，怎么说也是不利于胎儿生长的。前一个少妇讲述她曾有过两个男孩，都是长到五六个月大即夭折，我估摸与这种一妻多夫的习俗不能说没有干系。后一个少妇也已经结婚两年多，至今未怀孕，谁知道是不是因为性生活太"杂"太"滥"而影响了胚胎的生长呢？

女人的生命如海绵，重压过后剩下神山崖涧滴水成冰无以言说的辛酸。

听着男人和女人们的话语，看着远远近近完整的山川、完整的田地、完整的牧场，我却从中看到了更多的残缺和遗憾。可是，谁能奈何得了流传了千百载的习俗？

也有人这么理解一妻多夫婚，认为是缺少妇女导致的男女比例不平衡；还有一种理解是贫困，贫困的家庭不能保证给几个儿子各娶一个妻子。但两种说法都不足以掩盖这种婚俗的实质性意义。

千百年不见衰落的一妻多夫婚，其经济上的意义大于婚姻上的意义，家族需要大于个体需要。几个兄弟共娶一妻，不分家不拆离，财产可以保持集中，利于家庭内部从事农业、牧业等的劳动分工协作，也能经受各种自然灾害的打击。同时在解放前，部落之间的械斗不断，兄弟共妻有利于组成几个或更多的同姓家庭，由血缘关系构成父系大家族，能保持父系部落的强盛。因此在他们的观念里，采取兄弟共妻等特殊的婚姻家庭形式保持大家庭的团聚是一件好事。据统计，如今在山岩这样的婚姻家庭占总户数的八成以上。

历史上，藏人、印度的托达人（Toda）以及斯里兰卡的僧伽罗人（Sinhaiaes）都曾实行过兄弟共妻婚，一个弟兄的妻子被当作家庭中所有弟兄的妻子，而他们这种一妻多夫制的家庭也基本上能保持稳定。不过这种婚俗现在大多已经消退。

在山岩，这种古老的婚俗至今还完整地保留着且还井然有序地进行着，的确让我惊奇。在一个妻子与丈夫共居一室的大客厅里，一个妻子与多位丈夫睡觉的时间由男人们事先约定或有序安排，很少发生矛盾，这多少又让人颇感意外。山岩的男人和女人对这种我们看来不怎么合理的婚姻制度表示满意，对我多少是种心理安抚。毕竟融入千百年流传的习俗之中是件好事。有一篇文章叫《冷也好，热也好，活着就好》，借用一下是："多也好，少也好，能过日子就好。"

43、一夫多妻为哪般

在过去许多社会中，一夫多妻婚都是男子财富多地位高的标志。在那种社会中，只有那些最富裕的男人才能够养活几个妻子。在一些阿拉伯社会里，现在仍然有像这样看待一夫多妻婚的。但在山岩，一夫多妻婚与其他社会可能有很大不同。

听说山岩男人国至今也还保留着一夫多妻婚，我的第一反应就是封建社会的妻妾成群，当然还有古代皇帝三宫六院七十二嫔妃，同时也联想到这里的男人拥有至高无上的权力，女人的地位低下，自然会被男人大把地揽在手里。走进山岩，走近一夫多妻婚，我的上述理解不攻自破，既失真、褊狭，又背离了一夫多妻婚本来的意义。

一夫多妻婚是一种纯粹与保全、延续父系血缘有关的独特婚姻形式。这种婚姻形式唯一前提条件，就是原妻嫁过来之后没能生儿子，并不是因为丈夫对原妻厌倦产生背弃而再续娶。再娶的目的很明确：生儿子。

在山岩，总能见到一些有着犀利五官的壮年男人，他们剽悍的身材和通身的野性相得益彰，似乎在无言地炫耀他们与生俱来的强势权利，似乎无条件占有多个妻子是他们的专利。

讲述一夫多妻婚的男人，无一例外地平和、安然，没有歉疚和羞怯；讲述一夫多妻的女人也是无一例外地平和、安然，没有半点受屈辱的表情。一切都那么自然，那么天经地义。

一位首领对自己先后娶了两个妻子供认不讳。他说在他们戈巴有四家是一夫多妻的。一个戈巴之所以会娶两个或多个妻子，盖因前面的妻子没生儿子，如果生了儿子，是不会再娶第二个妻子的。他介绍自己拥有两个妻子的情形。头一个妻子和他生活了几年，生了女儿，没生儿子。于是就娶了第二个，生了儿子，后来，第一个妻子也生了儿子。我插话问他，要是娶的第二个妻子仍然不生儿子怎么办。他说那就还得娶第三个妻子，一直到生了儿子为止，哪怕娶二十、三十个，总之得生儿子。当然，在他们"戈巴"里，这种事没有发生过，现在顶多也就是娶两三个妻子，解放前有娶四个或五个以上的。他说话时，手一个劲儿扇来扇去，我理解那是雄性力量过剩，一种不生儿子誓不罢休的傲气冲天之势。

我也理解了一夫多妻婚的实质，说到底还是男人们抛开了情色之嫌，理所当然地续娶为的是维系和保证父系血缘香火旺盛。没有一个"戈巴"敢明目张胆地宣称因为厌倦原配妻子、贪图新人美貌而再娶。

为了全面了然一夫多妻婚，我还分别走访了部分女性，从女性视角了解她们对一夫多妻的理解和感受。

一位女子告诉我,她嫁到婆家四年多,生了两个女儿,没能生儿子。虽然丈夫为此也没骂她打她,但她却很自责,面对丈夫娶回的新女人,她说自己没有丝毫怨恨。说到这儿,她淡然地笑了笑,说根本没什么可抱怨的,自己结婚好几年没能生儿子怨不得谁,家庭没有儿子怎么行,有儿子才能传种接代,才有勇士,才有人撑着"戈巴"撑着家。我问她对丈夫的新女人有没有嫉妒,她闪动着褐色的眸子,真切地说没有,新女人是来完成自己没能完成的任务的,她会和她和平共处相安无事的,因为都是女人。女人就是为丈夫和儿子而存在的。家庭若无儿子,自己也觉得在"戈巴"里没脸面。

一位在山岩工作了好几年的乡干部说,一个戈巴的女人嫁到另一个戈巴去,三四年后仍然没生男孩,男人肯定会再娶,如果第二个妻子还不生男孩,前面的两个妻子都会被休,男人再娶。这样一来,被休妻子的娘家戈巴就会不服,会找男人赔偿。赔偿后的男人必须离开山岩,一般会到盖玉或甘孜等地。被休妻子的戈巴从此不再追究休妻男子的责任,男人从此不再回山岩。以前这种事情比较多,近几年,乡政府加强宣传婚姻法力度,这种现象少了,但一千多年根深蒂固的习惯势力仍然有绝对的市场。如果哪家生了儿子,儿子会被捧得像活佛,家人会欢天喜地地杀牛、宰羊;要是哪家生了女儿,无人问津,产妇会遭到婆家责骂,以后更不会当人看。刚生女孩的产妇顶多只能喝点酥油汤。

一夫多妻婚在现代文明社会中已基本消失,但它在古代却广泛存在于世界各地的大多数社会中。《旧约全书》中就有记载,大卫王所罗门就是一夫多妻婚。

在过去许多社会中,一夫多妻婚都是男子财富多地位高的标志。在那种社会中,只有那些最富裕的男人才能够养活几个妻子。在一些中东地区,现在仍然有像这样看待一夫多妻婚的。但在山岩,一夫多妻婚与其他社会可能有很大不同。这里实行一夫多妻婚是有严格规定的,必须是原妻没能生儿子,他们再娶的目的就是为了生儿子,儿子是续香火的,能保证父系血缘一代一代传下去。儿子作为传种接代的工具,具有至高无上的意义,没有儿子,男子就具有再娶的权利,一旦儿子出生,再娶的权利便自动取消。

在世界其他地方,曾实现过一夫多妻婚的社会中,丈夫和妻子们在性、经济和个人财产方面一般具有严格的规定。比如说马达加斯加的塔纳人(Tanala)要求丈夫轮流与每个妻子过夜,不这样做就构成通奸,而受到怠慢的妻子就可以控告并提出离婚。在山岩虽然没有这样严格的平等权利,但男子通常会平等地享有妻子的过夜权。山岩的多妻家庭,一家人通常睡在客厅里,不管有几个妻子,都睡在客厅里,丈夫只与其中一个妻子睡觉。妻子们彼此间矛盾较少发生,她们与丈夫的关系在很大程度上受父系家庭习俗的影响。

人类学家对历史上曾出现的一夫多妻婚有一种解释,认为它是女性数量超过男性所引起的性别比例不平衡的反映。一夫多妻婚是为过剩妇女提供配偶的一条途径。这种说法，在山岩并不成立。在那里，男性和女性的比例基本平衡，在实行一夫多妻婚的同时又实行一妻多夫婚，且一妻多夫婚的比例要大于一夫多妻婚。

在人类历史上，同时实行这两种婚姻的并不多。

我想说，不管是一夫多妻婚，还是一妻多夫婚，山岩人在恪守着血缘里最致命的东西，其实非常难能可贵。

44、白娜"休"夫

白娜是山岩唯一一个敢对兄弟共妻制说不的女子。她能顺利地把"夫"休掉，也实在是侥幸。并不是所有一妻多夫的女子都能承受共夫的现状，一定还有像白娜一样说不的人，只是，她们的反叛不一定成功，或者说怕不成功会导致更加深重的苦难，干脆哑巴吃黄连算了。

白娜闯入笔端纯属天意。

假如这一天正午我不路过这儿；假如这一天的这个时辰白娜不回娘家，或者说她回娘家却躲在家里不到田边来，那么，今生今世与她连擦肩而过也不可能了。偏偏那天我要下村访问，我必须通过一个村子，偏偏就有几个妇女闯入我的视线，偏偏白娜就是其中最出众的一个——抱着一个吃奶的孩子，在几个妇女中间很

怀抱孩子的白娜。可惜孩子不是她的。

抢眼。

其实我想采访她们每一个，但时间不允许，白娜那栀子花一般的容貌深深吸引了我的眼球，同时也吸引了同道的乡长。正嫌访问的女子个案不够哩，何不把这个女孩叫来谈一谈。

其实当白娜朝我们走过来的时候我仍没想好到底要谈些什么。

抱着婴儿的白娜像少妇，不抱婴儿的白娜就是一位美少女。白娜款款的步态流泻着朴素的美丽，温馨中透着些许伤感。灿若黄花的白娜有一头美发，散落飘逸在后背，长长的裙裾拖齐脚脖，一件紧身咖啡色短袖衫把体态撑得有款有型，女性的柔美凸绽无余。白娜丰腴的体态让我想到草原茂盛而丰美的水草，她那因羞怯而不时躲闪的明眸让我想起碧波涌动的秋水。

这便是天姿纤柔与灵秀结合得异常完美的白娜，知道了她的故事，我仿佛听到一曲命运交响乐中飘荡出一缕凄婉的女高音，悠远、执著、痴情，尖锐而凌厉地刺痛我的心。

我能说什么呢？一个能用真实喂养生命的女人？一个懂得用缘分养育感情的女人？似乎仍然囊括、涵盖不了白娜的人生。

白娜 21 岁，2002 年结婚，娘家是格锅戈巴，属于八学村。抱着的是别人家的小孩，她至今尚未怀孕。婚前白娜就和丈夫认识，并自由恋爱，她是个勇敢之人，相爱一年之后结婚。白娜的婚事在当地属于特例，事先没有经过她所在的戈巴首领和元老团，婚事也没走传统老路，她是婆家既没迎娶，也没陪嫁东西就自个儿走到了丈夫家。倘若放在现代社会，她就是一个前卫女性。好在白娜的父母没说什么，婚后丈夫对她也好。

白娜

本以为白娜的婚姻就这么平淡无奇地讲完了，哪知她话锋一转说起她嫁过去竟然有两个丈夫，这让我吃惊不小。原来，她恋爱的丈夫只是婆家的小儿子，他还有一个哥哥，应该是白娜的大伯了。可当地有兄弟共妻的习俗，一兄弟娶妻其他兄弟共享。白娜与婆家的小儿子恋爱、结婚没错，但若只嫁弟弟不嫁哥哥就有悖当地习俗。白娜实际上就嫁给了弟兄俩。

白娜说事先也是知道丈夫还有个哥哥的，而且丈夫也问她愿不愿意和他们弟兄俩结婚，沉浸在幸福中的白娜，谙熟婚姻风俗的白娜爽快答应和兄弟俩结婚一起过。

婚后一年，丈夫的哥哥不满足于和弟弟共享白娜，萌生了独占的念头。有一天，白娜和他过夜，他对白娜说：从今天起，晚上不许你和我弟弟睡，只能和我一个人睡。白娜说：本来我就是和弟弟恋爱结婚到你家的，严格说，弟弟是我丈夫而你不是，弟弟讲良心让我和你在一起，你却想一个人独占我，这样肯定不行，我不会同意。哥哥一听恼羞成怒，觉得一个女人不该这么和他说话，就把白娜打了一顿。白娜本来就喜欢弟弟不喜欢哥哥，这么一闹，就下定决心要跟弟弟，不跟哥哥，于是提出和哥哥分开过，并表示再不跟哥哥一起过夜。

据白娜述说，婚后有一段时间，哥哥经常打她，第一次用木棍打；第二次用砍刀砍她手指，现在左手指上还留有一个浅浅的疤痕；第三次用拳头打，用脚踢……有时候拿到什么就用什么打。打白娜的时候，丈夫的父母都在山上，有时丈夫在一边，但出于尊敬哥哥，他什么话也不说。打完之后，白娜和弟弟单独在一块时，他对她说：痛不痛啊？不要哭了。哥哥打白娜的事，他们的父母都知道，可他们什么话也不说，没人为她主持公道，这里男人打女人是家常便饭。白娜是个懂事的女孩，挨打的事从来没对娘家人说过，因为这儿没有这种习惯，怕娘家人过来找婆家人的事，所以不敢说。

白娜和他们兄弟俩住在一起两年时间，现在分家也一年了。开始嫁过去的时候，哥哥对白娜好过一阵子，我问她怎么叫做好。白娜说：不打我就算好。

我很感兴趣一妻多夫婚的细节，白娜大大方方告诉我说：我和他们兄弟俩是一天一个，轮流过夜。和我曾经想象的兄弟同睡一床完全不一样。

我问白娜，假如哥哥不打你，对你好，会怎么样？白娜说：我还是愿意和他们俩生活在一起的。我觉得一个丈夫可以，几个丈夫也可以，只要对我好就行。对我好的标准就是勤快，帮我干活儿，即使打我一下、骂我一下也可以。

我担心分开过的哥哥仍然会为难白娜，但是没有，她说分出去的哥哥开始两个月不理她，后来变得平静了，见面也和她像往常一样说话，但白娜从此不再和他过夜，和弟弟过着一夫一妻的生活。

白娜说这些话的时候一直拿个小木棍在地上划，似乎想理清感情乱麻，也似乎勾画着生活前景。而我却看见不远处一个画面：一头公牛愤然往一头母牛身上扑，母牛很恼火，不时甩开它，甩不开就用蹄子踢，公牛屡战屡败，在一边喘气。我想：连牛都知道说不，何况一个有思想有情感的人哩。

白娜是山岩唯一一个敢对兄弟共妻制说不的女子。她能顺利地把"夫"休掉，也实在是侥幸。并不是所有一妻多夫的女子都能承受共夫的现状，一定还有像白娜一样说不的人，只是，她们的反叛不一定成功，或者说怕不成功会导致更加深重的苦难，干脆哑巴吃黄连算了。

这个女子对生活没有过高奢望，仅仅是"想生儿子，和丈夫幸福地生活，少干点活儿"。

白娜，一个如酒般醉人的女孩，对生活的期望值却不高，我因她没有提出一个奢望值而倍生怜惜。面对这样一个有着平朴心境、银汁般纯粹的少妇，我很想对她说，揣好你的花园你的憧憬，用你淡如云水的青春，握紧并丰满你的光阴。

45、在家修行带胞弟

白玛措和所有的女人一样，没有财产继承权，父母双亡时，弟弟年幼，她面临两难选择：弟弟需要照顾，还不能招来风言风语，让村里说她是想占有遗产。在家修行带胞弟为她求得了两全。

在男人国里，女人一出世就好像被亘古不变的习俗烙上低贱耻辱的红字，即使她长得倾城倾国，即使她聪慧灵秀才情过人，即使她为家族牺牲一切披肝沥胆，全都徒劳无益，最终都免不了被抛掷荒山，被生活远远甩开。她们气馁吗？好像没有，因为总能看到她们温柔地就范。

在家修行带胞弟的女主人公是白玛措，今年已经69岁。我拚出浑身解数，寻找着年近古稀老人十六岁花季时的样子。

终于没能勾画出雏形。69和16之间有太多跃不过的坎儿，接不上的丝，中间少了太多的逻辑联系。我只有感叹，又是一个用尽心力、耗完所有青春和痴情的女人！

白玛措平静的面庞和平静的语气温煦如春，仿佛生命岁月从没亏待过她、似箭的光阴并没在她的心头碾出皱纹似的。16岁那年，父母撒下苦命的她和弟弟西去，白玛措开始和弟弟相依为命。

曲真

家里当时有一幢房子、几头牦牛和一匹马，还有好大一片庄稼地。白玛措看看8岁的弟弟，再看看这些家业，真的是欲哭无泪。

无形的重担瞬间压在一个纤弱女孩的肩头，她感到快要被压塌了。如果不是信佛，她没有那么大耐力，如果不看弟弟小，她更愿意投向佛的怀抱。

白玛措生性不留念尘世，而热

恋超尘的佛门，16岁的她一夜之间做出两个决定：带发修行；养大胞弟。

假如我没猜错的话，白玛措最后的归宿已经依稀可现。

谁都知道白玛措皈依佛门，正因如此村子里才没对她风言风语，比方说，乘弟弟小，不懂事，赖在家里准备独吞家业。或者说霸着家里留给弟弟的家业，等到了出嫁年龄，卷起钱财一走了之。

看看白玛措一张脸吧，慈眉善目，善良得有些软弱，谁这么说她谁就有罪。

一个16岁女孩跑到尼根山找到活佛谈心事，这辈子死心塌地皈依佛门，现在凡尘暂不能了断，得缓十几年才能正式削发为尼。

活佛"录取"了她，办好了内部一些"手续"，一个花季少女蹦蹦跳跳回到家里。

给弟弟做饭，洗衣，种地，放牛，房子漏雨也得修理。女孩儿能做的做了，女孩儿不可能做的也做了。除此而外，白玛措没忘记定期上山转转经，汇报一下近来对佛的"思想认识"。

俗话说得好：无娘管的天照应。白玛措则认为无娘管的佛照应。正是在佛的照应下，白玛措长大了，一口饭一口饭地把弟弟也养大了。

白玛措见弟弟已经成人，渐渐会朝着尼根山出神，她知道，那个时刻快要到了。

张罗完弟弟的婚事，白玛措平静地把弟弟叫到自家经房，娓娓谈了自己的安排决定。弟弟长大成人，父母当年留下的家业完整无损地交给弟弟，撑门户、续香火就是弟弟的事。姐姐早已皈依佛门，早年许的愿现在该是还愿的时候了。

姐姐像做财务交接一样为弟弟开出口头清单：

民居城堡一幢，牦牛三头，好马一匹，还有土地、牧场，弟弟接过去一定要好好经管，和弟媳安心度日。

这时的白玛措已经错过了出嫁的最佳年龄。三十多岁的女人，半截身子都入土了。她灰心，但又不灰心，她的归宿早就拟定。

白玛措和所有的女人一样，没有财产继承权，父母双亡时，弟弟年幼，她面临两难选择：弟弟需要照顾，还不能招来风言风语，让村里说她是想占有遗产。在家修行带胞弟为她求得了两全。

搭上青春的白玛措，在世俗人眼中是残缺不堪的，但她却为求得了最后的圆满而志得意满。

温柔就范在习俗之下的白玛措

白玛措

带了一个小布包，里面是她的换洗衣服，她连一坨糌粑都没拿。在她看来，娘家的东西都是弟弟的，拿了就是对家族的不忠诚。

想象着当年白玛措离开家的情景：白玛措抱了抱比她高许多的弟弟，抱了抱和她当年有些像的弟媳，再看看承揽下一个少女所有凄苦岁月的家，白玛措淌下一脸清泪。

走到半山腰，白玛措回眸看了看薄雾迷蒙的家，弟弟还站在大树下抽泣。

被乡亲称作洁净的白玛措，饱含着一腔深情，开始人生新旅程。

46、女人姻缘男人点

女人不能对男人们所点的姻缘说不，出嫁时的情景有点像被陌生人牵走的牦牛。

在现代社会，女人最看重的其实是婚姻。从懂事起，每个女人都在憧憬幸福的彼岸，踮起脚尖眺望婚姻的家园。梦中都想把贞洁女儿红酿造的舍利子交给让她托付一生的男人。

在川藏边境男人国里，女人嫁与的男人却不是由她们选定的。

山岩女人们的姻缘由男人们点，男人们"主宰"女人婚姻，戈巴首领对女子的婚姻拥有最后的决定权，甚至连母亲也无权"点拨"女儿的姻缘。

女人不能对男人们所点的姻缘说不，出嫁时的情景有点像被陌生人牵走的牦牛。

闭着眼睛都能数出若干这样的女人。八学村的阿扎，牛圈葬时谈到过她。21岁那年嫁到了丈夫家。出嫁之前和丈夫从未见过面，更谈不上熟悉。婚事是父亲和首领及元老团背着她商量的，他们决定要她嫁给另一个戈巴的某某某，她当时连那个人姓甚名谁都不知道。最冤枉的是，阿扎当时还不想出嫁，也不愿出嫁，但父母说了，首领和元老团已经决定了，必须嫁。阿扎一点办法也没有。委屈中出嫁，还陪嫁了两头牦牛、两副珊瑚珠链（很贵重的那一种）和两床被子。而那一家没给她家任何东西。

阿扎无奈的神情和委屈的表情使我看到一件幸福的事情转化成了不幸的事情。我很想知道阿扎出嫁那天的心情。阿扎双目幽暗，有些沮丧，也有些事过境迁的超然。她说出嫁那天是她的两个哥哥（勇士团）送的亲，男方在家里等待。因为那时双方家里条件都差，没有条件举行婚礼，更使她感到没有喜庆的色彩。一路上，阿扎走走停停，心里难过还得强压着眼泪。听老人说，出嫁这天不能哭，哭会一辈子倒霉的。

明明是包办婚姻，被迫女子不能说不，还得强作欢颜。

我终于知道，什么事情最难受，就是你想哭的时候还必须得笑。

现在已经是一儿一女两个孩子妈妈的索朗拉姆，26岁，结婚已经9年，17岁就被首领和元老团决定了婚姻命脉。17岁的女孩懂得很少，只知道自己还小，不愿嫁。但是嫁与不嫁怎么会由你说了算。父亲呈献意愿，17岁的女儿可以嫁了，首领和元老团就做出一个决定，女子就要按这个决定走出娘家，挪到婆家，和一个或几个陌生男子同床共眠。

索朗拉姆眼圈有些红，看来，当年不想嫁是真的。

情窦未开，突然离开妈妈的怀抱开始驴拉磨式的新生活，肯定有苦难言。

我自然不能再往疼处问，只是绕着弯子问她走在出嫁的路上是什么心情。她听了这话望着我，好一会儿才说：当时的心情我不敢说。虽然她不敢说，但我已经猜出来了：沮丧；绝望；想跑；想自杀。但是，勇士团护驾，除了执行那个决定，别无选择。

总觉得还有些话没问完，又得避免触着索朗拉姆的痛处，只好问她对自由恋爱怎么看。我猜想她会说，她没赶上自由恋爱的好事，女儿出嫁坚决让她自由恋爱。哪知索朗拉姆怔了怔问我："什么叫自由恋爱？"

我不能解释给她听，我不能用新名词往她伤口上撒盐。她已经是两个孩子的妈妈了，一辈子都不用研究自由恋爱了。

我再不愿提到在尼根山当尼姑的四朗措，15岁被父亲强迫当成礼物送给大戈巴的三兄弟，在合法的外衣下遭遇的婚姻像一场轮奸。

父系部落的女人们只能遵循世俗的轨道，在生活的磨盘下把心磨砺得日益粗糙。

她们都有一本浸透着血泪的青春史，品读咀嚼者唯有她们自己。

既然是历史，就有开端有后续，前不乏古人，后不乏来者，呈前仆后继之势。

15岁的女孩布桑告诉我，她平素最怕的是首领和元老团，见到首领和元老团的人就远远躲开，不敢说话。问她为何怕？布桑的回答道出了她的心迹：首领和元老团在戈巴内部威望很高，他们说的话我们都要听，即使说的不对，我们也要听，也要无条件服从。我不知道，他们平时做些什么，但我知道，我和姐姐以后的命运（指婚姻）由首领和元老团决定。

巴勒，又一个父系部落婚姻的承袭者，18岁，虽然是家里的顶梁柱，父亲、首领和元老已经背着她，为她决定了终生。她的婆家在盖玉，顶多挨到明年春，巴勒就是盖玉某戈巴的新娘了。这话是白马乘巴勒出帐篷给我拿奶渣滓时告诉我的。巴勒进帐篷，白马赶紧低声说：咱们别说了，巴勒还不知道这事，知道了会难过的。听了这话，我已经提前替巴勒难过了，真想悄悄告诉她，他们已经准备嫁你出门了，你应该有心理准备呢！

倘若我是巴勒，绝不会乖乖就"嫁"，首先会跑。想到跑，我立即觉得自己可

笑。我生活在现代都市，当然可以跑；她生活在父系部落里，她往哪儿跑？出了山岩她怎么生活？语言不通，大字不识，何况，跑一个巴勒还有东勒西勒苏勒，谁让你投胎成山岩的女孩，但愿要嫁的那个男人对你不坏。

倘若女人的婚姻不经父亲、首领、元老团钦点，而由自己作主，结果又会如何呢？去年下半年，色德村就发生过这样的事例。当时色德村的一个女子，与八学村的一个小伙子自由恋爱，女方的恋爱没有经过父亲及所在戈巴首领和元老团的批准，只能偷偷进行，后来男方就把女方"抢"回了家。按当地习俗，这样的婚姻是不合规矩的，女方戈巴会觉得很没面子。过后不久，女方戈巴就向男方戈巴提出抗议。在第三方戈巴的斡旋下，双方戈巴进行了谈判。结果，由男方戈巴赔偿女方戈巴好几千元钱，此事才算了结。这样处理的结果还算是平稳的，若放在过去，双方戈巴可能还会为此发生械斗。据当地人说，这种现象七年里已发生了三起。

写到这儿，我再次想到白娜，她算是婚姻方面的幸运者，甚至是命运的宠儿。自由恋爱了一把，嫁了两个丈夫，虽说经受了一段情感波折，但有勇气的她，毕竟"休"掉了一个对她不好的哥哥，现在和自己喜欢的人天天在一起，过一种简单而勉强算得上幸福的生活。遗憾的是，白娜不够多，声音也不够响亮。假如白娜的出现，能化作一束燎原之火，让焚烧过旧婚俗的荒原变成茫茫无涯的绿洲天园，那该是一幅多么美丽的画卷。

47、牧区姑娘不浪漫

我说草原生活很浪漫，别有情调。巴勒却暗淡了目光说这是我们城里人不了解他们的生活。巴勒曾在12岁的一个下午，亲眼看到一头狼在吃一只羊，巴勒吓出一身冷汗，远远地逃开了。即使是现在遇到野狼或野猪，她仍然很害怕，会早早地逃命。

从没来过草原，也没见过牧区，之所以知道牧区姑娘很浪漫，肯定要感谢一些电影和歌曲。舞剧《草原儿女》，那简直是诗化的生活；《少林寺》中的《牧羊曲》："日出嵩山坳，晨钟惊飞鸟，林涧小溪水潺潺，坡上青青草。"一直让我误以为草原上的人们，尤其是女孩们整天烂漫在无际的草原，过着如诗如歌无忧无虑的生活。

直到白马开车带我去牧区访问之前，我都还觉得牧区的一切都似人间仙境，像许多人把草原比作天堂一样，我也由衷地赞叹草原就是天堂人间。

吉普车顺山路层层叠叠呈螺旋式上升，上到顶端便觉得超然在外，和白云齐肩，有几分飘飘然。裸露的岩石淡出画面，黑色的帐篷犹如朵朵黑木耳点缀在绿草如茵的坡面，壮硕的牛马有的吃草，有的饮水，有的撒欢，有的干脆干仗玩儿。只有看家狗是尽责的，老远见有车子开来，昂扬地扯开嗓门儿狂吠，显得煞有介事。这里离乡政府有二十多公里远。

近观帐篷，再不敢说它们像一朵黑色木耳，它就是充满诗情画意的房屋，一朵盛开在蓝天之下的黑色郁金香。走进花蕊，见到了两个如花般娇艳的少女。

她们一个叫巴勒，一个叫布桑。我很激动，马上就可以看见她们围着篝火跳锅庄，骑着马儿唱牧歌，一边挤奶一边对路人道一声扎西德勒。然而，两个女孩稍显压抑的语调和并不畅快的叙述，让我隐隐感到，也许她们的生活并不像我想象的那样绚丽烂漫。

18 岁的巴勒开口就说想家。

家里有六口人，五个人都在山下，只有她一个人在山上，唯一陪伴她的是叔叔的女儿，就是15岁的小布桑。巴勒放牧三年了，今年也已经离开家人来山上六个月了。这个地方叫甘阿地牧场，喂了五头犏奶牛（她怕我不懂，专门解释一下犏就是质优的意思），两头耕牛，一匹马和一条狗。家里有两个弟弟。她家和其他家一般都是让女子来放牧，男孩放牧的极少。巴勒还有一个妹妹，如果再大一点，也会来放牧。赶上农忙时巴勒也会下山帮家里收青稞，一般是八月份。如果巴勒下山忙收割，会让弟弟临时上山照看牧场。巴勒是家里主要劳动力。

帐篷是流动的，随着周围牛马草料的减少，一般两三个月就要向前移动。三个月前帐篷就是由叔叔帮助搬到这里来的。搬走的东西主要是帐篷里的生活用品，如锅、碗、被子、脸盆等，火塘不搬走，每个家庭的火塘上面都有记号，明年会再来那里。

巴勒见我对帐篷感到稀罕，就介绍说帐篷是叔叔帮着搭建的，篷顶是牦牛绒织成的，是买来的，过去都是自己编织的。进门处是用篱笆隔撑着的，中间留有

作者在帐篷旁

小布桑
初见记者满
脸惊讶

巴勒和
布桑在帐篷
内烤火

巴勒。铺
在地上的是
奶渣滓。

一个窄门，要稍微侧一下身子才能进帐篷。帐篷虽然看着满是洞眼，却只在新搭成时漏雨，一年过后就不再漏雨了，即使外面下大雨，里面也不会漏。据说是帐篷进雨后，牦牛绒就会膨胀，膨胀之后绒眼更加紧密的缘故。颇为神奇的是，风可以钻进来，阳光也可以射进来，雨却被挡在外面。

帐篷是人住的，牲畜不进帐篷，在外面。它们是需要照看的，即使半夜巴勒也会出去看一看，附近山上有野狼、野猪、岩驴、盘羊等野生动物，只是不常看到。

听巴勒说，她从15岁起就开始上山放牧，现在可以说是半个兽医。遇到牲畜生病或生产，她能给它们治疗或接生。

这类事每年都会遇见。今年4月，她发现一头牦牛有生产的征兆，心里就惦记着，半夜12点，她爬起来再观察，发现它已卧在草地上一动不动，快要生产了。巴勒小心翼翼地给它喂一些事先准备好的浓糌粑汤。喂完后，它就生产了。先出小牛头，巴勒轻轻地按住小牛头，慢慢地往外拉。小牛出来后，胎盘也出来了，巴勒把胎盘扔在附近的草地上。小牛落地一小时后，母牛就给它奶吃。听巴勒讲，接生小牛犊她一点也不害怕，心里还忒高兴，高兴的是家里又多了一头小牛犊。我问她，这一切是谁教你的？她说没人教过她，她是从小看会的。巴勒真是好样的，像这样的专业接生，若让大城市的孩子来做是难以想象的。

我说草原生活很浪漫，别有情调。巴勒却暗淡了目光说这是我们城里人不了解她们的生活。她曾在12岁时的一个下午，亲眼看到一头狼在吃一只羊，场面十分血腥，当时她吓出一身冷汗，害怕极了，悄悄地跑开了。她每次回想起来心里总是怕怕的。她说即使现在遇到野狼或野猪，她仍然害怕，会早早地逃命。在我的印象里，巴勒应该是一个胆子很大的牧区女孩，这一点倒是我没有想到的。

巴勒环顾帐篷，惘然若失道，已经来山上六个月了，虽然吃的东西不少，有糌粑、酥油、牛奶、大米、挂面和土豆，帐篷内也有太阳能灯，地面上也铺就了三层保暖被，底层是苏热，一种草原上特有的晒干了的植被，二层是牦牛皮，第三层是羊毛毡子，上面盖的是被子，很暖和，很舒适，但这一切仍然抵挡不住对家人的思念，特别想念父母亲和兄弟姊妹。尤其到了深夜，听见帐篷外野狼的嚎叫声就害怕，恨不得马上扑到亲人怀中。

这时有人喊巴勒，巴勒致歉说，出去一下。白马悄悄告诉我，巴勒若是能在牧区山上呆一辈子也算幸运了，问题是家里不会让她久呆，已经给她订了婚，首领和元老团已经决定，明年就要把她嫁到盖玉的一个"戈巴"家。我倒真没想到牧区姑娘的命运竟然是这样的。我突然想就这个问题，问问巴勒有些什么想法。

果然不出所料，巴勒说自己一点也不渴望出嫁，宁愿在山上呆一辈子也不愿意出嫁，如果明年她出嫁，她的15岁的妹妹会上山接替她看牧场。

当我问巴勒有什么愿望时，这个已经到了出嫁年龄的姑娘却有着此生根本无

巴勒与布桑
目送记者离去

法实现的愿望。她说从小就没上过学，藏文不会看也不会写，因而非常非常想上学。她现在最渴望的就是读书，能读点书、识点字是好事，看到乡上那些干部她打心眼儿里羡慕。我问她为什么小时候不跟父母说出自己的想法。巴勒说很早就给父母说过，只是他们不同意，说家里没有劳力。可现在，除了她和妹妹，她的弟弟们都在上学，她感到这事不公平。将来她要是有了女儿，一定会让自己的女儿读书。

谈到这儿，我看出巴勒和白娜有些相似的地方，只是，作为叛逆者，她们的声音的确是太微弱了，微弱得掀不起半点波澜。这就是山岩女子命运共通的地方吧。

好在有一句话给了我一些安慰：巴勒说除了上学这件事使她感到遗憾，对现在的生活还是感到满意的。我想，这种满意多半来自无奈和由此产生的麻木。话又说回来，即使她不满意又能怎么样呢？

也许我还想从另外一个女孩儿的生活中寻找一点她们应有的浪漫，结果是再次失望。15岁的小布桑是去年到牧场放牧的，已经有一年的"牧龄"了，现代都市哪一家的14岁女孩不被父母宠得像心肝宝贝儿，可人家已经在牧区风雨一肩挑了。布桑的生活和她的表姐一样务实，一样地毫无半点诗意可言。布桑在家里的三姊妹中排行老二，上面有个18岁的哥哥，上过三年学。但家人是不会让哥哥来放牧的。

布桑看上去娇小玲珑，但已经很成熟了。她一口气叙说着自己的"工作"。她现在看管着五头犏奶牛，一头耕牛和一匹马，和表姐共用一条狗。每天早上挤奶，然后打牛奶分离机，就是把牛奶和酥油分开，每天要挤五头奶牛的奶。早上挤一遍，下午挤一遍。一头奶牛一次能挤两斤牛奶，挤一次要用十分钟，挤奶虽然不用太大劲儿，但很繁琐，每个环节都不能少。一天大约能打一斤多酥油和三十斤牛奶。酥油一般留够自家吃，剩余的卖掉。牛奶可以做成奶渣滓，一斤能卖14到15元，高时每斤能卖18元。酥油每斤能卖16元。每天能做两斤多奶渣滓。

牧场一景

奶渣滓有多少卖多少，酥油到年底能卖200斤。听说奶渣滓营养丰富又是减肥食品、绿色食品，因为提取过酥油，营养成分都保留了。以前卖不起价时都是自己吃掉，现在市场价格高，所以全部卖掉。

见我对奶渣滓感兴趣，小布桑又详细地为我讲解它的做法：把鲜牛奶放在锅子里，加入凝固剂加热，成块的东西拿出去晒，晒干了就是奶渣滓。巴勒起身到帐篷外面给我拿了些奶渣滓让我尝尝，我拣了一小块，放到嘴里咀嚼起来，首先感到很筋道，咀嚼一会儿，一股牛奶腥味漫溢开来，接着便是恬淡的奶香盈满口腔，吃奶渣滓让我想到吃橄榄的全过程——由青涩到香甜。

没曾想，小布桑也说出和表姐一样的渴望：想上学。即使现在也想上学、想认字。我问她为什么想上学，她没能说出理由，只是说上学好。也许是小女孩瞌睡大，夜里睡在帐篷里没有听到过野兽叫，从小到现在也没碰到过野兽，所以不知道什么叫害怕。

我一直想从牧区姑娘们身上挖掘些许浪漫，试图不让现实的牧区生活离电影或者歌曲为我描述的情景距离太大。结果表明，山上的她们连电视和广播都看不到听不到，唯一的享受就是听听录音机和磁带，偶尔也会到其他帐篷串串门儿。

她们的浪漫，仅此而已。

我忽然想到昨天是中秋节，问她们是怎样过的：布桑和堂姐巴勒，像若干个普通的日子一样，吃了一点大米饭，就着萝卜和土豆，没有月饼吃，没有赏月，无歌无舞，无诗无画，甚至连同龄的朋友也没有，像无数个无风无烟的日子一样，中秋节也悄没声息地碾过她们的青春岁月，连一丁点儿特别的亮光也没擦出。

走出黑帐篷，强烈的高原辐射晃得我睁不开眼睛。看家狗以为我偷走了主人家的东西，其实我不过是揣走了她们的故事。上了车，合上眼睑，满心满脑都是牧区姑娘辛勤忙碌的身影，有许多激荡心灵的话语想说，但车已渐行渐远，我的话只能说给自己听：

浪漫乃极品，并非属于每个人。务实的牧区女孩儿拥有的无奇人生，犹如丰

牧场一景

美而忧郁的草原，花开花落，冷暖自知。

48、牦牛注视婴儿出生

所有牛圈，无一例外地腥骚刺鼻，光线幽暗，不说伸手不见五指，起码视线模糊，我很难想象勇敢的索朗拉姆怎么能够血肉模糊地用藏刀割断脐带，我还很难想象在这样一个牛马牲畜的地盘上，牲畜们发了怎样的善心才能不发生一起踩着母婴的事件。

大凡有孩子的人都知道，女人分娩好比从黄泉路上走一遭，把降生婴儿的地方比作生与死的门槛儿一点也不夸张。因而，为保全孕妇和婴儿，家家户户都会倾尽所能为新生儿提供最安全、最舒心的降生环境，这种时刻，产妇最伟大，婴儿最宝贵，环境最神圣。然而，在山岩我却了解到一种不合常理的另类习俗——产妇只能在牛圈分娩。

我非铁石心肠之人，听妇女娓娓而谈分娩的情况，环顾牛圈这么一个让人无法多呆一分钟的地方，心底泛起恻隐之情，泉涌般汩汩流淌。接纳人类新生命的地方应是人间的吉地，而牛圈是牲畜蜗居的地方，怎能辟为人间的吉地呢？但在山岩，偏偏牛圈就是产房。山岩的母亲以及母亲的孩子们，只能在幽暗的楼房底层，划破牛圈的腥骚，向亲人发出无奈的呼唤，然而，婴儿的啼哭只能招来牛马的嘶叫。

我们认为匪夷所思的牛圈生产方式，其实源于他们古老的文化。

当地人一直以为妇女的经血是污秽和肮脏的象征，尤其是产妇的血是会亵渎和冲撞神灵的，明令产妇不得在正房内生产，只能在楼下底层的牛圈生产，产后也不得靠近火塘、厨房，须和家人隔开，为的是避开污秽之气，避免溅开的血渍给全家带来霉运。待孩子满月后才能搬回原来的住处。于是，自古以来所有女人一律在牛圈生产。

为什么偏偏选择牛圈，而不是屋顶或野外呢？山岩人看来，每家的牛圈都在底层，牲畜们的命贱，用最贱的命来压住他们的所谓晦气，并镇住所谓邪气。

若按现代人的说法，产妇和婴儿是最不应

该怠慢的两条人命。

作为一个局外人，我隐隐为这里的女人抱屈，但访问了一拨妇女之后，我被她们逆来顺受的态度震慑住。面对千百年来习俗对她们的"特殊优待"，产妇们却显得异常的平和，没有一个人发出一声抗议，哪怕说一句，"要是能在楼上的客厅生产就好了"。"在牛圈生产，真怕那么多的牦牛踩着我的孩子。"没有一个妇女觉得在牛圈生产不适。

26岁的阿扎，2000年嫁到丈夫家，第二年生下一个女儿，分娩地就是婆家的牛圈，家人统统在楼上客厅，她一个人在牛圈呆了整整24小时。生完女儿上楼，喝了几口酥油汤，也许身上的血渍留在身上，家人躲什么似地和她别别扭扭隔开一个星期，就连她的丈夫也做出了躲避的姿态，有时连自己的孩子也不碰。他们认为产妇身上脏孩子也脏。这可能是山岩人的理论。

阿扎长得清瘦，紧绷的绛红色皮肤显出年轻女人的魅力，她一直甜滋滋地笑着讲她生孩子的事，一看就知道并不是刻意做出的高兴样子。看来，她完全不把在牛圈生产当作不恭和怠慢。她依然娓娓而谈，回忆说当年生女儿的时候牛圈里有9头牛，她就睡在牛圈栅栏口，地上铺的是一层坐垫。丈夫的妈妈（就是她婆婆）接生时也没有任何工具。因为是生头胎，还是有点害怕的，待产时丈夫下来看过她一次，之后再没下来。我很想听到从阿扎嘴里说出在牛圈生孩子不好的话来，然而，从头到尾她都没有说。我只好直率地发问：你觉得在牛圈里生孩子好吗？阿扎还是甜滋滋地笑着，好一会儿才说，我们这里都是在牛圈生孩子，妈妈、婆婆、隔壁家的女人统统都在牛圈生孩子，不在牛圈生还能到哪里生呢？

是啊，不在牛圈生还能在哪里生呢？她们怎么知道，山外边有专门的妇产医院，更不会知道女人国的女人们是在正堂的火炉旁生孩子，由祖母和母亲亲自给她们接生，一家人快乐得像过大年一样。同样是女人，怎么无形中就分出了天堂、人间和地狱呢？

当然还想多找些女人问问。和阿扎同岁的索朗拉姆，嫁到色德村已经九年了，先后生了一男一女两个孩子。出嫁的第二年生了个女儿，今年已经8岁了；第二个孩子是儿子，今年4岁了。两个孩子都是在牛圈生的，生孩子的时候牛圈里有4头牦牛。生产时婆婆和丈夫陪在她身边，婆婆给她捡生。婆婆腿脚不太方便，是她自己用藏刀割断脐带的。索朗拉姆在昏暗的牛圈，用未经消毒的藏刀割断脐带，简直就是医疗史上的奇迹。好在索朗拉姆比阿扎勇敢，阿扎第一次生孩子感到有点害怕，而她第一次生孩子就没感到害怕。刚把孩子生下来，她的丈夫就过来抚摸了孩子，这是她最感欣慰的地方。索朗拉姆生第二个孩子也是在牛圈挨近门口的地方。为什么挨近门口，我理解，一是光线可能偏亮一些；二是可以离牲畜更远一些，毕竟牲畜闹腾起来会对大人、小孩构成威胁。

索朗拉姆和阿扎一样，说七说八，唯独没说对生孩子的地方不满意，她们全都觉得生孩子就该在牛圈里生，祖祖辈辈就这么生养过来的，到了她们这儿，难道还能改规矩不成？

据传，在牛圈里生产的女人，待孩子出生后回到楼上，若生的是男孩，家人会杀羊犒劳，若生的是女孩，没人会杀羊给产妇吃，还要责备产妇，好一点的能喝到一点酥油汤。

这些在牛圈跨过生死门槛儿的女人们，个个看上去都很知足，都夸自己的丈夫好，日子过得好，虽说也挨丈夫点骂什么的，但没有挨过打。虽然家里的钱都是丈夫管，但那不算什么。总的来说，她们对现在的生活比较满意。

对着乐天知足的女人们，我当然无话可说。

自从知道牛圈是生孩子的地方，再到戈巴家里访问，我就不像先前，怕底层的牛圈难闻，进屋时躲什么似地赶紧扶着梯子往客厅上，现在我会十分留意这个与牛马共处的"产房"。虽然身临其境，我却想象不出这里有多少个产妇躺在我驻足的地方，生下了多少个孩子。所有牛圈，无一例外地腥骚刺鼻，光线幽暗，不说伸手不见五指，起码视线模糊，我很难想象勇敢的索朗拉姆怎么能够血肉模糊地用藏刀割断脐带，我还很难想象在这样一个牛马牲畜的地盘上，牲畜们发了怎样的善心才能不发生一起踩着母婴的事件。

牛圈里面生孩子是奇迹，这种奇迹只有在当地特殊的人文环境中才能滋生。

习俗确有些不近人情，好在牦牛满含仁义，比嫡系亲人更加热切地注视新生命的降临。

牛圈。女人生孩子的地方。

49、一群逃离父系部落的女人

这么多的尼姑围着我，背景是郁郁葱葱的大山，不光没人气，还有无尽的死亡气息丝丝密密在周遭乱蹿。生命的愉悦感不能从她们生命里滋生出来。她们活着，其实心早已经死了，我读出的气息来自她们心里。

我用这个题目，其实是给一群尼姑开罪，因为她们都愿意承认自己是按藏传佛法出家的，自己主动皈依佛门的。而我理解，她们没一个人敢承认她们是被市俗和家人所逼。逼，当然不是拿棍棒撵走一个人，而是无形中的一股力量把他们眼中的无用者挤兑出门。

男人国的男人们要面子。殊不知，女人比男子更要面子。谁要是承认自己是被扫地出门的，谁就真没面子。干脆明智点吧，与其让人明撵，不如知趣地早点离开。在局外人看来，她们确实因为对佛笃信，愿意皈依佛门，这样才能讨得世俗的赞誉，使失去家园的女人获得一种荣誉。

不是所有女人都能完成"胜利大逃亡"的，能跑到尼根山上当尼姑，是要满足几个"条件"的：年轻时，只生女孩，没能生儿子；干脆什么也不能生；生的孩子无论男女都夭折；身体有疾患。

从尼姑的人员结构不难看出，她们是一帮弱势群体，是父系家庭中的"无用者"，并不是年轻时不生儿子或死了孩子就可以立即出家的。那时的她们除了不能为家庭续香火，还可以留在家里做家务、干农活儿。都是到了四十多岁，像只干蛤蟆再也榨不出二两油的时候，才"同意"你去伺奉佛事。

一群老弱病残的尼姑朝我和乡长涌来的时候，有些争先恐后地想走到最前面。

尼根山上的尼姑

乡长苦笑着对我说：看看吧，她们多可怜，还以为我带人给她们发救济金的哩。我于心不忍，当场给她们每人一些点心和一些钱。肯定是杯水车薪，但谁能从根本上解决她们的生存问题和心理阴影？

尼姑中有一个患半身不遂，给钱捏不住，给东西抱不稳，不难想象这个女人是怎

么生活的。

　　她的名字叫阿荣，在尼姑群中显得卓立，五官端庄，体态也丰腴。听她慢慢叙述知道了她的故事。她18岁嫁人，五年的婚姻生活，有三年还是幸福的，名义上是大哥的妻子，其实12岁的小弟弟也和她睡在一起。阿荣不幸难产，好端端一个男孩儿死掉，她也患上半身不遂。她成了既不能生育又不能劳动的废人，比其他尼姑更不幸，人家即使不生孩子还能有其他用处。但阿荣过早地丧失了所有能力，丈夫提出休妻，阿荣不敢不同意，曾经幻想"赖"上一段时间，让丈夫回心转意，哪知丈夫另娶新人，很快生了儿子，新人见旧人就成了多余的人。自己丧失劳动能力，回娘家也不行，只好到了最后的收容站——尼根山的尼姑庵。6年，2130天，这个连钱都捏不住的阿荣是怎么过的？现在的阿荣，完全没有经济来源，婆家不管，娘家管不了，只有一个七十多岁的父亲，全靠施舍和救济度日。面对贫困，只能吞声饮泣。

　　坐得离我最近的尼姑名叫曲真，今年57岁，色麦村的，26岁上山当尼姑。16岁时得了严重胃病，请喇嘛打卦，说她如果出家当尼姑病情会好些，父母和哥哥就在她26岁那年送她上山当尼姑，已经二十多年了。当尼姑对曲真来讲是幸运的事，依照山岩对女人的折腾劲，曲真当初要是出嫁而不是出家，多半不死也得磨掉三层皮，出家保全了她的病体，帮她死里逃生。曲真稍微比其他尼姑幸运，现在或多或少有些经济来源，山下哥哥帮她种了一块地，不管收多收少，哥哥总会给她扛上山来，能够勉强度日。

　　白玛措（见"在家修行带胞弟"篇）为了带大弟弟，终身未嫁。其实她的境况比其他尼姑更差，其他女人起码多多少少经历过一场婚姻，有的也还度过了几年的幸福日子，而她的光阴整个是荒废的，青春期辛苦地拉扯年幼的弟弟，支撑着家庭。等弟弟长大，使命完成，自己也成了迟暮的美人，错过了出嫁的最佳年龄。既然没人娶她这样的过期女人，那就只能躲到山里求得心理平衡和些微安逸吧。

　　白玛措见我一再问她的弟弟，便有些紧张，连连解释是自己愿意上山当尼姑的，不是弟弟撵她来的，再三说明弟弟对她很好，一直要接她回家，是她自己不肯，因为山上能转经，家里却不能。是弟弟一直供养着她的。

　　出家的尼姑，多半指望家人救济，以维持风烛残年，就是撬开她们的嘴巴，也不敢对家人有半句微辞。

阿荣

白玛措的真实思想不用细想，和其他尼姑一样，她们都是被有形和无形的力量逼上"梁山"的。

见到这群光脑袋的女人们，我猜测她们的队伍一定后继有人，不断有人被"休"，不断有人因方方面面的原因被弃，尼根山作为唯一合法的去处，以佛的胸怀收留她们，真该庆幸她们竟然还能找到一个避难所，不然她们将怎样了此残生呢？

这是一群被社会边缘化的人，很难被男人国主流社会认同。

一心想出家的青佐

那天在乡政府门口碰到一个名叫青佐的女子，她22岁，她的故事，更加证实了我的猜测。她已经到了出嫁年龄，甚至在当地已经算大龄青年，问她为什么不出嫁，她先说家庭劳力少，后来就说不想出嫁想出家。问她为什么，既然长得这么漂亮，应该是许多戈巴争着娶的。她说自己的身体不好，已经对家人说了，等弟弟再长大些，就上山当尼姑，家里人全都同意，她的一个当喇嘛的哥哥更是非常支持。

我该说，青佐算得上尼姑的"第三梯队"。

如果我没猜错的话，这里的女子已经知道与其出嫁不如出家，婚姻是她们真正的坟墓，假如她们一生要"死"两次，第一次埋葬她们的就是婚姻。青佐是想躲过一死，如果顺利当上尼姑，不仅不死，还能求得永生。

访问中知道，尼姑中间也分会讨巧和不会讨巧的两种人。主动出家当尼姑的妻子，丈夫家会一直认她，接济她，一直供她到死。

不会讨巧的就是像阿荣这样的，一直赖到婆家人下逐客令。因为不自觉，碍人家事，就别想得到婆家救济。

我十分担心尼姑一旦圆寂，谁给她们操办后事。阿康白马让我别操心，最后一件善事，她们从前的夫家会做的。当然，尼姑娘家人也出力出资，但绝对不会碰她的尸体，大都认为这些因为各种各样原因上山来的女人身上有晦气，如果碰了她们，会给娘家招来不吉利。万一遇到她们从前的丈夫不肯管最后一桩事，那么，她们所在的尼姑庵和附近寺庙住持也会想法子给予操办。

二十多个根本没有生存条件的人竟然几十年地过来了，说明佛的法力大，也说明世上还是好人多。她们能活下去，肯定是不断有人在救济。

想象她们手举嘛尼灯、踽踽独行地转经、拜佛的样子，我知道，她们一定在念叨"我佛慈悲，饶恕我前世今生的罪孽，今世尘缘已了，只求来世——只求来世——只求来世！"

这么多的尼姑围着我，背景是郁郁葱葱的大山，不光没人气，还有无尽的死亡气息丝丝密密在周遭乱蹿。生命的愉悦感不能从她们生命里滋生出来。她们活着，其实心早已经死了，我读出的气息来自她们心里。

如果她们是山外面普通人家的老人，结束访问，我一般会说祝她们长寿，此时，我却感到这种祝福用在这里就成了莫大讽刺。早日修成正果，奔赴西方极乐世界难道不是她们终日追逐的？

我想说：祈求佛祖，庇护这二十多个被遗弃的可怜女人！拜托！看护好她们！

50、自古不杀女人

不杀女人更多的是一种父系部落之间的约定俗成。戈巴有自己的土规矩，无论多大仇恨，一律不杀女人。戈巴报仇首选要杀的是对方戈巴里勇士团最厉害的一个人。如果杀不着，就找一个对方戈巴里稍次一点儿、孙杀掉。一般不杀对方戈巴的老人，老人的标准大约在60岁以上；也不杀12岁以下小孩；更不杀女人。不杀女人、老人和小孩体现了男人们一定层面的理性。

阿汝

民间流传着这样一句俗语：鸡不跟狗斗，好男不跟女斗。似乎是说，武松打老虎算英雄，如果打猫就是狗熊。理论依据恐怕只有一个，就是男人不屑于和女人较真。

山岩男人国自古沿袭着一个不成文的规矩：不杀女人。无论多大仇恨，一律不杀女人。即使在械斗期间，女人照样能到田间劳动，而不会受到伤害。谁杀了女人会被看不起，会被骂作窝蛋。相当于上面说的，有种你杀个男人看看，杀女人也算本事？！

我为女性在生命安全上享有比男性更多的保障而高兴。但同时我又发现有些不对，因为他们歧视女人，似乎应该对女人草菅人命才更符合逻辑的。

我很想知道，山岩戈巴轻视女人和不杀女人这组自相矛盾的命题，岂非误入自己的埋伏圈：以己之矛攻己之盾，何如？

一位乡干部这么说，这件事只有在他们原始父系文化的里层，在男人的心态上，我们才能理解它。

不杀女人更多的是一种父系部落之间的约定俗成。戈巴报仇对象首推对方戈巴里力气最大、最勇敢的人，一般是上等勇士，如果杀不到，就杀一个弱一点的勇士。一般也不杀老人。老人的标准大约在60岁以上；也不杀12岁以下小孩。不杀女人、老人和小孩体现了男人们一定层面的理性。

不杀女人的问题如果让戈巴们自己来回答可能会说得更感性些。于是找到了在戈巴中享有莫大威望的多吉翁堆。他回答问题不用常人语汇，很具有戈巴的个性。一般人要是说这个问题，多半仅就问题回答为什么就行了，他不，他用的是精妙的地方谚语，十分文学地向我阐述他们的论点和论据。

他说：如果说，打一只公獐子还能得点麝香，那么打一只母獐子什么也得不到。何苦要找母獐子动手呢！

听了这话，怔了一会儿，会过意思，我便哑然失笑。这种谚语简直就是女人眼中的反动啊。

多吉翁堆开了这么一个很有趣的头，接下来心平气和而又顺理成章地叙述着他的理由：

我们不杀女人，是因为在我们观念里面，杀女人是懦弱的表现，说明一个男人太没有能力了。杀一个女人对一个戈巴一点影响也没有，不会对一个戈巴产生任何威胁，他可以再娶女人嘛。所以好男就该和勇士斗，拚个你死我活，决斗个三天三夜见分晓，怎么会和女人斗到一块去呢？！即使一个男人斗赢了女人，哪怕是一个被所有人奉为强女人的，他仍然得不到英雄的称号，相反成为众戈巴取笑的对象。

女人，在山岩人看来，她们不

是戈巴里的人，没有决策权，只是终生依附男人、生儿育女、做饭、挤奶、收庄稼的工具。生下女孩，父亲不问不管，扔在一边；生下男孩，父亲像对待活佛一样供养。两者反差极为明显。

不杀女人的习俗，据当地人说，在山岩已流行了数千年。千年的沉淀，形成了戈巴人的独有的心理定势和行为模式：在公共场合，男子们都不屑与女人争斗，他们在气势上可以压倒女人，但在行动上很少会伤及女人。有时候这反而保全了妇女。

在白玉县城，一个偶然的机会与一位内地来的女记者聊天。她谈笑风生地讲述了一件她亲历的事，足以证明当地人对待女人真实，也是普遍的心理。她从德格到白玉包租的一辆小车，途中遇见一个成年男子拦车，粗声粗气地找司机讨钱要东西，司机拼命解释，还把口袋翻给他看。该男子看上去有点火了，有翻脸的意思。女记者见状，知道情况不妙，只得挺身而出，对该男子说：我们没有钱，都是穷人，不信你看，我随身携带就是这么一个破相机，要是想要就拿去。该男子当然听不懂女记者的话，只是从比比划划中明白了她的意思，但是很管用，该男子竟然把家伙收了起来，叽咕了一句女记者也听不懂的话，走开了。

这个事例是不是不杀女人习俗的延伸呢？在那个男子看来，别说杀女人，就是和女人讨价还价、抢女人东西都嫌丢人。

所以，这里自古不杀女人是真的，女人自古被贬得不像东西也是真的。相行不悖，相辅相成。

我一直想找一个特例，就是某个戈巴杀过某个女人，哪怕遥远一点的例子也行，不是没事找事、幸灾乐祸，我只是很想知道一个杀过（或者说误杀）女人的戈巴会面临何种境地。但是令我失望的是，这里从古到今找不出杀女人的例子。女人果真很安全。戈巴在这件事上却体现得十分理性。

这样的习俗让我想起现代都市里的女性。在上海，女性从小到大不大受歧视，哪家生了女孩与生了男孩一样欢天喜地。女孩从小和男孩一样进学校受教育，而且学习成绩不比男孩差，女孩子不光和男孩儿齐头并进，更有可能在某方面、某领域略胜一筹。女性不是男性眼中的弱势群体，有可能淡出男性的保护范围，成为男性的竞争对手。在社会事务上，一旦发生冲突，男人们一般不会考虑对方是男是女，为了追求自身利益，绝对不会因为是女性而幸免于"难"。现代社会的一些案件中，女性作为被杀对象屡见不鲜，根本是见怪不怪的。

可见，任何一种文化都有它的两面性。

山岩自古不杀女人算得上是对女人的一种特赦，一生低贱而辛劳的女人是否该为此对男性感恩戴德呢？

7 生活古韵

当地习俗是，从挂上箱子起，家人就不再管了，让它自生自灭，或者说自灭自生，腐朽至坠落便不是家人再管的事，因为腐朽坠落只是一个无实际意义的外壳，那个灵魂早已投胎转世。

51、夭折的生命归去来兮

　　对夭折婴儿取捆绑姿势是树葬核心意义所在：用绳子将尸体呈蜷缩状，即胎儿在母体内的姿势捆绑，遵从的是佛教轮回说，相信夭折的婴儿一定能以这种姿势获得下一轮生命的诞生。

　　我曾经看过一张照片，一棵茂盛的大树，挂满密密匝匝的木头箱子，既像蜂窝，又像大树产出的方形黑色果实。照片和配题是：树葬。

　　心里没有什么特别的感觉，犹如看到电视上的任何一条消息。

　　今天，我就要亲临实地看树葬了，由于事先看过那样一棵大树，看到过若干方形箱子，一路走得没心没肺，像是必走的一个过场。

　　走了大约一公里路，爬坡下坎，也算是披荆斩棘，来到一个山环水绕的低洼地，陪同的白马指着一棵大树说："这里就是树葬地。每个木盒子里面都放着一个七岁以下的小孩，一个夭折的小生命。"

　　靠近树葬，我心跳加剧，喉头堆积着浓稠得化不开的东西，再也不像看树葬照片那样轻飘得没事人似的，看起来简单肤浅的树葬其实既不简单也不肤浅。

　　远观近瞅，一棵茂盛的树上挂满大大小小的木盒子，里面装有一个个未长成的孩子的生命。我说树葬不简单，是因为它要满足几个条件：首先对树葬地理位置的选择，必须是两河交汇处的山涧洼地，整个形状就是母亲子宫的形状。四面山峦满是黛青，两河流水声四季不断。四面都是高山，山水之间的缓坡是20度。其次对树的选择，必须是金刚树，这个树种的特点是硕大、茂盛、多枝、特别能负重，经得住若干箱子长年悬挂的考验。除此而外，树葬的位置还需经喇嘛打卦选定。

细细琢磨，我发现树葬对箱子的挂法也有讲究，可以用铁丝攀在树桠上，也可以用麻绳缠在树枝上。装夭折孩子尸体的盒子，沿袭着用湿紫木的习惯，用木板或树皮都可以。在这处山岩最大的树葬地，80%都是用木板，只有10%左右用树皮，新近也有极少数人家用塑料桶代替木头箱子的。捆扎木箱的绳子一般是麻绳，也有用铁丝的。一般箱子是长方形的，少数是正方形的。最小的只有30厘米高，15到20厘米宽，25厘米长。最大的有30到35厘米宽，40到45厘米长，1米高。在金刚树上挂着的箱子大多没有东西遮盖，只有一个箱子上覆盖了一块白色塑料布，可能这是孩子的父母担心箱子腐烂。

对夭折婴儿取捆绑姿势是树葬核心意义所在：用绳子将尸体呈蜷缩状，即胎儿在母体内的姿势捆绑，遵从的是佛教轮回说，相信夭折的婴儿一定能以这种姿势获得下一轮生命的诞生。

经目测，眼前这棵金刚树上挂着的众多箱子中，悬挂时间最长的可能已有二十年以上，外观看去已经腐朽不堪，随时都可能掉下来的样子。悬挂时间最短的可能还不到一年，箱子外观看上去崭新如初。

当地习俗是，从挂上箱子起，家人就不再管了，让它自生自灭，或者说自灭自生，腐朽至坠落便不是家人再管的事，因为腐朽坠落的只是一个无实际意义的外壳，那个灵魂早已投胎转世。

山岩7岁以下小孩夭折之后，一律用这种方式实行树葬，这是小孩子的唯一葬法。而成年人死亡的葬法则名目繁多，我会在其他章节逐一详介。据了解，树葬只在白玉县盖玉地

树葬

区存在，为其他藏区所少见，但中国广西大瑶山瑶族婴儿死后亦有树葬的习俗。

树葬

树葬完成就等于完成夭折孩子葬礼的全过程。不像死亡的成年人入葬后，葬礼期间家人还要每周请喇嘛念七次经，还要做比较复杂的祭祀。

的确，当一个夭折的孩子被悬挂到这里后，一切祭祀都显得多余。一个不幸早逝的小孩子被以山岩人独创的方式捆成母亲体内的胎儿状态，不是下葬，而是去完成一个再生。被悬挂的他们（她们），一年四季被一面闪着佛光、一面漫溢翠绿的金刚树庇护，等于日夜都在接受佛的洗礼。那象征着生命永远鲜活不败的常青叶，还有那象征佛祖保佑的佛的色彩，把来来去去的生命笼罩在佛的恩宠里，给去的生命以再生，给来的生命以祝福，同时也给失去孩子的父母亲以莫大安慰，看看茂盛的金刚树就知道，他们肯定不会断香绝火，只会子孙满堂。

现代社会的医疗技术和生活条件已经相当好了，婴儿死亡率也非常低，但仍然会因这样那样的原因造成小孩夭折。现代家庭中遇到这等不幸之事，一般葬法和这里比起来在心灵上就显得"悲哀"。现代人的葬法多半与宗教无关，更想不出这种"死"而复"生"的葬法，一旦哪家的婴儿夭折，在形式上便注定了其真正的弃世。

也许有必要说一点题外话，从考察树葬的情况看，30年来，山岩至今能看见的树葬木箱约有300多个，每年大约死亡小孩十多个，而本乡总人口只有1769，可见少儿死亡率是很高的。女性劳动量过大，胎儿、婴儿营养严重不足，加上捡生手段原始、一妻多夫婚都使妇女不堪重负，都是造成婴儿死亡率高的直接杀手。此外，可能还有"物竞天择"的理念在起作用。在那残酷的自然环境下，那些先天羸弱、经不起考验的小孩，只得选择早逝。留下的都是那些体魄强壮、意志坚强的人种。古斯巴达人就存在这种现象。多种原因造成的现象，在短时期内很难改变。

树葬

我走访了山岩的三个村，看了五个树葬，统一的地形地貌和山水结构给了我充分的想

生活
古韵
179

象，我得以领悟树葬本身高妙的暗喻而理解它的远意。我把它当作当地人崇拜子宫的最佳见证。树葬的智慧和高明就体现在他们转化并消解了痛苦和绝望。他们不把失去的小生命看作终止、完结，而是借用大地的子宫，借用佛的力量，呼唤并庇护夭折的生命浸润山水，让佛去点化、濡染、呼唤那些走失的生命归去来兮！

52、黑色的81

无论哪家老人在81岁去世，都会给家人和村人造成莫大恐慌。为消灾避难，他们以"道高一尺、魔高一丈"的法术对"忌数"之年去世的老人实行"贱葬"：葬在牛圈里。当地人称之为"牛圈葬"。

81是个神圣的数字，不少民族把它视为吉利而完美的象征。常见的说法有"九九归一"，或者说"九九归真"。

山岩人正好相反，像北欧人忌避13一样忌避81。81被山岩人视作晦气、厄运、灾难、劫数和凶兆。

81，在山岩人眼中是凶神恶煞，因而是黑色的。

无论哪家老人在81岁去世，都会给家人和村人造成莫大恐慌。为消灾避难，他们以"道高一尺、魔高一丈"的法术对"忌数"之年去世的老人实行"贱葬"：葬在牛圈里。当地人称之为"牛圈葬"。

我听说有这种奇异的葬法，就找了些村民了解牛圈葬的情况。他们都承认忌讳81，都认同牛圈葬能消灾避难，但谁也不肯承认自己家的牛圈就葬有81岁去世的老人。莫非是家丑不可外扬？或者是担心村人对自己老辈的德行产生怀疑？我暗自思忖，牛圈葬和天葬、水葬、树葬不同，后者大多在公共场所，属于见得人的公共行为，而前者多少带点私秘性，毕竟比不得喜庆吉利之事，可以大肆宣扬，唯恐别人不知道。不管出于哪方面原因，村人不愿拿牛圈葬示人是明摆着的。

我很希望有一个戈巴能带我去看一下牛圈葬。在寻找中，一个戈巴同意带我去看他家的牛圈葬。不过他对我说：他家的牛圈葬只能外面看看，里面的东西是不能看的。我仍然喜出望外，虽然我可能无法看到里面的内容，

牛圈里曾葬过81岁的老人

但能到实地感受一下氛围也很不错了，毕竟黑色的81很能诱惑一个外来人。

走过了不少山坡，随他来到一座碉楼前，推开松动的木门，走进底层的牛圈。也许是心理作用，低头进牛圈的时候，随着阳光被撤在屋外，光线骤然切断，一股牲畜的腥骚扑鼻而至，眼前一黑，果然像有晦气盖过来。

戈巴走到一个墙边，扒开地上的一堆草料，用手在四周画了个圈，说，这里就是牛圈葬，下面葬着我的祖母。

我看到了什么？其实什么也没看到。形式隐去了内容，形式在此就是内容。我冲那块和别处土地没有任何区别的地方多看了两眼，对自己说：总算看到牛圈葬了。戈巴把草料又挪回原位，再次刻意用脚在那块地方踩几下，我觉得冥冥中的晦气再次被压住。

无法考评牛圈葬是不是真的灵验，起码有一个作用它达到了，那就是心理暗示，至少感觉到黑色的81再也发不出黑光，不会招灾惹难给全家乃至全村造成直接损失了。

我问过不少人，在他们眼里，81不是个善茬儿，$9 \times 9 = 81$，而9本身就代表灾难，一个9就够凶险的了，还要乘上一个9，而9又是阿拉伯数字里的最大值，以他们理解就是顶级灾难。81岁死的人，凶煞之气很大，不光对家人，对整个戈巴和全村都不利，会惹来疾病、死亡，五谷不丰收，人畜皆不兴，总之，81不是好东西，令所有人恐惧、痛恨。

谁发明了牛圈葬、什么时候开始实行的牛圈葬，无从考证。就像什么时候、谁第一个提出让女人在牛圈生孩子一样，无法考证。但有考证无考证都不重要，大家都这么做，凭借牛圈硬是镇压、制服了黑色81，这才是至关重要的。

如果说把81设定成一个大奖号码，把巧遇这个号码的人家视作中大奖，碰上大奖的只能是寥寥无几。好在世世代代连轴转，总跑不掉中大奖的人。

碰到大奖的倒霉蛋，只能委屈他蜗居牛圈，冥目牛圈，因为他（她）性急要去碰这个81，而不愿意挨到82，所以他（她）的尸体就不能见天日，如果光明正大地实行其他葬法，就会沿路播撒晦气，播撒黑色并招来灾星。死者当然也是通情达理的，谁让自己一不小心犯了81哩，埋在自家牛圈独自反省吧。反省的岁月很漫长，一般要等到十一二年后，尸体才能被家人挖出来再行处置。

处置牛圈葬尸体又分两种情

"擦擦"、做"擦擦"的模具，模具里面刻有梵文。

况：一种情况是家庭条件好一点的，请活佛或喇嘛，由他们来火化（火葬）只剩一具骷髅的尸体，火化后把骨灰和干净的泥巴糅合在一起，放进专用做"擦擦"的模具里烘炙，模具里面刻有梵文，烘炙后拿出来就变成了印有梵文的"擦擦"（藏语，见照片）。"擦擦"做好后，不能放置于家中，只能放置于高山上一处洞穴里，那里空气清香，受不到雨淋。"擦擦"只要不碰水就能长久保存，不会化掉；另一种情况是家庭条件差一点的，也得请活佛或喇嘛把尸骸挖出来，搬到专门埋尸体的地方埋葬，这样的地方也可称作公墓。这样的公墓，色麦村有三个，八学村有两个。

牛圈葬的确不多，因为山岩以天葬最普遍。牛圈葬的出现，已使原始的不平等初露端倪。

面对巫术般的牛圈葬我说不出更多，峥嵘万象之中，唯有81更像一个黑色的隐喻。既然遭遇了一个躲闪不了的数字，那就这样处置它吧，应该说山岩人是不乏聪明的。

53、葬在屋顶的祥瑞

果然，60岁的车仁多吉没让我失望，他家有七口人：四个勇士（儿子）、一个妻子、一个儿媳妇（四个儿子共有的一个老婆）。他很自豪地指指头顶说自己家就有屋顶葬。

我曾问过几个戈巴，会不会把自己当作格萨尔王的后裔，并把格萨尔王当作祖先加以崇拜。回答是谦逊的：我们不配直接去崇拜格萨尔王，更不敢把自己说成是他的后裔，因为他是莲花生大师的化身，是整个藏民族崇拜的英雄，作为凡俗之人的我们，断不敢妄自攀高。山岩原始父系部落的戈巴，血质里蓄就着英雄主义崇拜，他们总会找点什么顶在脑袋上加以崇拜的，就像一个拜惯了神的人，一旦不让他崇拜英雄，会令他惶惶不可终日。

很快应验我的推测，山岩人自古就有崇拜祖先的习俗。我只能感叹崇拜祖先的人很经济，好比肥水不流他人田，既不会把自

屋顶葬。木板里面放置装有尸体的木箱。

葬在屋顶上的大木箱内，尸体呈跏趺状。

己的祖先让给别人崇拜，也不会崇拜别人的祖先。

他们视自己的祖先为英雄，祖祖辈辈虔诚地加以崇拜。

仰视某一座高山的时候，我会想到山岩许多这样高峻的山峰，在当地人没赋予它实际内涵的时候，它就是一座普通的山，当人们把神的意志加冕给它的时候，它便自然而然显示出神性，似乎不这样就对不起一方生灵。

当神山显灵时，被崇拜的祖先超凡脱俗地变成半人半神。

当然不是所有祖先都能被后人供奉崇拜。首先在世时他须很有名望，英勇善战，传有佳话，对戈巴卓有贡献，而且子孙满堂，既健康又长寿，还能睿智地逃开人见人厌的81，那么，这样的祖先才有资格被后人奉为珍宝和天赐的祥瑞，有幸葬在自家屋顶上，被族人当作自家的佛、自家的神来供奉，一代一代地崇拜，燃香续火，庇护自己的家族繁荣兴旺。

说到儿孙满堂，我得细化一下，不然就显得概念模糊。被崇拜的祖先应该已经给本家传有三代人，这里说的三代人，不含他（她）本人这一代，若算上就是四代人，相当于都市人家的四世同堂。只有满足上述条件方可实行屋顶葬。

一个这样的可供族人崇拜的老人去世，后辈们会流着欣喜的泪水，一边赞颂老人的丰功伟绩，一边给老人作复杂的尸体处理。

先是请喇嘛念经超度，将尸体停放在死者生前睡用之地上，用白布遮盖。三天后，用喇嘛加持过的"圣水"洗净尸体，再用藏产红监涂抹，使之吸收体内液体，起防腐干化功效。然后给死者穿上白布缝制的衣服，将尸体盘腿而坐，呈跏趺状，再用数丈白布缠裹，装入一白布袋内，最后小心翼翼地装入一木制有盖的大箱内，并精心地封盖、密封，在木箱外用泥巴再胶封。木箱里除了尸体，还会放些避免尸体风化、腐烂的药材，并做相应的干燥处理。

一套程序做下来，每个家人的心头都有五彩祥云缭绕，鲜花盛境满是风调雨顺五谷丰登的吉兆。家人都把他（她）视为祥瑞宝物，感激涕零地抬着他们的祥瑞宝物，不舍得把他（她）葬到屋外，而是郑重搁置碉楼屋顶，供奉在碉楼最高端，使先人灵魂不孤独，让家人早晚都能凭吊、敬祭，祈祷先人早日超度。

我说的葬在屋顶上的祥瑞便是山岩人的屋顶葬。当地人亦称屋顶葬为楼葬。

曾经问过几个戈巴屋顶葬的情况，大概吃不准我什么意图，担心我是带着乡政府的特殊任务而来，一旦发现屋顶葬，立即挖出来进行其他处置，那可就毁了他们的千秋习俗，影响到他们家族的繁荣兴旺。没人说不等于没有，我就不信光明正大的屋顶葬会没有一家人愿意带我去看看。

屋顶上的水槽。雨水从这里流到下面。

果然，60 岁的车仁多吉没让我失望，他家有七口人：四个勇士（儿子）、一个妻子、一个儿媳妇（四个儿子共有的一个老婆）。他很自豪地指指头顶说自己家就有屋顶葬。

我问葬的是他什么人。他说是他的祖母。他祖母去世是 2001 年，当时已 93 岁高寿，祖母名字叫阿学。给祖母下葬时全家三代人都参加，请了两个喇嘛。从 2001 年下葬起，每年 11 月 7 日忌日这一天，都要请喇嘛来念一次经，全家三代人都在场。此前曾经在屋顶上葬着他的太祖母，后来弄出去火葬后就给家人带来了灾难。我问他具体带来什么灾难？他说完得以应验的灾难就是家人得病、牲畜死亡等。见他说得这么真切，我也只能相信。

他说他的祖父祖母都葬在自己家屋顶上，结果给家人带来了好运。我问他好运指什么。他看了我一眼说，给家人带来了平安和康宁，而且家里再也没人得病，牲畜也没有死亡。

后面的祥瑞总是撵前面的祥瑞。屋顶葬也有更新换代的时候，屋顶无论多大，总有放不下的时候，那么前面的就得想法给后面的腾位子。我问他对必须让出位子的屋顶葬如何处置。车仁多吉说，请喇嘛占卜，让喇嘛决定是继续维持屋顶葬还是弄出去火化。一般会过一段时间就在喇嘛的指导下把屋顶葬妥善处理好。

我爬上一架极陡的梯子，悬浮得左右不靠边。我琢磨肯定是怕外人来参观所以设置得让略有恐高症的人无法不止步。

我一边给车仁多吉家的屋顶葬拍照，一边询问屋顶葬的具体葬法。他指着屋顶西角处对我说，先在那里用干草搭一个贮藏"珍宝"的简易屋子，上面用草覆盖，不能淋到雨，然后将藏宝箱放进去，箱子摆放的方向是有讲究的，要将死者的头朝着正西方，意旨为朝着西方极乐世界而去。他家里现在有两个屋顶葬，他对外不愿说家里有屋顶葬，怕记者来看，他们来了，拍来拍去的也很烦人。

屋顶上葬着的"珍宝"不是永久性地放置，十多年后，再请喇嘛占卜，采用

火化还是其他葬法由喇嘛占卜后决定。

我相信像车仁多吉这样的个案还会有，于是又走访了一位戈巴家。他向我讲述他家里曾经也有屋顶葬，但已经在不久前对屋顶葬的三具尸体进行了火化，现在屋顶上已经没有一具尸体了。为了让我相信，他还带我上顶层看了看。的确没有。

我问他屋顶葬对他们来说真有那么重要吗？他说，在他们看来，屋顶葬是很吉利的一件事。老人在世已经传了三代人了，说明他们自身带足了吉祥，留他们在家就会人丁兴旺。所以他们的吉祥躯体是一种珍贵的东西，不能葬到外面去。将尸体葬在自家屋顶，自然会带给后人吉祥，保佑家人和美、安康，人丁兴旺，并且辟邪压灾。

也许我对屋顶葬的热情感染了乡长，乡长还细细为我翻译了屋顶葬的藏语叫法。我现在依然十分清晰地记得他说了两遍"扎根拥擦"，据考证，这种葬法已经流传了一千多年。

至于屋顶葬是仅流传于山岩地区，还是其他地区，也就谁也回答不了我了。

和见了黑色81的感觉完全不同，看了几处屋顶葬，祥瑞招来漫天的红霞金辉，吉祥和丝丝微风扭成一股气韵调皮地搭挂在我的肩头，我只能惬意地微笑，边走边念叨着两个词：祥瑞，珍宝；珍宝，祥瑞。

54、民居城堡

早早晚晚跑出去远观近瞅碉楼似的民居城堡，总有看不够的感觉。因为它们富于变幻，在我眼中像一幅幅隽妙无比的春景图。如果说，欧洲的建筑风格过于繁复中透着规正，阿拉伯建筑偏重宗教气息，现代建筑因跟风太紧，缺少的正是个性。而山岩的民居城堡是不仰人鼻息的，它们看上去古拙，方头方脑，还有些自恃清高、不屑答理人的样子，正是这副样子煞是撩人。

远观山岩幢幢碉楼，总能从稀疏中读出苍凉和空灵；近瞅山岩幢幢碉楼，总能从缭绕升腾的炊烟中读出远离尘世的烟火气。错落有致的碉楼像自闭着的座座高山，以四面绝壁做出拒绝一切的姿势，恰似戈巴们毫不苟同的心。俯瞰幢幢散落的碉楼，更觉得它们像棋盘上无序摆放的一枚枚棋子，只是，棋子与棋子之间全都划着醒目的楚汉两界。

也许一幢碉楼就像一个勇士；也许一幢碉楼就似一杆枪。反过来说，走卒和枪也酷似这些房子。

我对散落在山坳的碉堡似的房子很感兴趣，它们是我所见到的世界上最奇特的民居之一，带有强烈的军事色彩。

在访问中，我逢人便问房子的名称。遗憾，都说他们的房子像城堡，没有其他特别的名称。有些考察过此地的学者，也称当地的民居为城堡建筑群。

根据房子外观的城堡样式，又主要兼具民居功能，叫它民居城堡似为更准确些。

建筑是凝固的思维。山岩人的建筑凝固着他们的父系文化。

早早晚晚跑出去远观近瞅碉楼似的民居城堡，总有看不够的感觉。因为它们富于变幻，在我眼中像一幅幅隽妙无比的春景图。如果说，欧洲的建筑风格过于繁复中透着规正，阿拉伯建筑偏重宗教气息，现代建筑因跟风太紧，缺少的正是个性。而山岩的民居城堡是不仰人鼻息的，它们看上去古拙，方头方脑，还有些自恃清高、不屑答理人的样子，正是这副样子煞是撩人。

早晨，浓雾飘渺，像一个起床还没来得及洗漱的少妇，系上玉色丝巾，并撩起一角，掩住半边脸，满是远古美女的神韵；太阳出来了，浓雾快速往山尖飞渡，坐落我面前的是一个端庄娇媚的少女；晚霞泼来，给民居城堡洒上耀眼的金黄，它便成了一个晶莹剔透的妇人；更晚一些，月亮挂上树梢，民居城堡就是一个饱经沧桑的老妪。

民居城堡像人，它有青春有年岁，甚至有感情。

位于三层楼上的一个隐蔽过道

我对它们百看不厌，也是因为其中说不清的意味。

　　民居城堡的选址非常有讲究。我们上海人造房买房，看重方向感，首选朝南的。山岩人造房不看朝向看地势，只要地势高就行，主要出于军事上考虑，且外围没有任何可供攀援的东西，大树离堡楼有相当距离，这是山岩人的心机，不说也该明白，不怕对手翻墙而入。

碉楼　　每栋城堡只有唯一一道门，门的宽度和高度都比上海人家的普通房门低窄，像我这样长得并不高大的人也需躬身进入。进了门洞，便是牲畜饮食起居的地方，当地人称畜圈。实际上便是城堡的底层。因为习俗所致，畜圈的功能也被延续成女人养孩子的地方，但终究还是牲畜的天地。再想登高，就得搭独木梯。独木梯用一方整木，用砍刀之类的东西剜成锯齿形，搁得下脚的三分之一已经相当够意思了。我没有细数，差不多有二十来个锯齿，反正得手脚并用，不像当地人，双手操在口袋里也能边走边说边张望，很是有些功夫的。独木梯也是一根活梯，随时能抽走。底层和二层距离有五六米。抽掉梯子，下面的人根本无法上来，那可真是"一夫当关，万夫莫开"了。独木梯成了一架防御梯。

二楼和客厅相衔处有一个小过渡，就是中间的台楼，由三五根独木搭成的藏

梯分别伸向前后左右门户，弄不好就会串错门。二楼肯定是规模较大的"堡厅" _{碉楼}（后文我会细说）。这里的"堡厅"可不是城市里功能单一的客厅，它延续了许多功能：睡觉、客居、厕所、锅庄、祭祀、洞房等等。

三楼一般是放粮食和堆放贵重物品的地方，条件好的有几间"棚科"，就是木头做的小房间，也有的拿它做经堂。如果来了尊贵的客人，可以在这些房中住宿。

　　四楼面积相对狭小，只占整个民居城堡的小部分，主要用来放新收割的粮食和贮藏冬季牲畜的草料，称为仓房。四楼的房顶可作粮食脱粒的打场。还给"屋顶葬"留有一席之地。四层最值得一提的是有很多出口可连通，能直接通到其他人家去。这里的习惯是，不把二、三楼当作房屋的正常通道，但可以从顶层走到任何一家。这就极适于战争、械斗的非常时期。当然，民居城堡一定是由此而生。如果不方便，他们一定会削足适履，进一步改进，以不利于敌人，而更利于自己。

　　欣赏完山岩父系部落的杰作，我已经汗流浃背，气喘吁吁，像是爬完了一座陡峭的山岭。

　　山岩的父老乡亲都说非常喜欢自己的民居城堡，其款式和格调的浪漫他们也许不懂，但他们肯定喜欢房子攻防兼备的实用功能。当然，就像我也喜欢自己的房子一样，有谁不喜欢自己的房子？

　　因而，我走到任何一家，他们都是喜眉喜眼地介绍自己的房子，愿意我拍照，都得意自己的房子似乎是全村最好的。

　　当地人对民居城堡最炫耀的部分是城堡的坚固性，这种坚固性源于建堡地基的坚固性。地基一般打在山坡或山顶上，深挖一米，墙根宽一米五到一米七，由大石块垒砌。为了使地基坚固，他们还打好地基过冬，不惜耗上两三年，因为不过冬的地基不牢固，经过两三个冬天的折腾，地基就再牢固不过了。

碉楼
里的经堂

　　我指着一栋民居城堡问一位村民，建一栋这样的民居城堡需要多长时间？村民笑了笑说，光地基就要打两三年，要是完全建成，起码也要四五年。

　　没想到建筑一栋外观简洁的房子竟然要这么长时间，村民们一定懂得精工出细活儿的含义。

　　这里的墙体也不一般，从墙地基宽一米五到一米七开始，到房顶时墙体渐渐变窄，但房顶宽度也有一米。整个墙体非常厚重，子弹打不进。过去墙体还是双层的，现在是单层。跟厚敦敦的墙体比，上海多层楼房的墙体简直就薄得如煎饼。现在墙体虽是单层的，但仍然保留着枪眼，东南西北四个方向都留有枪眼，只是比过去相对少一些罢了。

　　民居城堡全都很高，一般均在20米以上。三四层，土坯占绝大多数，木头很少，这样就坚实，能杜绝失火，也能防止敌对部落纵火。房子高了敌人才爬不上来，所以他们认为房子高好，所以就越建越高。新建的民居城堡比房前屋后的大树还要高，敌人即使搭梯子也休想攻上来。城堡门一关，任何人进不来。

　　撇开它的实用功能不说，单其结构就极显心智。

　　民居城堡的建筑风格堪称独特，功能也很独到，结构也是古拙别致。简直能和现代都市的别墅洋房相媲美。

　　是谁说过，建筑是凝固的音乐。这话有学问。我欣赏这些错落有致的民居城堡就感觉是在欣赏一首凝固的华彩乐章。每当初阳露脸，薄雾游移，晚霞流泻，月亮溢彩，它们便成了流动的音乐、无言的诗句、壮美的画廊，如梦如幻地演绎出本民族的风云历史。由此看来，民居何止是民居，城堡又哪里是纯粹意义上的城堡，它们其实是建筑史上不可或缺的斑斓一页。

55、万能堡厅

　　这间偌大的堡厅到底是做什么用的？墙根堆着铺的盖的，说明它是卧室；东头既有锅灶又有餐具，说明是厨房；挨着厨房附近有一个坑口，说明它是便池；客人来了，围在屋中的火塘边，看来又是客厅；靠门的一侧放着一溜转经筒，像是经堂。这间房子功能齐全成这样，该称它是什么屋才对呢？

　　早上多喝了几碗酥油茶，上午到戈巴家访问，走进一幢民居城堡突然内急，便四处打量厕所的位置。光线暗，看不清东南西北，只得通过翻译询问。这家男主人指了指宽大房屋的一角说："喏，这儿就可以。"

　　我没来得及细看，就在主人家指定的地方搞定，然后围着火塘坐下。眼睛适应室内光线以后，我看清这个屋子原来是个大客厅，足有八十多平米，再看看刚

才如厕的地方，天呐，紧挨着蓄水的铜铸大缸，离灶台和餐具非常近。

我感觉自己犯了罪，有些无脸见人。打量一下在座人的表情，似乎都没在意这件事。我宽慰许多，心想，是主人家指定我在这里如厕的，就算错了，不是我要错的。

这天的访问是关于戈巴古代民主制和首领选举制，访问完毕，我补充问了一件与这堡厅有关的问题。

这间偌大的堡厅到底是做什么用的？墙根堆着铺的盖的，说明它是卧室；东头既有锅灶又有餐具，说明是厨房；挨着厨房附近有一个坑口，说明它是便池；客人来了，围在屋中心的火塘边，看来又是客厅；靠门的一侧放着一溜转经筒，像是经堂。这间房子功能齐全成这样，该称它是什么屋才对呢？

主人家笑了，得意中透着炫耀，好一通表白之后，惬意地等着向导翻译给我听。原来，此时此刻我们呆着的正是他全家人生活的主场所，可以称之为万能之地。既然万能，就是集多种功能于一身，否则就不配"万能"。

万能之地是当地人的主室，也就是在山岩民居城堡里，戈巴家族集待客、就餐、烧煮、就寝、转经等多种功能的综合性的活动场所。整栋民居城堡就属这件屋子最大，延伸的功能最广。这间屋子里设有灶台，灶台前面有火塘，火塘三面有高10厘米左右的土石围栏。夏天不用火塘，只用灶，隔热又省柴禾，只在秋冬季节才用火塘。就餐时，全家人围坐一起，来了客人，客人和主人家也围坐在火塘边，底下垫着羊毛毡垫或者老羊皮。

从万能堡厅的结构布局和合理的配置，依稀明白父系部落的良苦用心，这是若干年的战乱岁月使他们生长出来的生存智慧。

试想，一场械斗开始，敌方攻到了民居城堡下，一家老少不能跨出家门一步，即使客厅、卧室、厨房和厕所分散安置也不行，因为跑出跑进、跑上跑下不方便还不安全，唯有把所有家事功能凝聚在一齐，事情就好办多了。堡厅里有大水缸（所储用水可维系家人生活一月以上），喝水、做饭举手之劳。如厕也不用跑出去，灶台边就有便池。全家人挤在火塘边更能体现万众一心，团结起来力量大，一家人谁也不离开谁。

万能堡厅完全是过多的械斗逼出来的。从中，我看到了当地人的生存智慧，还看到了环境能决定人的生存方式。

我站起来，再次朝厨房水缸边的一个小坑看了看，不再为刚才在这儿方便过感到不舒坦，便池的功能就是供人方便的。

主人家似乎看出我的心思，指了指堡厅里的几根横梁说，可不要小看他们的堡厅，他们的爷爷那一辈被仇家追杀，全家男女老少吃喝拉撒睡全在这里。只是，那时还没有这么大的水缸，人也没有现在多。很难想象，没有万能堡厅全家人会藏在哪里，怎能撑得住一两个月?!堡厅在战乱时期是避难所，在和平时期就是方便室。即使没有战乱，一家人要想不出门，也都可以离开其他房屋，猫

堡厅厨房一角

堡厅内的便池

在堡厅里,能吃能住,能拉能睡,还能从房子上端到亲戚家串门。堡厅是好去处,过去离不开它,现在同样离不开它。戈巴城堡似的家,唯有堡厅的聚集,才延伸了它们多种职能。

太阳从高处小窗口里倾射进强烈的光线,顿时照亮了全部家什器皿。堡厅立即显得超尘脱俗,显出陌生的异域风情。

都市人也讲究方便讲究实惠,但更多的是讲究科学,认为厕所离厨房太近不卫生。他们屋子的结构布局,客厅就是客厅,卧室就是卧室,厨房就是厨房,彼此不会互相挪用。在客厅里既不会做饭,也不会睡觉,其他"小部门"都在自己的位置上各尽其职。除非住房困难不得已而为之。

城里人是决计适应不了山岩堡厅内"杂乱"的生活的,而山岩人也决计不会去适应城里人那种"分隔"式的生活。

山岩人的堡厅,是特殊环境赐予的独特浪漫情趣,战乱远去,暖烘烘的日子拢在万能之地,让他们慢慢品。

56、顽石狙击战

说时迟,那时快,我看见医生在朝这边猛跑,带着一脸的紧张,越跑越近,我打开车门让他上来,他却直接钻到路边一块探出来的岩石下面。医生还没蹲稳当,一声巨响传来,震耳欲聋,一股黄土裹挟着碎石瞬间蹿上云天,硝烟弥漫,天女散花,这光景让人眩晕。

进山之后,觉得山岩和我曾经考察过的女人国有着许多相同之处,都有不少自然物在抗拒着我。女人国那隐形的毒虫子和神秘的水土一股脑儿说着:我们不接纳外乡人;山岩的顽石像利剑,无声地摆出对峙姿态说:这里是禁区,外乡人免进。可能是我不加理会的态度激怒了山岩的顽石,凭它的能量,还是不费吹灰之力地给了我点儿颜色看。

我当然拿顽石无能为力,渐渐也就忘记了进山时那些扎破汽车轮胎的、暗中较劲的、强硬的东西。有趣的是,在我渐渐忘记它们的时候,有人对它们来了一次斩草除根的革命。这就是乡干部狙击顽石的事儿。

那天,白马开着吉普车,载着我和泽晓医生,去偏远的牧区黑帐篷采访。吉普车行驶十几分钟,路经一处高山拐弯崖口,一块硕大的岩石像个领队,携手并肩地带着大大小小一大窝岩石儿岩石孙,把拐弯崖口挤成了一条窄道。吉普车很难驶过窄道。车技高超的白马也只得小心翼翼地来回倒了几次车,才侥幸闯过了这个"拦路崖口"。

　　矗立于高山上的这处"拦路崖口"，可谓进出山岩的最大路障。我进山时，就是这堆岩石儿岩石孙们把结结实实的北京越野车的后轮胎扎爆了，害得司机忙了半个多小时；乡长回来时也受阻于这处"拦路崖口"。

　　我想起来者不善、善者不来这句老话，这一堆赤裸在显眼处、闪着点点碎金的塌方岩石，横七竖八拦在弯道处，零零碎碎堆了许多，顽固地为难着进出的车子。几天过去了，它们仍然不屈不挠地横亘在此，干着它们想干的坏事。

　　原以为白马和医生今天是陪我去采访的，没曾想，他们还带着另一个使命——收拾拦路虎，让顽石让开道。

　　白马把吉普车停靠在"拦路崖口"边。我不明所以，坐在车内，转过身子，透过车窗玻璃看着他们所做的一切。白马手拎钢钎，走到硕大的山石跟前，上下一比划，在它的腹部下手，一手握钢钎，一手用铁锤打眼。我想不明白，这么大一块石头，一根小小的钢钎能奈何得了？

　　医生并不帮忙，而是拿了铁锹朝山泉处跑。

白马在
放炸药

　　我坐不住了，下车来看他们的路边作业。白马很快打出一个深两公分的眼，我心里好笑，恐怕他是在拦路虎肚皮上挠痒痒吧。硕大的岩石不屑地看着汗流浃背的白马，仍然是一副恣意妄为的模样。白马拾起地上的钢钎和铁锤，走到停车处，打开后备箱，放好铁器，取出两根淡黄色烟花似的东西。我当然知道，白马决不是要放烟花，多半是雷管、炸药之类的东西。

　　我的猜测没错。白马把两根粗粗的淡黄色雷管拆开，将里面白色的炸药倒入事先准备好的塑料袋中。事后我问他有没有半斤，他说没有，顶多只有二两。

　　白马把炸药灌进石头腹部的洞眼，大声喊医生快点。医生用藏语应了一声，风急火燎地跑来，铁锹上是堆得老高的泥巴。白马灌满炸药，便用医生铲来的泥巴固定。我理解了他们的智慧，洞眼很小，但炸药的威力不会小，二两炸药被牢牢埋在山石的要害部位，结果我能想象得到。

　　泥巴固定的炸药很像一个凸起的地雷，白马开始装置引爆的导火线了。我以为导火线会很长，会一直扯到安全地带。结果发现，导火线只有一尺左右，比一根稻草还短。

　　白马做好这些，拍拍手，快速地走进驾驶室，载着我，吉普车很快驶离，在距离五六百米的一个拐弯处停了下来。

　　原来，医生要点火。

　　我问白马，导火线那么短，能行吗？他说：没问题，是慢引。我不知道慢引慢到什么程度，要是人还没来得及跑开就炸了怎么得了呢？谁能担保慢引能慢到让点火的人离开危险区域呢？

　　说时迟，那时快，我看见医生在朝这边猛跑，带着一脸的紧张，越跑越近，我打开车门让他上来，他却直接钻到路边一块探出来的岩石下面。医生还没蹲稳当，一声巨响传来，震耳欲聋，一股黄土裹挟着碎石瞬间蹿上云天，硝烟弥漫，天女散花，这光景让人眩晕。

　　我嗅到了硝烟的味道，有若干碎裂的石头片从天上落下来，这儿叮当一下，那儿扑哧一声。

　　当时我没即刻看到炸石效果，但我心里暗忖：经过这么一折腾，那块大石头肯定能搞掉吗？

　　等我访问完牧民回来，特别注意了引爆顽石的"拦路崖口"，果然，从前的"拦路虎"不翼而飞，帮凶们也不知飞向何处，真的是灰飞烟灭了。

　　真神了！

　　我由衷地佩服这些乡干部，娴熟地打眼、装炸药的他们哪里像什么乡干部，整个就是专业的筑路工人。

　　我发现乡政府的每个人都有个习惯，只要看到山路上有石块，就会拾起来扔到悬崖下面，简直就是称职的清路工。我反复咀嚼那一声巨响，看着大大小小的石头飞上云霄，领略了这拨乡干部的厉害，真的比当年的赵尔丰都厉害。我想，如果当年不是赵尔丰攻打山岩，而是这拨乡干部攻打山岩，带几包炸药就克敌制胜了。当然，除了那些顽石，山岩还潜藏着无数险峻，都是人为力量所不能抵御的。比方到劣巴村，要翻过四座山，一边是悬崖峭壁，底部是金沙江，一边是昂头才能看到顶端的浓密树林，路过的人们只敢把目光投向林子，而不敢看底部的金沙江，无论是人是马，稍有闪失，就会翻身落入滚滚东去的金沙江，连尸体也寻不着。

不能说人定胜天，但也不能小看局部战役的小胜利，不管怎么说，惊心动魄的顽石狙击战，是乡干部们获胜了。

57、乌发的秘密

采访之余，我终于打探到山岩人乌发的秘密。

现代人的生存空间一天天逼仄，生活压力一天天加大，生理心理双重亚健康，藏医晓泽

加上各种污染，我们得到许多的同时也失掉了许多。

也许我只能在这个聚象的标题之下说一个聚象的话题：关于黑发。

说来有趣，前不久，我迅速脱发，感觉头发日益稀少，照这样发展下去，不出三个月，头顶可能会成"昆仑山上一棵草"和"东方明珠"。好在现代医学有其前瞻性，早就为我这样的人准备了名目繁多的药水。我挑了一个老牌子的药水，有时上店有时在家定时按摩，像施肥料一般浸润在脑袋上。没多久，我已经借助药水，胜利收复失地。

头发长起来了，心理阴影仍在。因为脱发很普遍，尤其是大都市人群，年纪轻轻的，头发却早早地青春不再。这种状况值得思考。

进山岩访问数日，发现当地村民每个人的头发都很好，不管男女老少，全有一头乌黑油亮的好发，让我羡慕不已。都市人要是看到这种情形，该会对许多的洗发膏、护发水和生发露产生怀疑，天天保养，还不是早早地白了头发，或者植被稀少，成了不毛之地。

采访之余，我终于打探到山岩人乌发的秘密。

一个风清月朗的晚上，没安排采访，和藏医泽晓聊起了山岩人乌发的话题，向他追索当地人乌发的偏方。

我自行归纳了几条，朋友们若有兴趣尝试，自认为做得到的，不妨按这个方子试试看吧。

藏医口述的乌发偏方如下：1.下书草，一种生长在高原上的草根，挖回来，洗净，捣碎，煮开，放温，用来洗头。这种草，山岩就有。2.酸牛奶洗头。用酸牛奶涂在头发上，浸泡几分钟，按摩几分钟，再用金沙江的水冲洗干净。3.青稞酒的沉淀物。酿造青稞酒，先把青稞煮熟，倒入作料，盖起来让其发酵，三天之后，上面是酒，下面就是沉淀物。每次用青稞酒沉淀物一大碗浇湿头发，按摩一会儿冲洗干净。4.酥油抹头发。直接用少许酥油涂抹在头发上，不用冲洗，当生发精使用。

记下秘方，继续留心村民的头发状况，不光是年轻人，就是老人也没白发，八十多岁的老汉、七十多岁的老大娘，牙齿不全了，头发依然很好。我估计他们中的绝大多数都用上述偏方调理，不然怎么会拥有如此茂密的满头青丝。走访询问后知道，他们中有些人也不全用上述偏方，依然保持一头乌发。我只能猜测，是这方水土中有着丰富的养料，滋润出他们一头亮晶晶的乌发。

藏医口述的偏方我将带回都市，真心呈献给用得上它的朋友，但仔细一想就知道，偏方透出一种残忍，因为大城市什么都有，唯独弄不到这些东西，可以说是纸上谈兵。偏方一问世就成了孤方，只能是茶余饭后的小料品赏，是派不上用场的。

古往今来

《白玉县志》载：白玉（含山岩地区）"戈巴"源远流长，距今已有2700余年。这2700年是历史，是一部真实的男人国发生史。倘若把时间比喻为一个百岁老人，2700年，也许对有50亿年历史的地球而言，只有17秒的瞬间；对有一百多万年历史的人类而言，也只有短暂的30个小时；但对有文字记载的人类文明史而言，却是漫长的半个世纪。

58、鹿传霖送银之地

　　清光绪二十三年（1897年），四川总督鹿传霖派提督夏毓秀率师往剿山岩，未能深入其地，夏委总兵韩国秀前往，也未能深入其地。为扫清入藏通道，只得与当地部落谈判。谈判结果遭赔钱割地，赔官银400两，割巴塘喜松工之地，名曰保路钱，饬保大道不出劫案。嗣后劫案仍迭出不穷。而行劫者即为得银受地之人。当地人每言及此事，无不以为笑谈。

　　山岩，藏语为"地势险恶"之地，藏匿于川藏边境金沙江畔的深山峡谷中，地质上属青藏高原和云贵高原结合部，湍急的江水和横断山脉的崇山峻岭将这一带长久地与外界隔开，即使从白玉县城出发进山岩，也要翻越海拔5000多米的大龙雪山，穿越一片原始森林、灌木丛、草原、石山和雪峰，还要跨越好几个气温带和51个急弯拐点，是一处适宜古民族生存的文化带。

　　由川入藏自古以来就有两条最著名的通道，一条是德格线，一条是巴塘线。而山岩处于巴塘和德格传统入藏道路之间。故有"三暗（山岩）巴地方系通藏大道"之称。其战略地位十分重要，历来受到当地土司和中央政府的进剿。山岩人凭借其特殊的地理位置，一直以小国自居，不服"王化"。

　　清代史志等史料是这样记载的：

　　山岩"恃其地险人悍，弹丸之地，梗化二百余载，朝廷用兵屡矣"。康熙末年，朝廷高官岳钟琪统军入藏，道经巴塘，因山岩地险人悍，"不由山岩捷径赴乍丫、察木多，而绕道江卡者，无非以该野番梗塞通途之故"。他们对这一地区的评价是："化外野番，不服王化"。

1780年，由乾隆钦点，川军与藏噶厦地方政权联合进剿山岩，投入重兵，历时半年，结果进剿告败。

光绪七年闰七月十五日（1881年9月8日），巴塘法国天主教堂司铎梅玉林押货夜宿三岩（即山岩），被劫杀。

最极端的事件是：清光绪二十三年（1897年），四川总督鹿传霖派提督夏毓秀率师往剿山岩，未能深入其地，夏委总兵韩国秀前往，也未能深入其地。为扫清入藏通道，只得与当地部落谈判。谈判结果遭赔钱割地，赔官银400两，割巴塘喜松工之地，名曰保路钱，饬保大道不出劫案。嗣后劫案仍迭出不穷。而行劫者即为得银受地之人。当地人每言及此事，无不以为笑谈。

查资料得知，四川总督鹿传霖并非等闲之辈：进士出身，1863年入仕以来，一直官运亨通，曾任桂林知府、河南巡抚、陕西巡抚、广东巡抚、江苏巡抚、两江总督。八国联军攻占北京后，募兵三营赴山西随护慈

山岩地势

禧太后，授两广总督，升军机大臣。这样一位受朝廷重用的军机大臣，手握大批军队，装备优良，竟然会对小小的山岩戈巴万般无奈，最后只得向"蛮民"赔钱割地，低头服输。可见山岩人的厉害。

面对这段历史，山岩人无比骄傲。

山岩人喜欢谈古论今，因为从根上说，他们的历史值得炫耀。比方问及为何他们古老的戈巴组织能世世代代在这么个地方繁衍生息而不息，他们总会神秘而又自豪地堆起满脸笑意，称自己的祖上勇敢、不怕死，谁都拿他们没法子。

我说史书上记载，这里最终还是收归"王化"了嘛。他们不屑地朝我翻翻眼皮，说那是德格土司不遵守游戏规则，不然，奈何不了我们的。

山岩人向我叙述了一段野史：

一百多年前，德格土司曾非常强大，拥有自己的军队和司法，疆域面积达4.5万平方公里，七万余人口，管辖今日的德格、石渠、白玉及西藏的江达县等，但一直没能制服山岩。经长期准备，德格土司对山岩发起了一场大规模的进攻，结果依然败北。强攻不行只能智取。狡猾的德格土司于是召集山岩几个大部落首领到火垅坝子谈判。山岩部落首领都是耿直之人，没戒备土司，欣然前往。在谈判桌上，土司强迫山岩部落首领放下武器投降，说要收复山岩，实行"王化"，几个大部落首领当然不同意，土司当即下令把前来谈判的部落首领全部杀死。谁也没料

到土司会不按规矩出牌，连谈判之人也敢杀。山岩部落联盟顿时群龙无首，土司乘势把山岩攻打下来。

当然，土司收复的只是地盘，收不复的却是山岩的人心，强悍依然强悍，刁蛮依旧刁蛮，山岩人对德格土司仍然是不买账的，鄙视他的为人，从不肯向土司进贡任何东西。

山岩老人颇为自豪地对我说，他们戈巴在当地的勇猛是出了名的，川滇边务大臣赵尔丰率兵前来征讨，他们不仅没屈服，还打得赵部损兵折将。

这让我吃惊不小。赵尔丰人称"赵屠夫"，是清朝末年四川最后一任总督，在任时手段毒辣，镇压过四川保路运动。这么一个赫赫有名的大人物也拿小小山岩没办法，成了当地百姓广为传诵的笑谈。

我看过田闻一撰写的《赵尔丰——雪域将星梦》，也看过格绒追美撰写的《赵尔丰轶事》，试图从中找到他曾亲自率兵攻打山岩的部分，很遗憾，都没这一块。

是赵尔丰攻打山岩的史事小得不值得上书吗？不得而知。但这桩事能从最佳角度体现山岩千百年雄踞一方不动摇的原因。

事后了解，确有其事。

据清史记载：四川总督鹿传霖赔钱割地后，新任总督加紧了对山岩的征讨。光绪三十四年（1908年），时任驻藏大臣兼川滇边务大臣的赵尔丰亲率众兵至德

格，再三告示山岩"毋得再行抢劫"。山岩不惟不遵，反将札文告示撕毁，并写侮慢之词相回。赵尔丰"以该野番地势险要，无人履其窟穴，不知地势"，未敢轻易用兵。只好于住所30里外择隘派兵防守。山岩人仍"肆行抢掳、劫公文、杀台兵"，"馁我士气，损我军威"。

从清史官记载的官文中可以看见，清朝大臣赵尔丰极度畏惧山岩地势及山岩人，在劫公文、杀台兵屡屡发生的情况下，也不敢贸然进剿山岩。

不过，"馁我士气，损我军威"两年后，即清宣统二年（1910年）十月，赵尔丰作了充分准备，令分省补用知府傅嵩林率领39名文武官员，分五路进兵山岩。德格土司多吉僧格自备粮械，带土兵八十名充作前导。新军统领凤山刚从云南归辕，也立即请行。合众之力，苦战多月，最后才戡定山岩。这是清朝建国266年以来，戡定山岩的唯一一次记载。

对这次戡定，山岩人并不为然。

山岩的老辈人在谈及这段历史时为我复活了许多值得玩味的细节。比如赵尔丰派来的五路军队，根本不是山岩人的对手，连山岩的门户也进不了，只得借用德格土司的地方力量为军队侦察开道。而山岩人不管那些入伙的土司，一律听从各部落首领的部署，在各个进山狭口处严防死守，迎击来敌。凭借能攻易守的战略优势，居高临下，屡屡击败清军和土司人马。

清军强攻不下，又施计谋，派遣新军统领凤山率卫队增援，几股力量合在一起轮番进攻山岩各部落，并采取持久战术围堵截，山岩这才有了寡不敌众、力不从心的感觉，溃退到深山密林。最后仍然没有投降。

有着"屠夫"恶名的四川总督赵尔丰，当然不是一介草包，懂得战术，分兵五路漫抄小道进逼山岩，借着浓荫蛇一样地蠕动前进，边走边打。山岩人躲在暗处，听见敌军动静就开火，施了隐身法似地击毙清兵众多人。

赵尔丰"钦点"的部队在经历了一场殊为惨烈的战事后，才侥幸取胜。时经两月有余，大小四十余战，方将山岩戡定。赵尔丰旋即设山岩委员治理机构，终于使这个历史上长期独立的原始部落"王化"。

知道山岩的历史，我为自己已经远离那个时代而庆幸。我既不赞许赵尔丰当年的作为，也不欣赏山岩人的野性。好在这些都是历史，而历史是无颜色的，属于尘积，听听也就罢了。

倘若抛开民族感情和历史是非，山岩人书写的山岩历史应该是值得骄傲的。

59、2700年遐想

历史总是充满了不确定性，时间的魔法在这里没有展露出自己的魅力。山岩的祖先在不紧不慢地进化，可仍然够不着文明边际。时至那时，文明尚无法驯化他们，但给人类历史长河留下一个不可或缺的历史阶段。

川藏边境原始父系部落，似一条汹涌澎湃的雄性河流，一路狂飙一路激荡；似一位沧桑老人，述不尽的酸甜苦辣；似一幅古画，收不尽巨澜，唯有一部巨著方能收录它的强蛮。

我早已不满足在这条长河的下游地区游移徘徊，愿撷一朵浪花，拾一方石片，冲击它的源头。

《白玉县志》载：白玉（含山岩地区）"戈巴"源远流长，距今已有2700余年。

好一个2700年！

这2700年是历史，是一部真实的发生史。

倘若把时间比喻为一个百岁老人，2700年，也许对有50亿年历史的地球而言，只有17秒的瞬间；对有一百多万年历史的人类而言，也只有短暂的30个小时；但对有文字记载的人类文明史而言，却是漫长的半个世纪。

人类在2700年前，就展开了波澜壮阔的历史画卷。

公元前700年前，中国正处于西周末期春秋初期，诸侯之间、部落之间进行着频繁的争霸战争，前789年发生千亩之战，周军败于姜氏之戎；前771年周幽王被杀，西周亡；前685年齐桓公任管仲为相，改革内政；前684年齐鲁长勺之战，鲁曹刿以弱胜强；前679年齐桓公会诸侯于鄄，成为霸主；前660年狄攻卫；前656年齐桓公伐楚；前655年晋灭虢、虞。

此时，世界各地夺霸战

争也风起云涌，前753年罗马王政时代开始，实行军事民主制；前729年亚述并吞巴比伦；前722年亚述攻灭以色列；前671年亚述征服埃及；前7世纪下半叶，米底奴隶制国家形成，美塞尼亚人起义反对斯巴达的统治；前612年新巴比伦于米底联合攻灭亚述。

与此同时，川藏边境也处于父系氏族时期，氏族与氏族之间进行着原始的争霸战，这种争霸战比世界上其他地区的争霸战争规模要小得多，影响也小得多，在人类历史上几乎没有留下什么痕迹。但令人叹为观止的是，它与世界历史几乎处于同一历史阶段，以自己的雄姿谱写了人类史的篇章。

只是世界历史继续向前滚滚推进，地区和部落的争霸战争向统一国家过渡，并由此产生了高一级文明。前776年希腊奥林匹克体育竞技会开始举行；前6世纪释迦牟尼创立佛教；前509年罗马共和国开始；1世纪基督教诞生。前551年中国孔子诞生；前221年秦统一六国，统一货币、文字、度量衡等等。而山岩人仍停留在原有的状态，没有进步，可以说在人类历史上是一个没有长大的孩子。

自然界也在变化，中生代的地壳运动如今还在继续，大陆板块在漂移，由印度大陆和欧亚大陆相碰撞而隆起的喜马拉雅山至今仍在升高，可是山岩人依然没变。

人类已步入21世纪初的今天，山岩人的生活习俗、行为方式、个性特征仍在延续着古老的习性，依然是凶悍而蛮荒的，真不敢想象2700年前，戈巴祖先顶着怎样一片天。

可以想象，在2700年前，一切都是那么的原始，没有名叫碉楼的房子供他们容身；没有现代的衣服供他们遮羞，山洞或简陋的茅屋是他们的居住地，男男女

女冬季披挂着自己编织的草席或土布衣，夏日大都一丝不挂，没有"遮羞"的概念，他们按血缘关系蜗居在一起，壮年男子负责打猎，妇女种菜煮饭，老人、小孩留守家园。

生活在这

块土地上的祖先，在血缘的拥抱中，学会了和大自然斗智斗勇，在严酷的生存环境下生命力绵绵不绝，自然界中所有凶兆都没能吓住他们，他们在处变不惊中尽情把玩上苍各种赏赐。

历史总是充满了不确定性，时间的魔法在这里没有展露出自己的魅力。山岩的祖先在不紧不慢地进化，可仍然够不着文明边际。时至那时，文明尚无法驯化他们，但给人类历史长河留下一个不可或缺的历史阶段。

倘若说2700年后的山岩人仍未剔除祖先的野蛮劲儿，那就只能理解成他们具有其他人群不具有的祖上不变基因。

中华文明行至今日，山岩父系社会仍然保留着原始状态的遗风：野蛮、凶悍、血腥、霸道和蒙昧。很难理解这就是捻磨过30个世纪的原始部落。他们绵绵不绝的历史是我们现代历史的一笔财富。

漫游远古父系部落，沉入历史幻境，人们会为远古时期的种种陋习以及人性中的野性感到恐惧，但山岩却是一部活着的古代史。

遥想2700年，接受沧海桑田的巨变。变是绝对的，不变是相对的，但相对中又包含着绝对。面对山岩不变的历史，我们只有惊叹。因古老而引发的遐想，总会使人浮想连翩。

一切都过于真切，鲜活得如同昨天。

旧时的原貌、残状仍在。我却希望把残状原貌一股脑儿抛给远古，远离今天的文明时代，而成为一座历史的活化石留存于世。

不愿回溯人类历史的滥觞，也不愿陷入历史中的场场梦魇。好在2700年已远离我们近30个世纪，庆幸已和那种时代隔着两个不能同日而语的世界。

60、与书记聊"戈巴"

赋予每一种文化置身其中的历史传统以某种积极意义，这是一笔需要时常吐故纳新的遗产。

乡党委书记降拥与我有点像捉迷藏：我进山，他出山；我准备出山，他又进山。好在我们终究还是得以碰面。

本来下午可以与降拥见面，但他进山时开的汽车坏在了山顶上，老早就看见车了，就是下不来，后来知道是刹车出了问题。车子开得比蚂蚁爬行还要慢。一直到晚上十一点多，才见到了降拥。他长得颇像日本首相小泉，但比小泉有神采，一头小卷毛，瘦削的脸，正宗藏民的黑皮肤，看人眼神是逼视的，双目溢出飕飕"冷光"。虽讲一口不敢恭维的普通话，可语速较慢，大致能听得懂。

彼此问候、寒暄。书记说乡上条件差，受苦了。我说来到这里给乡上添麻烦了。我说晚饭后找他聊聊，他爽朗地答应了。

入夜时分，在我的寝室里，和对面坐着的降拥开始了一场别开生面的谈话。

书记点燃一根烟，深深地吸了一口，我便开始发问。我说作为独特的男人国，山岩原始父系部落的文化价值非常大，我个人希望一级组织能够好好保护它。降拥同意我的说法，但他希望我了解戈巴组织的另一面。

降拥用生硬的汉语说，山岩父系部落，是当地藏族祖祖辈辈流传下来的一种古老的社会形态，从历史角度讲，它有着极高的历史价值，应该允许它存在，当地政府也应该尊重他们，关心他们，保护好这种珍稀文化。但是另一方面，我们又要引导它、制约它。原因有二，一是当地的戈巴组织内部结构严密，强化父系血缘，在行动上带有很大的盲目性，戈巴之间因长期的宿怨，一直械斗不断，给当地社会治安管理带来了很大难度；二是戈巴内部长期形成的习俗阻碍社会进步，如，妇女地位很低，得不到平等对待；男子酗酒，不劳动，滋事，倡导"勇敢"道德，不分是非，为一点小事发生斗殴等，从而阻碍了经济发展，致使他们生活得不到改善，长期处于贫困状态。

降拥书记
（右）和多吉乡长

听了书记一番话，我觉得他的观点是切合当地戈巴组织的。山岩戈巴，从历

史价值和文化价值而言，无疑是一片世间瑰宝；但从它的现时性而言，又具有极大的破坏性。如何做到既保留它的价值，又控制它的破坏性，对基层一级组织而言，是一个难题。比如，解决酗酒、械斗等问题，需要靠基层组织的智慧。

谈及酗酒问题，降拥一下子打开了思路。他说，经他观察，这里戈巴之所以还在连年械斗，主要原因是男人们酗酒。他们自制烈性的藏白酒，把所产的三分之一的青稞都用来酿酒。男人一般不干活，空闲下来就酗酒，酗酒是祖祖辈辈传下来的习俗。

他告诉我，他最近准备采取一个大胆的办法，从根子上解决当地人酗酒问题。不过，具体方案他至今还在细细斟酌。

这引起了我极大的兴趣。酗酒问题在全世界都没办法解决，他会有什么绝招呢？

在我的询问下，他首先说出了戒酒思路：在这里，单靠罚解决不了酗酒问题，戈巴们都是"勇敢"的人，他们绝不会因受罚而不酗酒。可当地人都信佛教，他们的生活已融入佛里面，他们可能不愿意听乡干部们的劝说，但会听喇嘛和活佛的。接着降拥书记具体谈了自己的设想，下一步他准备召开一次全乡大会，会上拟请当地的活佛和喇嘛给村民讲喝酒和赌博的危害性，说清酗酒和赌博不是佛的行为，劝诫村民戒酒戒赌，谁要是不听，等死了，就不给谁念经，使酒徒赌徒不得超生。

我对书记别出心裁的以佛戒酒的构思颇为赞赏，只是在我离开以前无法看到它的真实效果。但愿他的这一招能改变当地人的酗酒习俗。

书记思维敏捷，又不乏幽默，对山岩父系部落提出了一套系统的管理思路，着力用现代文明替代原始的父系部落文明，迫切地想把一个原始村落锻造成一个现代化的村落，给人留下深刻印象。从基层工作角度或区域工作范围而言，他无疑是正确的。但是从另一角度，即文化和历史角度来说，如何保留、利用或弘扬当今人类仅存的原始父系部落中有价值的东西也似乎十分迫切。

世人对川滇边境泸沽湖畔摩梭人走婚制的挖掘证明了这种古老文化的价值存在。生活在泸沽湖畔的摩梭人，祖祖辈辈一直实行带有母系氏族特征的走婚制。解放后，有人认为，走婚制与现行的婚姻法不符，提出用文明的一夫一妻制替代古老的走婚制。"文革"时期，更是采取行政手段，强制推行一夫一妻制，凡暗中仍在走婚的一经发现一律严惩。但实施效果并不理想，摩梭人对当地政府一直存在抵触情绪。"文革"后，当地政府对政策进行了"矫正"，尊重当地摩梭人走婚习俗及其他古老的习俗，不少学者还对走婚习俗进行了文化上的挖掘，使流传了上千年的走婚习俗又被保留下来，成为人类文化史上一朵奇葩。现在泸沽湖畔摩梭人已成为观摩母系氏族遗迹的一个世界性的标志，每年吸引大批国内外游客前往。当然随着外来文化的进入，原有的走婚习俗已经变样，带有更多的商业性，要真正观摩原汁原味的走婚习俗，最好到离泸沽湖畔五十里外的四川木里屋脚乡利家嘴村。这是目前中国境内保存最完好的母系村落。

赋予每一种文化置身其中的历史传统以某种积极意义，这是一笔需要时常吐故纳新的遗产。

历史需要正视也需要超越。我们应从历史而不是从现实去审视历史现象。

"一定不要把祖先留下的遗产丢掉：里面隐藏着宝贝。"这是欧洲人拉封丹的告诫。

山岩"戈巴"能否成为又一个泸沽湖？成为闻名中外的观摩父系氏族遗迹的一个世界性的标志呢？我与降拥认为，山岩"戈巴"的文化和历史价值绝不逊于泸沽湖，只要加以必要的研究，广泛的宣传，积极的引导，完全可以成为闻名中外的观摩父系氏族遗迹的一个世界性标志。

从保存一种古老文化价值的角度，我向降拥提出了几点建议：

一是戈巴文化虽然充满了血腥，但它是父系氏族遗迹，在人类历史上拥有重大价值，应尽早组织专家，对川藏边境父系部落进行系统的研究和挖掘，提出权威性的报告；

二是当地政府承认山岩戈巴、"库里亚大会"、首领选举制、元老团议事、勇士团保驾、外事谈判制等均为人类历史上已经消失的父系氏族公社的遗迹，其存在是我们研究人类远古史的活化石，具有史料价值，我们应该尊重它们的存在，尽量保留它；

三是对当地部落首领进行人才输出培训，到县、州或省一级专门学校，系统学习国家法律、现代文明、宗教知识等，成绩合格或优秀者，回去后可予以一定的政府职位，如乡长等，逐步建立由当地人管理当地人的行政管理体系；

四是把山岩地区辟为文化特区，在不侵犯人的生命、不侵犯公共道德的前提下，允许一些古老而奇异的习俗存在；

五是减缓和停止移民搬迁工作，对当地人过多的移民搬迁，势必造成父系部落文化从内容到形式上的消失，对人类古老文化是一大损失。

对一种现实中的历史文明，我们不要先去设定它是什么，而是应去延伸探索

秃鹫是山岩一道不可缺少的风景线

它有益的历史价值。任何文明离开它的历史是不可理解的。

对我冒昧提出的几点建议，书记表现出相当的理解。这让我很是欣慰。

从上海来到遥远的川藏边境，我看重的是这里固有的、独特的人文价值，一种完全不同的历史文明，一种新的文明体验。山岩父系部落文化不仅在中国，在世界上也是一块珍稀瑰宝，它必将成为中国又一个泸沽湖，在世界范围内展示自己的雄姿。这一点我深信不疑。

这是一条有着厚重文化土壤的历史之路。

男人国的明天会怎么样呢？我与书记都翘首以待。

61、虎图腾

我觉得，山岩人抑或其他民族把虎奉作神明，含有相当的原始哲学智慧。他们把虎、鹫等视为人之上、人之父，而把人视为自然之子。这样人在自然界中找到了自己应该有的位置，而不是占据高于自己的位置。

并非夸张，一趟山岩走访下来，面对诸多事物，很难听到山岩人用充满神秘、畏惧的语气神情谈论事物，只有两个内容除外：一个是谈论心目中的神明；另一个就是谈论他们的图腾。

山岩人的行为特性让我知道，早期人类文化创造中，最具神秘色彩的可能是图腾。

谈论图腾时，他们的神情里满是崇拜和意乱情迷，仿佛怠慢了供奉之物马上会遭天打雷劈。我暗自想笑：这么强悍的部落也有令他们畏惧之物，

秃鹫和老虎常常被他们视作自己最响亮的图腾物。

鸟类中，他们最佩服也最畏惧的是秃鹫。秃鹫被视作神鸟天经地义，它的功夫十分了得，来无影，去无踪，永远高高在上，除非被枪打下来，即使老了，快咽气的时候也会冲上云霄，与天融为一体，谁也见不到它老死以后的躯体皈依何处，因为谁都找不到神鸟的一根羽毛。

秃鹫的神秘性也表现在它极通人性，在人类的生活中能担纲重要角色。它能与喇嘛作直接的信息沟通，比方说它能听懂喇嘛念的经，能按喇嘛念经的意思行事，决不会出错。天葬时，只要喇

碉楼

嘛念呼唤秃鹫出来吃尸体的经，秃鹫就会很快飞来，在喇嘛头上盘旋聆听经文，喇嘛说明天来几只，明天秃鹫就会飞来几只，非常灵验。它还极懂礼貌，知道领头的不吃第一口，自己就不能先动口。

在哺乳动物里面，鹿也是他们奉为图腾的。每个戈巴都有自己的神山，鹿是神山的一种牲畜。只是比起老虎来，鹿的地位要更往后一些。

所有图腾中，虎图腾是最具代表性的，山岩人把虎看得比秃鹫还神秘。

夏锅戈巴首领向我谈及虎图腾的时候，眼里漫溢出敬畏的神情，声如洪钟的他压低声音，像怕惊扰沉睡的神虎。首领告诉我，虎在他心目中和尊神一样地位，也是他们戈巴的行为导师。虎，作为镇山之王，是他作为首领必须效仿的。面对周遭戈巴，他必须虎视眈眈；平时一言一行，最讲究虎虎有生气。

相传很久以前，山岩地区是有老虎的，老虎栖息在他们的神山里，是他们戈巴的庇护神。神山的老虎和其他地方的老虎不一样，它不是平常意义上的老虎，它是神山的化身，是神的化身，平时是看不到的，即使看到，也绝对打不得，如果谁打了老虎，就会给家里乃至整个戈巴招来没完没了的灾难。当地人相信现在神山上仍然有虎。

一位年逾古稀的元老说起老虎，也显得有些异样。他称自己活了七十岁，曾在年轻时见到过一次虎，并与虎挨得很近，只是没看清虎的真容。也许是吓的，也许是虎有心机，没有让他看清的意思。老人说在他心里老虎不是虎，而是神灵。

他们的叙述令我将信将疑，总觉得有些玄。

找到几位勇士，很想知道他们是怎么理解虎图腾的。几位勇士一听让他们谈虎，没有一个谈虎色变，少了几分神秘，反倒多出几分勇气。他们说，虎是他们戈巴的图腾，是他们勇士团的行为标杆。比方械斗时，要像虎那样虎虎生威；冲锋陷阵时像猛虎下山，遇到艰难险阻，要善于虎踞龙盘。当然，他们还希望自己长得虎头虎脑虎背熊腰，以虎的姿态和力量处世为人。

考察中知道，附近几个村的戈巴对图腾以及图腾物的理解都是一样的。

我终于明白，虎在山岩人心中是一种什么样的意念和根基。

对老虎的神性，我也变得深信不疑。

世界上，也有不少民族崇拜虎图腾，比如中国白族支系勒墨人就有崇拜虎图腾的。相传很久以前，有一位美丽的勒墨姑娘，梦中见一只老虎猛地扑在她身上，惊醒后，就有身孕，不久生下一个儿子。此后，这个儿子成了他们的祖先。勒墨人从此将虎视为与他们有血缘关系的吉祥物。他们自称虎儿虎女，虎子虎孙。禁忌猎虎、食虎肉。在赫哲族阿克腾卡氏族中，传说本氏族始祖就是一个赫哲女人与虎成配后所生，对虎崇敬得不得了，不仅自己不伤虎，而且也不许其他人伤虎，如邻近其他氏族杀害了虎，也要向该氏族赔礼道歉。

我觉得，山岩人抑或其他民族把虎奉作神明，含有相当的原始哲学智慧。他们把虎、鹫等视为人之上、人之父，而把人视为自然之子。这样人在自然界中找到了自己应该有的位置，而不是占据高于自己的位置。

人类对虎、鹫、鹿等图腾物的畏惧、崇敬、膜拜，实际上不是对单个的虎、鹫、鹿的畏惧、崇敬和膜拜，而外延为整个自然界。2700年前的山岩人就知晓要维护人与江河湖泊大地万物的和谐平衡，必须以压低和抑制人的欲望为代价。

山岩人臣服于图腾，也可以理解成他们臣服于大自然。

这是一种伟大的"自然所扮演的角色"情怀。

现代人是不怎么拿虎当回事的，敢到深山老林里捕捉回来，关进大大小小的动物园，让它们失去家园，远离群山，失却野性，关在铁笼子里被游人观展。虎们压抑着狂怒，百般无奈地按着饲养员的意志饮食起居，慢慢就消弭了可贵的野性和神性，忘却了远山是自己最初的家园。

虎的悲剧难道不是人的悲剧吗？

图腾是个原始的东西，它既体现精神的内涵，也体现物质的内涵。带给他们的是另一种生命的丰富。

崇拜虎图腾的山岩人，既智慧又勇敢。

62、书写雄性王国的豪气

一面普通的旗帜，在吉祥盛德的白玉，在神秘的川藏边境父系部落，经过这么多不同性别、年龄、文化层次、身份和职务的人们，亲手填上各自充满哲思、赞颂、祝愿的话语，它就超越了旗帜本身，铸成永恒和经典的辉煌。

"中国父系部落文化考察"，是我精心制作的第三面旗帜。第一面旗帜是为考察中国最后的母系村落利家嘴制作的，第二面旗帜是为考察西海固伊斯兰文化制作的。这两面旗帜都留下了当地人的经典手迹。

　　到乡政府的当晚，我就迫不及待地拿了出来，请当地藏族干部们题词。我提出的唯一条件是，必须用藏文书写。

　　乡干部们个个都是血气方刚的青年，看到这面白底红字的大旗，很是兴奋了一阵。我说：山岩父系部落是中国现存的一部历史，以后她会进博物馆的，通过这面旗帜保留一点中国父系文化的遗迹。你们都是历史的见证人。以见证人来见证历史是最好的历史。几个年轻人见状跃跃欲写。

　　多吉乡长开了个好头。他工工整整写道："山岩父系文化是藏文化历史中的一株奇葩，在山岩地区传承了数千年。"乡长的藏文书法写得行云流水，美不胜收。这是我第一次见藏族同胞书写藏文书法。

　　后至的降拥书记题写的藏文是："父系文化，山岩独有。"正如他大胆的行事风格和谨慎的思维方式的巧妙糅合，在我的朋友中罕见独有一样。

　　副乡长珠扎接过笔，望着旗帜思量着把题词写在哪里合适。我告诉他，随便写在旗帜的哪个方位都行，但必须是自己最喜欢、最想说的话。

　　珠扎在右上角摁住旗帜一角，认认真真写道："人间天堂，圣地山岩：至今还保持了父系氏族文化风味和戈巴人的远古道德。"他还郑重其事地给了我一份他撰写的关于山岩父系部落的调查报告。

他们是中国最后父系部落的见证人。

　　从部队来的副书记根秋桑珠斟酌许久，才把已写在纸片上了的题词抄到旗帜上："山岩父系文化，源远流长，有着千年历史，有着特殊的价值，欢迎所有对山岩父系文化感兴趣的人来此探险并感受父文化独特魅力，相信一定会有满意的收获。"

　　白马降称和乡小学教师扎西泽仁分别写道："父系文化，千年流传。山岩神灯，日夜不熄。""让戈巴文化长久保持下去。"

　　没想到乡干部们的热情和才气一样高，个个不甘落后，纷纷在旗帜上留下佳句和手迹。

　　旗帜也同样得到戈巴们的喜爱。当翻译告诉部落长多吉翁堆，大旗上的红字是汉语"中国父系氏族文化考察（山岩戈巴）"，多吉翁堆听后满溢着笑容，伸出大拇指说：好。我请他在上面签名题词，本以为他会客气一番，哪知他一口应允。

　　这可能是山外的人第一次请多吉翁堆书写有关自己民族的历史。只见他沉思良久，一副百感交集的样子，一定是这面旗帜撩拨了他的很多想法：政府连连出台对戈巴"不利"的政策，比方搬迁移民，像分散剂一样使戈巴越来越疏松，在不久的将来就可能悄无声息地消失了。多吉翁堆眼前有一条血缘的河流蜿蜒前行，只是某个弯道已经出现断流的现象。这面旗帜似乎让他看到一点亮光，从心底生出一丝希望，旗帜本身说明社会是看重他们的文化的。多吉翁堆有理由为一道亮光而激动。在乡长面前，多吉翁堆最终写下了："欢迎记者到山岩戈巴考察研究。"

　　八学村的安康白马题写的藏文是："山岩父系文化源远流长。"疑似羌人后裔的劣巴村元老扎西泽仁题词："山岩戈巴是我们祖祖辈辈流传下来的文化。"西巴村老村长泽仁平素最崇敬格萨尔，他的题词是："山岩戈巴的勇士个个都是英雄格萨尔的后代。"

　　我从戈巴们的字斟句酌中看到他们的认真劲儿，看到他们对戈巴文化的喜爱，以及由此而来的自豪感和荣耀感。我感受到这个民族拥有的骨气，一种不愿屈从、同化的骨气。

宗教局洛绒顿月局长在题词。左为黄兴局长。

　　经典文化和文化的经典都需要人的关注。这面普通的旗帜也受到白玉县领导的关注。从山岩返回后，热情的黄兴局长领着

宣传部四朗
巴姆部长在题词

我到县委县政府各部门，请在家的领导们一一题词签名。

首先来到县政协主席办公室，见到了政协主席白马西饶。上次在由河川先生做东的宴请席上曾见到过白马主席。这次算是老朋友见面了，他热情地与我握手，又详细询问山岩考察情况。我把考察所得向他作了简要汇报，最后请他为旗帜题词签名。白马主席欣然提笔："白玉县山岩文化生活调研。"他用藏汉两种文字分别题词签名，可谓一笔涛涛。

在政协的另一间办公室里见到政协副主席单巴，说明来意，他也是捧着旗帜仔细端详，最后在右下角一块空白处写下："山岩民族是一个优秀的民族。"

赶上领导不在的部门，就越过去，再找下一个。县长不在，我就到副县长黄杰办公室。黄副县长是汉族干部，不会写藏文，好在我们采取折中办法，先请黄副县长写下汉文题词，然后请人翻译成藏文，再把藏文依样画葫芦地写在旗帜上。这样在这面多数由藏族人题写的旗帜上也留下了汉族人的藏文题词："挖掘父系文化，塑造文化品牌，促进产业发展。"

握别黄副县长，又来到县宗教局洛绒顿月局长的办公室。局长一听介绍，一看旗帜，连说关系对口，当仁不让，欣然题词："山岩父系文化是藏民族的宝贝！"我在心里感叹，不愧是专业对口，不然哪里写得出这么感性的词句。

随后来到县宣传部，见到了四朗巴姆部长。四朗巴姆汉名叫高红英，不仅身材高挑，端庄秀丽，而且性格十分豪爽，是一位典型的康巴女子。她的祖上来自山岩戈巴，对山岩戈巴的情况非常了解。一见面就从女人的角度向我聊起了至今仍留存于山岩戈巴的种种风俗。在那里，男人几乎不可一世，而女人则无地位无保障，受苦受累，她很为女人鸣不平，不过她还是告诉我，这是几千年流传下来的习俗，很难改变。从她的语气上可以看出她内心矛盾的两难情绪，一方面她为白玉拥有神秘的父系部落而自豪，另一方面又为女人的悲哀而无奈。

最后，我请女部长为旗帜题词签名。女部长极其慎重，没用我事先准备好的黑笔，而是在自己写字桌上的笔盒里精选了一支黑笔，郑重其事地在旗帜上写下了两行娟秀的藏文："神秘部落传父系，吉祥盛德在白玉。"

此行由四朗巴姆部长画上一个圆满的句号。这句题词意味深长，前半句囊括了父系文化精髓，后半句既是归纳又是祝愿，比我想象的好上好多倍。

一面普通的旗帜，在吉祥盛德的白玉，在神秘的川藏边境男人国，经过这么多不同性别、年龄、文化层次、身份和职务的人们，亲手填上各自充满哲思、赞颂、祝愿的话语，它就超越了旗帜本身，铸成永恒和经典的辉煌。

我会在今后若干个日日夜夜品读并抚摸它，悉心珍藏，使此具有历史价值和纪念价值的物件成为心中的永恒。

远离家乡的
乡干部在中秋节
聚会上

天葬之地

63、两种文明的对抗

降拥书记告诉我，村民对他的态度和看他的眼神一直令他迷惑不解。作为本乡的藏族书记，虽说职务在身，但他从没以领导身份凌驾于百姓之上，而是尽量以"同宗教同民族"与村民拉近距离。但事实证明，这种距离很难拉近，尽管他一口地道的藏语，一袭正宗藏服，村民们仍然当面叫他"汉人"。

进入男人国，第一次发现自己具有唯美主义倾向。我对一些事物的敏感性是很高的，从进山岩的第一天起，总对一些充满对抗抑或是对称的事物玩味不止。乡政府墙壁上写着醒目的"与时俱进"，而戈巴碉楼的正门写着"卐"，土制

尼根山上
的祭祀之地

白塔或山嘴下放着捏得跟窝窝头没两样的"擦擦"。

戈巴们习惯在身上挂藏刀，而乡政府规定在乡政府门前不许佩刀。

戈巴们贪杯、嗜赌、爱滋事，而乡政府驾轻就熟搞"严打"，给闹事戈巴戴手铐。

走马灯一样进出的是乡干部，恪守田地牧场的是老乡；每次捎进来的政策事物都不一样，而村民们岁岁年年跳着的都是

千百年前的锅庄舞。

　　乡政府明文规定不许戈巴私自谈判，有了矛盾，应该通过法律解决，而戈巴之间往往还是沿袭过去一以贯之的谈判、赔偿、复仇等一套原始办法解决纠纷。

　　这是一个特殊的区域，很难区分谁是谁非，谁的文明更好，谁的文明该丢弃。

尼根山上的祭祀之地

　　如果乡政府代表现代文明，戈巴代表原始古老的父系文明，那么，两种文明正好在这里交汇，它们都有存在的理由，彼此既不能取代对方而又不能让对方取代自己。

　　两种文明互相排斥，构成了不同质并且无法相互比较的两种存在。

　　此种局面体现了文明的多元性和文明的独立性。

　　也许力量双方都把我看成中间人，所以都能敞开思想和我叙谈。乡干部说，要是我前几年来山岩访问那你可有许多笑话可看了。村里的女孩穿的还是"文革"时期流行的黄军装，戴的也是黄军帽，正中间还别着红五星。她们以为这样打扮最棒。村民祖祖辈辈是不刷牙不洗澡的，因为不出山，根本不觉得自己脏。乡干

祭坛

部解释道：并不是谁想鄙视他们，他们太冥顽不化，令人啼笑皆非。好在大会说、小会讲，现在都穿着本民族服装，也挺像样的。

戈巴也给我絮叨他们的苦衷。公说公有理，婆说婆有理，两边听听，似乎都有理。在他们看来，乡政府是有意跟他们的戈巴文化过不去，动不动就搞名堂，使山岩戈巴迅速减少，祖祖辈辈流传的文化也慢慢变了味，今天不许这样，明天不许那样，禁完这又禁那，简直成了动辄得咎，弄得好日子也不得好过。

两种文明在这里发生了碰撞，要把碰撞变成兼容就省事了。事实上，双方要改变对方的状态所遇到的阻力是巨大的。这是一个世界性的难题。我想对戈巴说，对不文明的禁止，才是对文明的崇尚。但要是站在他们的立场上，不文明正好又是文明的。我想站在乡政府一边，理解并支持他们筑起一道文明的篱笆墙，让戈巴们懂得什么叫现代文明，愚昧、野蛮的行径不消除，就无法走进现代文明。融合的途径只能是锻造、驯化、打磨、调教，强制性地让他们与现代文明接壤。

相持之下对峙之中的两种文明曾为我演示了一次擦出火花的"事件"。

一天我正在房间里休息，突然听到外面吵吵嚷嚷，脚步声杂沓。我感到发生什么事情了。出门一看，五六个乡干部扭住一个中年戈巴上楼，用手铐反铐他双手，迫使他"清醒清醒"。我知道事出有因，果然不出所料：戈巴脑子发热，竟敢殴打老师。（详见《枕着藏刀睡觉》）

祭坛

开始戈巴受不了现代文明的产物——手铐，不理会现代文明的"冷静"和"清醒"的含义，大约两个小时过去后，戈巴的脑子终于清醒了，不再一个劲儿叫嚷、反抗、企图挣断手铐继续和乡干部们拉扯了。

重铸和打磨的过程是疼痛的，犹如死后重生，或明或暗或置于死地而后生。我说的生和死是指陈规陋习该丢弃的就得丢弃，现代法律意识，该捡起的就得捡起。"冷静"、"清醒"后的戈巴知道自己错了，向老师赔礼道歉，还表态下次再不会了，愿意认罚。

没有乡政府现代文明的规矩，哪里镇得住山岩的方圆。没有禁令开道，哪有文明生根。传播文明、渗透文明，在这里是一桩得罪人的事，戈巴们表面上并不对此翻白眼，只是略用心机表示对文明传播者

祭坛

的不满。

降拥书记告诉我，村民对他的态度和看他的眼神一直令他迷惑不解。作为本乡的藏族书记，虽说职务在身，但他从没以领导身份凌驾于百姓之上，而是尽量以"同宗教同民族"与村民拉近距离。但事实证明，这种距离很难拉近，尽管他一口地道的藏语，一袭正宗藏服，村民们仍然当面叫他"汉人"。他不明白村民为何这样称呼他。说来说去，还是降拥书记在传播现代文明中"冲撞"了父系文明，"开罪"了"戈巴"。他们在表面上并不敢对降拥书记做什么，便只能用语言来表示对传播现代文明者的"牢骚"。

书记的疑惑是有道理的。家在县城的书记为了把现代文明引进原始部落，两年多来一直驻守这块荒蛮之地，为了降服他们的野性，他贡献了自己的聪明才智。在他看来，现代文明肯定比远古父系部落遗留的陈规陋习文明一千倍，可让他们接受为何这般难？

面对书记发出的疑惑，我感到很难找到一个标准答案。

不要把他们描绘成一幅邪恶和离奇的肖像，他们是一种存在，一种我们不可接近、不可理解的另一种存在。

当我们选择了一种生存方略时，就要同时接受它正面与负面的后果。

也许改造戈巴不能性急，带着他们投奔文明的步伐不能太快，折中一点，时间放缓，反而会拉近这种距离。

无论是基于事实还是基于逻辑的呼吁，都难以使其发生哪怕很小的根本性改变。

两种文明对抗其实不用绷紧了看，完全可以看得很放松。一种文明对另一种文明"追"得太紧，有时反而会增加它们的对抗性。

比方有个乡干部自创的一句格言就很有趣："村民的耳朵是长在屁股上的，只有揍了才能听进说的话！""只要戈巴敢碰硬，敢犯事，我们就决不能心慈手软。"

提起戈巴"罪孽"，乡干部就恨得咬牙切齿。戈巴在乡干部面前装孙子，只要背过脸，他们照样打照样杀，打出了"名堂"就背着乡政府躲起来谈判。

人们倾向于将这种张力视为不受欢迎的力量。

从管理的角度而言，乡干部的反感是有道理的。父系部落的戈巴行为，几乎总与血腥、残暴、野蛮、凶悍、犯罪、违法相连。在乡干部的眼里，这是一群极难管制的人。这种难，不在于人性上的抑或个性上的，而是文化上的抑或道德上的。

一位乡干部不无忧虑地对我说，戈巴文明很难融入现代文明。就拿招女婿这件事来说吧，我们认为是件很平常的事，但在这里没人敢当上门女婿，即使是乡干部也怕。因为女婿是外戚，上门女婿颠覆了父系家族原有的血缘排列，谁敢做上门女婿，迟早会被女方家族里的戈巴成员杀死。

这里赫然横亘着一个无法跨越的鸿沟。

再说外甥杀死舅舅那件事吧，事情发生后，乡政府曾经花费极大精力试图通过法律途径解决，当事的两个戈巴表面上虽应和政府的协调，但暗中还是私下谈判、赔偿，最后还是发生了舅舅的两个儿子杀死外甥的复仇事件。（详见《舅舅与外甥的血缘阻隔》）

说到这儿，乡干部反问我："你说，戈巴文明怎么能跨入现代社会呢？"

乡长说，改变戈巴行为模式的最好办法就是移民，这是从内部结构上瓦解他们的有效手段，让爱打架的找不到对手，有几辈宿仇的戈巴彼此远离对方，戈巴的聚众行为变成分散的个体行为。事实上他们也是这样做的。从解放初至2004年，山岩地区共移民106户，包括政府移民和自由移民。今年，也就是2005年，乡政府准备移民20户。每户政策移民国家补贴一万元。一些戈巴搬迁之后，本地治安明显好转。戈巴移民到文明地区，也容易被当地慢慢同化。主要搬迁到拉萨、甘孜、盖玉、巴塘，有一户还远迁到了台湾。对有些家庭条件好不愿搬迁的村民，乡干部动员他们时说，你们的父母年龄大了，咱们藏民族又信仰佛教，没有寺庙以后就无法为他们操办后事，祭祀也无法进行，搬迁到其他佛教发达的地方最好，好为百年之后的父母超度。尽量用他们能接受的理论楔入他们的精神层面。近几年来，政策移民有加快的趋势。

对戈巴的移民政策，从政府管理角度而言无疑是有效的，可从保护父系文化角度看，大量移民无疑会使父系文化元素加快消失，这是一种历史的损失。既然我们承认它是一种古老的父系文明，它就有存在的价值，就有存在的理由。它流传了数千年而生生不息，证明了这种文明的独特性、系统性，它实际上维系了一种东西，保护了一些东西，而这些东西与我们现代文明是不一样的，体现了人类早期的人性和社会性。

尽管戈巴文明强悍又顽固，但现代文明的渗透力水滴石穿。在今后一段时期内，两种文明还会像两台锣鼓戏对着唱，最后的结果一定是现代文明战胜父系文明，世界上现存的所有原始文明概莫例外，而对我们来说，其对峙的状态及过程是耐人寻味的。

山岩男人国也在面临文明的融化，也正因为如此，目前保留着的男人国风貌，更显珍贵！

64、绘制《山岩父系部落分布图》

我逐一记下了每个戈巴的分布情况，戈巴首领、元老团、勇士团的姓名、年龄等，像钓鱼一般，一条一条，一尾一尾，收入我的笔记本。一份《山岩父系部落分布图》慢慢浮现出来。

大凡看过电影《智取威虎山》的人，都会记得，杨子荣、座山雕和栾平这些人物一直围绕秘密联络图煞费苦心。栾平因丢失秘密联络图而丢了性命；杨子荣因得到秘密联络图而为大部队争取到主动，并且拿它做诱饵取得了座山雕的信任，得以顺利打入威虎山而一举捣毁土匪老巢，获得决定性胜利。那张秘密联络图到底为什么那么神呢？就是因为它记载了当地土匪所有据点的详细线路，谁得到它，意味着谁就胜券在握。难怪座山雕捧着秘密联络图惊喜若狂，如获至宝地唱着"联络图，我为你，朝思暮想！"尽管他不知，转到他手上的秘密联络图早已被解放军掌握，形同废纸。

我当然不是对那张记录了土匪窝的联络图感兴趣，而是由它联想到自己几经周折而绘制的《山岩父系部落分布图》。不同时代、不同内涵、不同意义的两张图却有着异曲同工之妙，都属于"军事"秘密。尤其是这张《山岩父系部落分布图》，真实记录了山岩所有父系部落的名称，地理位置，人数及首领、元老团、勇士团等人的姓名、年龄。而所有这些名单，在山岩都是对外保密的。对于那些相互有私仇、多年处于敌对状态的部落而言，《山岩父系部落分布图》不啻是一份秘密图纸，谁拥有它，谁就掌握了对方的机密，谁就拥有了制胜对方的杀手锏。这张图如果赶上械斗不断的战乱时期，堪称价值连城。

萌发绘制《山岩父系部落分布图》的想法，是在了解了山岩父系部落性质、特征以后。

川藏边境山岩地区曾分布着许许多多以父系血缘为纽带而组建的原始部落群，这些部落群当地人称之为戈巴。戈巴之间注重父系血缘，属于同一父系血缘的彼此视为兄弟，反之则被视为外人。在历史上，戈巴之间曾发生过无数次的血缘械斗，至今还未完全停止。为了维护本戈巴的血缘利益，每个戈巴内部都有严密的纪律，甚至有每个戈巴成员不得泄漏戈巴内部的一切秘密，否则会受到严惩的道德法规。

最初访问期间，我曾经一度陷入困境。先后访问一些人，问他们所在的戈巴今年"库里亚大会"什么时候开的？在什么地方开的？讨论些什么问题？以及戈巴内的其他问题，如，首领是谁，元老团由哪些人组成，勇士团有多少人等等，他们不是回答得含糊其辞，就是尽量回避。我后来渐渐知晓，这是他们推崇对自

己部落要忠诚、要严守秘密的部落道德所致。这是我多年记者采访生涯中遭遇到的最艰难的时期。

我只能求助于乡政府。在乡政府巧妙的动员下，情况有了改观，终于有人愿意开口讲述自己戈巴内的事。我逐一记下了每个戈巴的分布情况，戈巴首领、元老团、勇士团的姓名、年龄等，像钓鱼一般，一条一条，一尾一尾，收入我的笔记本。一份《山岩父系部落分布图》慢慢浮现出来。

本以为这样就能环环相扣顺利完成制图工作，哪知在我准备出山前，还剩下劣巴村里的几个戈巴未收入其间。

劣巴村这个山岩地区最边远的村落，不仅地势极其险要，且路途遥远，像我这号连马也不会骑的人，面对这样的山路，走上十天也未必到得了。为了赶在封山前结束访问，我请求乡政府想方设法通知劣巴村长，派一个对当地戈巴情况熟悉、肯说又会说的人来乡政府跑一趟。

我焦急地等待着。

捎去口信之后，劣巴村长即刻派人到各戈巴摸情况，然后派扎西次仁到乡政府汇报情况。

47岁的扎西次仁是拉较戈巴的元老团成员，据说他对当地戈巴情况非常熟悉，曾多次以第三方身份参与戈巴之间的谈判，是一个值得信赖的人。得到村长的委派后，他一大早即从劣巴村出发，骑马翻山越岭，整整赶了两天路，晚上九时多才至乡政府接受我的专访。

见到这位重要的访问对象，我悬着的心这才放了下来。真属我的幸运，劣巴村这个名叫扎西次仁的戈巴没让我失望，真的是既熟悉情况，又能说会道，偶尔还不说藏语，模仿我学说上海话。整个访问充满了情趣。

我第一次听到了在川藏边境最偏僻的地区还存在着的拉较戈巴、班窘戈巴、松锅戈巴、先巴戈巴、来者戈巴、锅嘎降勇戈巴。我不仅知晓了这些戈巴的人数，男女比例，首领、元老团、勇士团的人数、姓名、年龄等一些机密情况，还知晓了这些戈巴与戈巴之间的谈判等内情。扎西次仁的介绍极其详尽，可谓全盘托出。扎西次仁的辛劳代替了我的辛劳，山岩戈巴分布图又多出一个亮点，如果缺少这个亮点，整张戈巴分布图就会因为缺项而宣告作废。

庆幸自己终于完成了《山岩父系部落分布图》的绘制。

这份珍贵的资料最终在我手中诞生。

捧着这张《山岩父系部落分布图》，我庆幸现在戈巴组织正在趋于弱化，倘若放在过去，要想制作它是根本不可能的。之前没有人担纲过这件事，之后可能会有人来做这件事。但随着外来文明的进入及搬迁、移民、兼并、自然消亡等，戈巴的数量正在减少。可能最终有一天，戈巴一词只能在辞典中查到。

山岩父系文化作为一种文化变异，藏匿着巨大复杂性，如人类学家博厄斯预言的，人类学家不应该多花时间在不充分的资料基础上建立理论，相反，他们应该在某种文化消失之前，尽快把精力全部投入到收集尽可能多的资料这一工作里去。这张山岩戈巴图何尝不是以神速收集并挽救的一份特殊资料呢？

绘制《山岩父系部落分布图》，因时间匆忙，某些方面还不完善，在当地人看来也许十分稚嫩，但它囊括了山岩地区主要父系部落分布情况，展示了戈巴组织系统图景，对盘根错节的戈巴分布作了经络梳理，犹如一只被解剖的麻雀，五脏六腑一目了然。对外界研究戈巴文化应该是有所裨益的。

65、离开山岩

他们也许既不善良，也不高贵，但在他们身上自有一种魅力，一种文化上的魅力，这种魅力足以吸引都市人来此云游一番。

没曾想，我与山岩的缘分如此之短。并非不知足，的确像在跑马观花中度过

副乡长珠扎向
作者献哈达

了短暂的访问时光。

流星划过还有一个相对和缓的流程，而我此行的来去匆匆多少有点紧张。

怎么也没想到会这么快离开山岩。按原计划，我准备在此要呆上三个月，从上海带足了过冬的衣被，在白玉又让司机捎上不少食品，过个冬季应该是不成问题的，想不到没到一个月，就匆匆离开山岩。说离开山岩是用词客气，实际上更像逃离，多少有些狼狈逃窜。

提前离开山岩，原因只有一个，乡政府要在全乡范围内进行一次"整治"。

书记从县里回来的第二天就召集乡干部闷在办公室开会。原来，他们要对当地父系部落一部分出轨者进行一次"整治"。

据说，这次"整治"活动，其力度和范围比较深广。这又是一次两种"文明"的直接对抗。作为一个研究父系文化之人，我不希望这种对抗发生，而从乡村治安角度出发，这种对抗又必然会发生。在山岩访问期间，我常常处于无可奈何和矛盾之中。

从长远来看，他们之间的对抗会随时间的推移而逐渐软化，以至最后消失。但目前我似乎看不到这一点。作为一个局外人，我不想卷入他们的纠葛，决意提前出山。

我找到书记，请求他们把"整治"稍微推迟几日，等我访问完毕出了山岩，再进行不迟。书记是个通情达理之人，见我有点紧张，就满口应允下来。

接下来的几日，我抓紧访问进度，进展颇为顺利。

从此次考察的内容上看，访问一直按事先草拟的提纲进行，基本达到了预先设定的效果。在最后的几天里，我抓紧去了"天葬"山，逐一访问了尼根山上的尼姑，收集劣巴村"戈巴"分布图等。

唯一知道我要离开山岩的人是格锅戈巴的原首领阿康白马，他跑到我寝室，一再说村民对我印象好。我问何故。他说，我有吉象。在我进山那天，整个山岩地区上空出现了多年不见的新奇景象——双层彩虹。按当地村民的说法，天空出现双层彩虹是一种吉象，一定是贵客来了。过去活佛来山岩时，就曾出现过这种景象。为此村民们议论纷纷，都说我是贵客，不然天空不会出现如此盛景。

听了阿康白马一番话，前后一联想，的确在我进山时，天际确出现过两道半圆形的彩虹，横跨于尼根山和神山中，景象十分壮观。我一直以为这是一种十分平常的自然现象，也没多加留意。想不到，当地人竟然会把我与这种自然景观联系在一起，给我笼罩上一层神秘光环。

这么多天来，我一直带着这一光环在村民家中访问，从首领、元老团、勇士团，一直到低调的妇女，都对我坦率而有问有答，使我的访问格外顺利，能在较短的时间内，收获颇丰，获取了我想获得的内幕。这一切与他们给我戴上的光环不无关系。

阿康白马捎来其他村民的话，让我不要忘记这里的村民，欢迎我以后再来这里考察。听到阿康白马的话，我心里热乎着，对父系文化更加留恋。

傍晚，我准备收拾好行李后，就去和乡干部们告别。哪知我正忙活，书记降拥和副乡长珠扎就已经手捧哈达来到我房间。降拥一边往我脖子上佩戴哈达，一边客气地说乡上条件差，不周之处多包涵之类，而我更多的是对乡政府的感激之情，连声说着添麻烦了，永远感谢他们。哈达似一条纽带，把我和乡政府联结得更紧。

第二天，乡长亲自驾车护我出山。

我就这样迫于无奈匆匆地离开了山岩。

上车坐定，回望静静的山岩，错落有致的民居城堡还被笼罩在迷蒙的薄雾中，刚刚看熟面孔的村民一个也没见。拾土豆的、给我下跪的女人不在，蓬卒不在，白娜也不在；多吉翁堆不在，白马阿康不在，就连和乡政府小学的老师说一声再见也没来得及。和几位热情洋溢的乡干部也刚混熟，真不愿立即和他们分开，但是一切都像是天定的。

红泥路

汽车似一只蜜蜂，嗡嗡地盘旋着上了高山。这样匆匆离开，满心充盈不舍，化作心头的结，我强压着哽咽，山岩朦胧了，淡化成历史的碎片。

车子上到黑帐篷处，我想起了为母牛接生的巴勒和每天做奶渣滓的她堂妹，不知现在她们在做什么，原有的帐篷不见了，一只小小的灶具还孤零零地留在那里，已没了缭绕着的饮烟，仿佛天地没有彻底醒来，无法续上往昔的岁月。

如果我们把这里的原始状态与他们自己的过去而不是我们的现在进行比较，那么呈现于我们面前的仍然是一种演化了的进步状态。

这里所有存在着的事物，都因其存在本身及其所蕴涵的历史力量让人感到神奇。它不是一方现代愚昧的渣滓，而是一块远古文明的瑰宝。

访问是结束了，又何尝不是开始。红尘中的岁月已深深融入草原、雪山、岩石、森林和高原湖泊。

正如摩尔根在《古代社会》中所写的："美洲印第安人诸部落的历史及经验，或多或少地代表处于与他们相应状态的我们远祖的历史及经验。"他们"实具有超越印第安人种族本身界限的一种特殊的高超价值"。

到目前为止，这种状态还是存在。无独有偶，如今的山岩男人国与一百多年前美洲印第安人诸部落有太多的相似之处，都与世隔绝，具有与现代社会完全相异的社会形态和价值观，代表的是历史上已经消失的古老文明，并且他们的野蛮性都很难为现代文明所接受。毋庸置疑，如今的山岩男人国实具有超越山岩男人国本身界限的一种特殊的高超价值。

它不需要世界解释就有世界意义。

历史完成了一部经典性的教科书。

他们也许既不善良，也不高贵，但在他们身上自有一种魅力，一种文化上的魅力，这种魅力足以吸引都市人来此云游一番。

一切属于遥远的过去的遗留，带给人的是一种视角，一种遐想，一种谜一样失去了的文明的存在。这是一种不能再生的存在。

作为一个文化人，平生来过一次山岩，亲临了川藏边境父系部落最后的人间秘境，此生无憾。

忍不住再一次回眸，道一声山岩男人国戈巴们，再见了！

附 录

附录一：

山岩父系部落分布图

一、格锅（音，下同）戈巴

分布村落：色麦村，八学村。

户数人口：40余户，300余人。

首　　领：泽仁亲批（音，下同），53岁。

元 老 团：1．泽仁邓珠，60岁；2．则仁彭措，70岁；3．多吉康珠，55岁；
　　　　　　4．阿登，50岁；5．角登，65岁；6．白玛，45岁。
　　　　　　其中，多吉康珠和白玛上过小学，其他均未上过学。

勇 士 团：1．根波，40岁；2．阿扎，23岁；3．车珠，21岁；
　　　　　　4．则仁饶登，20岁；5．白玛青批，18岁。

二、内伊戈巴

分布村落：色德村，劣巴村。

户数人口：20余户，70余人。

首　　领：布桑，58岁。

元 老 团：1．日松，75岁；2．吉珠，67岁；3．仁亲康珠，80岁；
　　　　　　4．江崩，65岁。

勇 士 团：1．则仁彭措，28岁；2．通业，28岁；3．安珠，24岁；
　　　　　　4．扎松，21岁；5．阿工，22岁；6．由派则仁，23岁；
　　　　　　7．佳多，21岁；8．仁亲，20岁。

三、夏锅戈巴

分布村落：八学村。

户数人口：50余户，350余人。

首　　领：多吉翁堆，64岁。

元 老 团：1．琼仁扎西，55岁；2．车肖，54岁；3．仁真，48岁；
　　　　　　4．琼珠，45岁；5．狼加，66岁；6．琼坤久美，62岁。

勇 士 团：1．杜嘎，26岁；2．俄热双珠，22岁；3．艾再，25岁；
　　　　　　4．罗珠，20岁；5．扎西双珠，25岁；6．夏拉，22岁；
　　　　　　7．冉张，22岁。

四、下锅戈巴

分布村落：八学村，色麦村。

户数人口：40余户，350余人。

首　　领：1. 日洛，57岁；2. 真戈，60岁。

元 老 团：1. 车翁忠，50岁；2. 车仁邓珠，40岁；3. 扎西饶登，46岁；
　　　　　4. 根部翁秀，62岁；5. 阿桑，51岁。

勇 士 团：1. 多吉车登，30岁；2. 阿突巴登，37岁；3. 之玛车仁，28岁；
　　　　　4. 车仁亲批，24岁。

五、锅巴戈巴

分布村落：色麦村。

户数人口：30余户，200余人。

首　　领：车翁仁真，40岁。

元 老 团：1. 车仁彭珠，53岁；2. 车仁扎西，60岁；3. 车翁多吉，54岁。

勇 士 团：1. 白玛仑珠，30岁；2. 扎西，27岁；3. 扎多，38岁；
　　　　　4. 拉玛次仁，45岁。

六、培果戈巴

分布村落：西巴村。

户数人口：30余户，160余人。

首　　领：吹仁，50岁。

元 老 团：1. 阿称，52岁；2. 德比，67岁；3. 都嘎根部，69岁；
　　　　　4. 索朗，69岁；5. 阿忍，62岁。

勇 士 团：1. 仁金车忍，24岁；2. 阿西，27岁；3. 仁亲泽仁，31岁；
　　　　　4. 多吉车仁，18岁；5. 阿西牛美，19岁；6. 四郎泽仁，25岁。

七、仁果戈巴

分布村落：西巴村。

户数人口：30余户，200余人。

首　　领：白玛，58岁。

元 老 团：1. 称勒，60岁；2. 车仁大吉，61岁；3. 阿嘎，65岁；
　　　　　4. 阿迪，50岁。

勇 士 团：1. 多吉次翁，25岁；2. 仁真，23岁；3. 阿忍，30岁；
　　　　　4. 阿拉，28岁；5. 依稀多吉，27岁。

八、如嘎戈巴

分布村落：西巴村。

户数人口：10余户，50余人。

首　　领：罗诸达，58岁。

元 老 团：1．康珠，68岁；2．扎西，65岁；3．恩珠，62岁。

勇 士 团：1．则玛泽仁，25岁；2．扎西则仁，23岁；3．夏多，21岁；
　　　　　4．亲明则仁，30岁；5．巴松康珠，27岁。

九、当巴戈巴

分布村落：当托村。

户数人口：4户，20余人。

首　　领：雄多饶登，51岁。

勇 士 团：1．雄起，20岁；2．昂白罗直，25岁。

十、加锅戈巴

分布村落：当托村。

户数人口：10户，40余人。

首　　领：阿巴，27岁。

勇 士 团：1．阿朗，32岁；2．祥吉，21岁；3．多吉，27岁；
　　　　　4．车忍，38岁。

十一、普巴戈巴

分布村落：当托村。

户数人口：10户，40余人。

首　　领：贡扎，30岁。

元 老 团：扎西则仁，52岁。

勇 士 团：1．嘎奔，18岁；2．多吉，21岁；3．班九，26岁；
　　　　　4．阿七，27岁；5．阿多，28岁。

十二、拉较戈巴

分布村落：劣巴村。

户数人口：20户，80余人。

首　　领：扎西，52岁。

元 老 团：1．布卓，54岁；2．澳背，43岁；3．布勇，47岁；
　　　　　4．扎西次仁，47岁。

勇 士 团：1．阿真，30岁；2．康珠，34岁；3．阿罗，24岁；4．琪美，25岁。

十三、班窘戈巴

分布村落：劣巴村。

户数人口：20户，100余人。

首　　领：扎西双珠，62岁。

元 老 团：1. 阿扎，35岁；2. 休奇，39岁；3. 车仁双珠，47岁；
　　　　　4. 之玛次仁，38岁。

勇 士 团：1. 奇美，24岁；2. 阿多，23岁；3. 狼帅，20岁。

十四、松锅戈巴

分布村落：劣巴村。

户数人口：30户，150余人。

首　　领：瓦多，45岁。

元 老 团：1. 苏恩，45岁；2. 扎西双珠，60岁；3. 不教，43岁；
　　　　　4. 夏多，45岁。

勇 士 团：1. 卓松，24岁；2. 丁青，24岁；3. 本青，26岁；4. 瓦北，24岁。

十五、先巴戈巴

分布村落：劣巴村。

户数人口：20户，80余人。

首　　领：波罗，49岁。

元 老 团：1. 甲得，65岁；2. 久麦，64岁；3. 由来，66岁。

勇 士 团：1. 不琼，38岁；2. 索郎称批，29岁；3. 安青，25岁；
　　　　　4. 次仁饶登，24岁；5. 一稀多吉，28岁。

十六、来者戈巴

分布村落：劣巴村。

户数人口：20户，80余人。

首　　领：甲勒，45岁。

元 老 团：1. 芝多，70岁；2. 奇波，47岁；3. 拉玛扎西，39岁。

勇 士 团：1. 加苏，25岁；2. 奇美，26岁；3. 加仁，25岁；4. 不卓，35岁。

十七、锅嘎降勇戈巴

分布村落：劣巴村。

户数人口：5户，20余人。

首　　领：锅嘎降勇，60岁。

元 老 团：阿朗，48。

勇 士 团：阿扎，18岁。

附录二：

男人国道德法规十一条

一、每个戈巴成员必须忠诚戈巴的集体利益，不得泄露戈巴内的重要情况及一切秘密，否则视情节轻重，处以驱逐出戈巴，挖眼、割鼻子、割唇、割肉、断手、断足直至死刑。

二、每年发誓言一次。全戈巴成员发誓忠于同族，效忠戈巴，并进行本戈巴的传统教育，由长者给大家讲述戈巴源流史、征战史。

三、以能抢窃、凶悍、善斗为荣，常以抢劫多少确定其在戈巴内的地位，故有"男子不抢窃，只有守灶门"之说，其意就是不抢窃的男人只能在家跟女人一起烧火煮饭。

四、同族戈巴男女不能相互通婚，违者驱逐出戈巴或撵往异地。

五、戈巴械斗中，如本戈巴要赔偿其他戈巴的损失费，则由戈巴按各自能力大小交出所需物资。

六、女人无权继承戈巴内的产业，若夫死则由戈巴派男人接管此女与家业。

七、有福同享，有难同当。主张"天下戈巴是一家"、"一个戈巴一只手"，同族戈巴内的人相互视为兄弟姐妹，走到哪儿都相互支援，共享富贵，共渡难关。

八、戈巴内建房要在一起，不脱离本戈巴。

九、女若私通，赶出家门或处断腿之刑。

十、内部械斗处以罚金，重者受责。

十一、不杀女人，杀害女人是戈巴的耻辱，会被其他戈巴嘲笑。

注：载范河川《山岩戈巴》，2000 年由四川大学出版社出版。

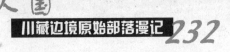
附录三：

男人国行路线

进程：

一、上海（飞机；火车）——成都（长途汽车站；成康线；途经：雅安、天全、泸定）——康定。

二、康定——白玉（两条路线）：

　　(1) 康定（汽车站；康白线；途经：塔公、八美、道孚、炉霍[宿夜]、甘孜、昌根寺、麻绒、绒盖、滴水岩）——白玉；

　　(2) 康定（汽车站；康德线；途经：塔公、八美、道孚、炉霍[宿夜]、甘孜、马尼干戈、雀儿山垭口）——德格（包车；途经：岗拖、白垭、格学桥、金沙）——白玉。

　　注：第 (2) 条行路线较之第 (1) 条行路线危险，但沿途风景绝佳，喜冒险或探险者不妨一试。

三、白玉——山岩（男人国）（距离170余公里，途经：绒盖、盖玉、火龙沟，进入山岩地界后还须过51个山体弯道，道路极其险峻。有三种进入方式）：

　　(1) 包车，因道路险要，费用较高；

　　(2) 与县政府有关部门联系，由他们派车；

　　(3) 设法与山岩乡政府取得联系，搭乘乡政府的车子进山。一般通过县政府有关部门，如旅游局等可联系到山岩乡政府。

　　注1：雪季封山为每年的10月中下旬至次年的3、4月份，任何车辆无法进出。每年的5月至8月又为当地的雨季，如不下雨可以进山，如遇沿途塌方，只能骑马进山。

　　注2：至山岩乡政府后，若想去劣巴村观看羌人的石棺葬或树葬，或到边远的父系村落，只能骑马进入。

返程（三条路线）：

一、山岩——白玉——康定——成都；

二、山岩——白玉——德格——康定——成都；

三、山岩——沙马（白玉）——巴塘——康定——成都。

图书在版编目（CIP）数据

男人国:川藏边境原始部落漫记/钱钧华著.
—上海：上海人民出版社,2006
ISBN 7 - 208 - 06237 - 4

Ⅰ. 男... Ⅱ. 钱... Ⅲ. 游记–作品集–中国–当代
Ⅳ. I267.4

中国版本图书馆 CIP 数据核字(2006)第 038031 号

责任编辑　苏贻鸣
装帧设计　杨德鸿
　　　　　应雯秋
　　　　　杨　悦
图片摄影　钱钧华

男　人　国
——川藏边境原始部落漫记
钱钧华 著

世 纪 出 版 集 团
上海人民出版社出版

(200001 上海福建中路 193 号　www.ewen.cc)
世纪出版集团发行中心发行
上海锦佳装璜印刷发展公司印刷
开本 720×1000　1/16　印张 15.25　插页 3　字数 292,000
2006 年 6 月第 1 版　2006 年 6 月第 1 次印刷
印数 1 – 6,000
ISBN 7 - 208 - 06237 - 4/I·296
定价 28.00 元